畢竟是
花花草草

段懷清隨筆集

段懷清

著

目次

碎影

歷史的魅影

燈花

碎影

張愛玲與武漢

張愛玲與武漢本無關係，事實上亦無關係，但因為胡蘭成，便多少有了點說說的由頭，其實，還是沒有多少關係。

一九四四年底，與汪偽集團上層基本上已經行同末路的胡蘭成，在日方某種力量的支持下，前往武漢接辦《大楚報》。薄薄兩張報紙，竟然會讓汪偽政府的宣傳部常務次長、曾經為汪偽集團重要喉舌的《中華日報》和《南華日報》社評撰稿人的胡蘭成心動，不惜與情熱之中的張愛玲分別，前往人生地不熟的江城武漢冒險，其中原委，實在值得追究。一個可以肯定的原因，就是胡蘭成希望在汪偽集團權力中心的邊緣，試圖打開一塊屬於自己的新天地，既可以讓自己順勢擺脫當時困窘不堪的處境，又可以在一個天高地闊皇帝遠的地方，打出一個新世界，以圖將來。

張愛玲是如何理解胡蘭成這樣一個決定的，實在不好說。但武漢也因此多少成了點她的牽掛，這斷然是肯定的。而遠在長江中游一隅的胡蘭成，對於長江入海口的眺望與遙想，在他於黃昏中在漢陽的江邊堤上的漫步中，總歸是難免有的。

一個再明顯不過的例證，一九四五年八月六日，距離日本天皇宣布無條件投降不到十天，胡蘭成主持的《大楚報》上，還出現了一則與張愛玲有關的廣告。廣告出現在《大楚報》當日第二版上，標題為「南北叢書又一種，張愛玲作《流言》出版」。

其實，早在來漢之前，胡蘭成曾在南京主持過一個短命的刊物《苦竹》。在這個幾乎為他一人唱獨角戲的刊物上，胡蘭成就曾大張旗鼓地宣揚過張愛玲的這部散文集，不過當時還是「即將出版」。現在則是「列入『南北叢書』在漢再版」了。這大概也是張愛玲的作品，離開「孤島」以及淪陷區中心，在武漢讀者眼前出現的一個印記。

當然這得益於胡蘭成的宣傳。

說到包裝與宣傳張愛玲，無論如何，胡蘭成算得上現代中國第一人。單不說他是如何在眾多寫者中發現張愛玲和她的作品，並慕才前往登門打探的，只說他那幾篇有關張愛玲及其作品的評論文字，雖然不能說寫盡了張愛玲文章的千姿百態，也多少引得後來者尋張愛玲的作品而去。

這倒恐怕是真的。後來確實有不少讀者，是在讀了胡蘭成的「民國女子」之後，又去重新讀張愛玲的作品的。

但胡蘭成那時候的心思，畢竟不在文學。他可以在自己主持的報刊上大談特談風花雪月，甚至不惜在抗戰正酣、淪陷區人民生活也自然艱難的時候，在《國民新聞》上連載《金瓶梅》連環畫，但他的心思，應該還是在權利與富貴。這樣說，並沒有貶損胡蘭成，因為這兩點，也實在是胡蘭成人生的追求，對此，他也從不諱言。

但在包裝宣傳張愛玲上，胡蘭成還是盡了心的。顯然他的《苦竹》並不想辦成一個文學期刊，不管有錢還是沒有錢。胡蘭成其實是想將這樣一個也並不容易得到的言論陣地，變成自己揮筆縱橫的戰場，不過，他還是在《苦竹》上面發了張愛玲的〈談音樂〉、〈自己的文章〉以及〈桂花蒸阿小悲秋〉這幾篇作品。這當然也算是為張愛玲的包裝宣傳出了力，儘管這樣的出力，在戰後給張愛玲帶來的，儘是說不清道不明的尷尬與蹇促。

抗戰勝利之後，逃亡溫州的胡蘭成，據說曾經專門包場讓溫州中學的師生看根據張愛玲編劇拍攝的電影《太太萬歲》，並說自己只擔心別人還是沒有知道「愛玲的好」。胡蘭成這樣說，不算矯情，查一查此前他為張愛玲所作的那些搖旗吶喊，定當屬實。

不過，即便是在武漢的《大楚報》上廣告張愛玲的作品，在逃亡期間擔心別人不知道張愛玲的好，胡蘭成心裡所裝著的，也並不是只有張愛玲一個人。這在他的《今生今世》中，也白紙黑字寫得明白。

所以說，張愛玲與武漢，基本上還是沒有什麼關係。

夏氏兄弟與張愛玲

從上世紀四〇年代初成名，一直到當下，在現代作家中，張愛玲所享有的「清譽」或世俗意義上的榮耀，似乎都是無與倫比的。以致於一些發掘跟張愛玲有關的文獻材料的專家，亦跟著沾光，受到張迷們的追捧。「張愛玲熱」，只要有一星半點的引發，馬上又會高漲起來，成燎原之勢。

眾所周知，張愛玲成名於亂世，多少也與此有關，抗戰結束之後，張愛玲的處境一度頗為窘迫。上海地攤上曾出現過一本署名《文化漢奸罪惡史》的小冊子，張愛玲赫然列名其中。理由大概是遇人不淑、在不明不白的刊物上發表文章等等，其他罪惡倒未見有。

不過，即便如此，張愛玲還是以其作品以及個人神秘的公眾形象和特立獨行的行事方式而吸引著外界的關注，並激發著對她及其作品的想像力。但就從四〇年代到八〇、九〇年代張愛玲作品的傳播史而言，五〇年代是一個重要的過渡——在大陸，張愛玲的「消失」是從此開始的，而在台灣，張愛玲如何從一個大陸作家，一個現代大都市橫空出世的女作家，進入到當時還驚魂未定的台灣，成為台灣文化人書房或餐桌上的一個話題，夏濟安、夏志清兄弟的「力捧」，是一個不容低估的原因。

一九五六年九月，《文學雜誌》在台北創刊，其主編為夏濟安。在這一嚴肅、認真的純文學雜誌上，不僅發表了張愛玲的翻譯作品〈海明威論〉（第一卷第三期）、小說〈五四遺事——羅文濤三美團圓〉（第一卷第五期），從而讓張愛玲的文字，在五〇年代的台灣有一個平穩的落腳，更重要的是，在這一各個文學年齡層都擁有一定讀者的刊物上，還發表過至少兩篇專門論述張愛玲小說的評論，這就是夏志清的〈張愛玲的短篇小說〉（第二卷第四期）和〈評《秧歌》〉（第二卷第六期）。而且兩篇評論都是在刊物頭條發表，大概也可看出刊物主編者對評論者及評論對象的「重視」。

在〈張愛玲的短篇小說〉一文中，作者開篇就指出，張愛玲五五年出版的《秧歌》在報紙上獲得了「好評」，但在當時美國文壇，卻未能獲得足夠「注意」，這種反差，造成這部小說「真正的價值，迄今無人討論」，牽連著「作者的生平和她的文學生涯，美國也無人研究」。換言之，旅美青年學人夏志清，也就成了美國文學研究界嚴肅地對待張愛玲及其作品並予以認真研究評論的第一人了。

夏文中最引人關注的，還不是在他文中對張愛玲作品的那些技術性分析，而是那些肯定的斷語，譬如：「對於一個研究近代中國文學的人來說，張愛玲該是今日中國最優秀最重要的作家。」——這一斷語，幾乎已經成為夏志清對張愛玲最有標誌性的評價了。或許感到上述斷語還不足以表現出張愛玲在文學上的地位，同時也為了讓英美讀者們更方便地認識張愛玲的文學貢獻，夏志清又引入了英美文學作為一個評估背景，認為，張愛玲的文學成就，「堪與英美現代女文豪如曼殊斐兒（Katherine Mansfield）、波特（Katherine Anne Porter）、韋爾蒂（Eudora Welty）、麥克勒絲（Carson McCullers）之流相比，有些地方，她恐怕還要高明一籌。」而且夏志清還斷言：「《秧歌》在中國小說史上已經是不朽之作。」

而在具體的文學技術層面的分析中，夏志清認為，張愛玲小說中「意象的複雜和豐富，她的歷史感，她的處理人情風俗的熟練，她對於人的性格的深刻的抉發」，共同匯總出張愛玲小說的特色——「蒼涼」。

這篇文章在正文之外尚值得注意的一點，就是在文章結尾的一段文字：本文原為介紹張愛玲給美國讀者而寫，因此討論的時候態度也許顯得過分「熱心」。假如這篇文章能夠使國人也注意到張愛玲在中國文學史地位的重要性，她將能得到更公允的批判。

其實，夏志清的「熱心」，並沒有打動美國人——這不是因為美國人的遲鈍，而是因為美國人的事不關己、高高掛起式的「漠不關心」。對於他們來說，張愛玲是誰，靠夏志清的「熱心」，是沒法溫暖起來的。倒是這份「熱心」，在幾十年之後，溫暖了開放了的大陸千萬讀者——這倒是真的，大概也是夏志清當年文章的一個意想不到的收穫吧。

張愛玲的《小團圓》

熟悉張愛玲家事的讀者們，無不為她父母二人一生的經歷所感慨喟歎，而張愛玲自己對她父母的真正態度與情感，似乎也是張迷們所願意去獲悉了解的。

都是出生於晚清曾經煊赫一時的大家庭，撇開五四新文化運動以來所確立起來的「新」、「舊」標準，那樣的家庭，不用說舊，也可以說是傳統家庭。從那樣傳統的家庭裡走出來的一對男女青年，結合生子，也一度恩愛，花前月下琴瑟和諧。但這樁善始的美滿婚姻，卻未能善終，並最終給張愛玲和她弟弟的一生，帶來了永遠揮之不去的陰影，甚至影響到他們一生的性格、情感世界乃至現實人生的選擇。

如果僅僅讀到張愛玲早年作品，從中得到的信息似乎是她對自己的父母，尤其是自己的父親滿懷著怨恨。這種怨恨在她從父親的幽禁中逃脫出來之後表現得最為強烈明顯，她甚至一度發出永遠也不原諒這樣的狠話。但無論是先出版的《對照記》，還是剛出版的《小團圓》，我們都已經感受不到張愛玲原本對自己的父親的那種怨恨，取而代之的，是對父親一生的「理解基礎上的同情」（sympathetic understanding），是既包含著親情又超越了親情的生命對生命的艱難與掙扎的慈悲。

凡是讀過《對照記》的讀者，對張愛玲父親的形象印象都極為深刻。尤其是那個只能把自己關在屋子裡，一圈又一圈地踱步，行進中嘴裡還在喋喋不休地朗誦著那些千古奇文的父親，那個將孩子們在弄堂裡的溜冰，說成是「馬路巡檢史」的父親，那個將終其一生一無所成、碌碌無為的父親……或許真如張愛玲曾經在某個地方說過的那樣，因為懂得，所以慈悲。問題是，為了這樣的懂得，她付出了怎樣的情感與生命的代價？她在三十歲之前幾乎一直無法根除的那種對生命與生活的恐懼感，又是怎樣被裝飾成為一件件炫目的飾品的呢？

大考的早晨，那慘淡的心情大概只有軍隊作戰前的黎明可以比擬，像《斯巴達克斯》裡奴隸起義的叛軍在晨霧中遙望羅馬大軍擺陣，所有的戰爭片中最恐怖的一幕，因為完全是等待。

這是《小團圓》的開篇，亦是《小團圓》的結尾。

那個只能在恐懼中等待的孩子，那個記憶中的母親似乎永遠在整理自己的旅行箱、而自己也似乎永遠只是在為隨時準備遠行的母親遞這遞那的孩子，又有誰會知道，這個孩子每每這樣的時刻，內心深處的真實感受呢？——是對以父母為中心的家庭出現的破裂或者解體的恐懼，是對母親走後自己的未來生活的恐懼，是對母親一走杳無音信的恐懼，是一個失去了母親的溫暖庇護的成長中的孩子對於生活的本能的恐懼……所有這一切，對於尚未理解人生與生活的九莉來說，只能等待，除此她沒有也不可能有其他任何選擇。那是怎樣的等待啊！如同面對死亡一樣的恐懼！生命如同大考，而她自己，似乎總是處於面臨這樣的大考之前那種幾乎令人窒息的等待之中。總是噩夢，一連串的噩夢……

在《小團圓》中，張愛玲對母親一生的顛簸飄泊，似乎又有了不同於《對照記》中的一些體會，更準確地說，在《小團圓》中，張愛玲對她的父母親的一生，儘管已經有了深切的體會與同情，但畢竟因為他們的一生對她自己影響甚巨，所以《小團圓》中似乎還是有未曾消散淨盡的戾氣，這從作品中九莉對其母親蕊秋的態度中可以感受得到。她甚至選擇了償還母親在自己身上所花費的金錢這種方式，來作為母女倆可能是最後一次的話別！而更讓讀者們感到震驚的是，在自己的母親為此而流下了酸楚的淚水的時候，九莉會覺得這樣的場景似乎與蕊秋的性格不大符合——其實這其中包含了多少生活的無奈與苦楚！一個曾經驕傲、敏感而自尊的心靈，遭遇了另一個正在成長為驕傲、敏感而自尊的心靈，這其中又會生發出多少世俗生活中視為「異端」的行為故事呢？

蘇青的《三國演義》，張愛玲的《海上花》

當蘇青在《結婚十年》中談《三國演義》的時候，她其實是在談自己的初戀，或者情竇初開的少女情懷。這跟張愛玲在似乎只屬於她的《海上花開》和《海上花落》的後記中，幽幽地談及當年上海堂子裡的那些女子們，還有來來往往的客人時候的那種落寞與悵惘之間，終歸是有所不同的。

這是挺有意思的一個現象，或者一種對比：蘇青的《三國演義》，與張愛玲的《海上花》。

那是一個悶雷不斷的暑天的傍晚，臨窗讀一本有關抗戰後審判漢奸的書。悶雷不斷，但雨水一直未下。陣風吹打得窗戶上的百葉劈啪響，依然不見一星半點的雨水。你不免會生發出一些煩躁鬱悶，期待會有一種酣暢淋漓的傾瀉，打破這種遮遮掩掩、拖拖拉拉、沒完沒了的勉強與糾纏。就是在這時候，我放下了手中的書，從書架上抽出了《蘇青文集》，翻到了她的《結婚十年》。

不少與她同時代的人評論過蘇青的人和文，其中比較為人所知的，就有張愛玲和胡蘭成。在蘇青的《續結婚十年》和張愛玲的《小團圓》中，胡蘭成與蘇青的關係，多少就有些夾纏不清，於是擱置不論。而張愛玲對於蘇青人與文的評價，已曾被引為知者之言。

在不少人看來，蘇青的文字被現實和現世的生活擠得太滿，因此她也就只能在現實和現世中尋找現實和現世的意義；她的痛苦是現實和現世的，她的快樂和滿足，也是現實和現世的；她是在按部就班的庸常生活中，體驗並尋找按部就班中的庸常生活的快樂和滿足，當然其中也不斷經歷著失望與疑惑，並在失望和疑惑中，努力地對新的未來有所期待，這種未來，可能依然不過只是習俗生活中的一部分，或許是不曾經驗的一部分，或者是習俗生活的邊緣，在邊緣處體驗略微超越習俗生活的刺激與挑戰；而在那裡隨之升躍起來的，是一種自我奮鬥之後的英雄氣和自我實現了的滿足感——這跟《三國演義》中的英雄們的英雄壯舉之間，實在有著某種契合或者類似。而蘇青在落難之中所能想到的一切擺脫困境的方法，都是現實的，也是積極的，而且是值得社會義工向失業者沮喪者失敗者推薦的。

實在，是蘇青的文學基礎，是她的情感與哲學的出發點，似乎也是她的文學追求的歸宿。她曾經這樣寫到：我想到死；然而就是死也得轟轟烈烈的，我要先成名了，然後再死。「寫文章為了賺錢，出版也無非是為了賺錢，其中自然還有些出風頭的意義在內。然而如今錢也賺到手了，風頭也出過了，又為什麼而忙忙碌碌呢？我回答不出，只是一種莫名其妙的惰性吧，我仍不肯罷休。」

與此相比，當然張愛玲也說過類似的明白徹底的話，將一種現實生活意義上的「現實」與「生活」，以一種驚人的、傳統文人們大多遮掩不語的方式呈現在讀者面前。在這一點上，這兩位上海淪陷時期的女作家，似乎有著驚人的一致。但在這種驚人的坦率之後，其實是現代職業女子毫不掩飾的自豪與勇敢。這種自豪與勇敢，來源於她們在經濟上的自立，以及精神上的獨立，來源於她們徹底的前所未有的性別意識自覺，一種徹底獨立於男性的女性意識。當男性意識成為唯一性別意識的時候，女性意識被壓制在男性意識內部，成為這種意識的一種附著物。但在蘇青和張愛玲這裡，女性意識開始成為一種獨立的、自足的性別意識。所不同的是，蘇青的女性意識，不少時候是借助於一種傳統的男性方式表現出來，而張愛玲的女性意識，則大多通過一種被扭曲壓抑變形之後的異化形式表現出來。

在張愛玲這裡，現實和現世本身就顯得空落，生活似乎是一種遠離的存在，至少是疏離開來的，也就只好在想像和不怎麼踏實的期待中來回。至於現實的真實的生活，或許想像與期待本身，就是她所理解的一種現實，那是一種屬於她自己內心世界的獨特現實，不是來自於大眾世俗生活的「生活流」，自然也就難以與她的內在生活真正完全同一、渾然一體。

張愛玲似乎也一直在尋找那種尋常、日常、世俗生活的美、意義與維繫力量，至少在她的文字作品中如此。現實生活中她與現實、與大眾世俗生活之間的關係形態，似乎並不妨礙她的這種尋找。但蘇青卻是直接從尋常、日常和世俗生活中來——她的整個人，都是在這種生活中形成並存在著，她就是這種生活的產兒或者記錄者。當這兩種類型的文學文本同時呈現出來並被放在一起比對閱讀時，那種感覺確實會比較特別。

有論者這樣議論蘇、張之別：張愛玲是專寫小說的，因此她的思想不及蘇青明朗；同時作品裡的氣氛也和蘇青截然不同，前者陰沉後者明爽，所以前者始終是女性的，而後者含有男性的豪放。這又讓我們想到蘇青的《三國演義》，與張愛玲的《海上花》。

張愛玲的自我宣傳

張愛玲晚年的「避人不見」，被有些人視為一種自我保護，但也有人認為，這是她的一種高明的自我經營術。就連她那顯赫的家族史，在張愛玲自己那裡，或許只是靜靜流淌在她的血管裡的血，而在有些讀者那裡——無論是專業的還是業餘的——卻並不作如是觀。

其實，就張愛玲四〇年代的出道經歷看，固然是一個孤島時期的文學「奇蹟」，但也並非如有些後來者所想像的那樣風光順利。單不說她與胡蘭成之間的那段故事，從當時現實的景況看，顯然也不像《今生今世》中那樣的「才子佳人」或「才子才女」般浪漫。四〇年代的滬上文壇，各色人等或蟄住或浮顯，實在也有不少可說的話頭，以致於抗戰剛結束不久，滬上地攤上就出現了一本匿名讀物《文化漢奸罪惡史》，其中所攻擊者中，就有張愛玲。

幾乎跟所有的「橫空出世」、「爆得大名」者一樣，張愛玲的出名，自然亦少不了各種各樣的「幫閒」聲音。讚譽者有之，毀譽者亦有之。

一九四四年十月十日在滬上創刊的《光化》月刊創刊號上，刊登署名「告白」的一篇短文〈張愛玲手札〉：

據秋翁在《海報》上〈最後的義務宣傳〉末二段云：

> 末了，我得聲明，從此永不重提這事，更不願我的筆觸再及她的芳名。深怕墮她「生意眼」的計中。這非空話，有信為證：
>
> 我書出版後的宣傳，我曾計畫過，總在不費錢而收到相常的效果。如果有益於我的書銷路的話，我可以把曾孟樸的《孽海花》裡有我的祖父與祖母的歷史，告訴讀者們，讓讀者和一般寫小報的人去代我義務宣傳——我的家庭是帶「××」氣氛的，……

上面這段話，是她在六月十五日給我的信中所說的。那麼，我所敬愛的諸同文，試想，她只要書能多銷，她只要賺錢，什麼——祖父、祖母的歷史「香」、「臭」，任人宣揚都不計較。那我為什麼要做她的義務宣傳員呢？任說——「流貴族血」，在她總認為有「相當效果」的一回事。諸同文若再提她，我猜她正暗自得意著，要笑得前仰後翻咧。話就此打住。算我發傻，最後替她義務宣傳一次，但下不為例。

原來這位張女士，讀中國書學外國法，出名（並非成名）之後，而有如此為「生意」的打算，那麼，將來她在「生意浪」一定更有「紅」的一天了。不過，世上事往往前台可觀，而後台不必看，如她給秋翁的「手札」，是屬於後台的，一上給讀者看了，實在有些令人對於女人害怕。可是在胡××先生筆下的張女士，不但不可怕，而且太可愛了。聞胡張有一次在××花園的精彩表演，是亦一九四四年的文壇佳話，惜知之者少耳！若人要證明麼，請去問一問胡太太吧！

上述這段文字，不僅將張愛玲就著作出版宣傳事寫給出版商的一封信內容選擇性曝光，而且還就張愛玲的家族史以及她與胡蘭成之間的男女「醜聞」閃爍其辭，這在抗戰尚未結束的上海文壇，無疑都算不得多麼光彩的事情。張愛玲後來那種鬧市中「避世而居」的生活選擇，不知道與她早年遭遇過的這類「暗箭」是否有關。

其實也不是都是潑「污水」者，柳雨生〈四年回想錄〉（《光化》第二期）中有這樣一段文字，涉及到對抗戰以後滬上女作家文學創作狀況的描述，其中對剛出道的張愛玲，就讚譽有加：

戰亂以還，我們久已看不到真實的好作品了，女作家的文字尤其少。目前活躍的馮和儀先生過去曾有散文在《西風》、《宇宙風》等雜誌登載，楊絳先生的文章我們在朱孟實編的文學雜誌久已傾服，而張愛玲先生大概也就是昔時在《西風》上寫〈天才夢〉的作者。《傳奇》之出版，證實了她的天才。無論文字藻彩的美麗，雕琢的工細，渲染的濃烈，故事的如怨如慕如泣如訴，在目前不作第二人想，我們尤其感歎的是在如此動盪的時代環境裡而猶能見到如此精練圓熟的文字，未嘗不可說是一種非偶然的奇蹟。我們誠實的不希望她的作品境地的停滯。

毀譽參半，這是張愛玲當年出道時候的真實，所以對於身後的熱鬧，她生前是否有過期待，實在亦難說。

關於胡蘭成的幾篇文章

胡蘭成在《人間》上發表過四篇文章，分別為〈人間味云云〉（《人間》創刊號）、〈關於花〉（《人間》第三期）、〈論書法三則〉（《人間》第四期）、〈談談周作人〉（《人間》第四期）。其中〈關於花〉一文，在《上海藝術月刊》第二卷三、四、五期合刊中也曾以頭條刊發過。

或許是與胡蘭成的官方身分有關，〈人間味云云〉發在了《人間》創刊號的頭條。不過讀過之後，覺得文章並沒有多少官味，也斷不會是代筆。其中就「壯年哀樂過於人」之類所發感慨，想想也與胡蘭成這一時期的心思大抵相符。倒是其中就大少爺式的不嚴肅或嬉皮笑臉所發議論，應該還是有所指涉，「嬉皮笑臉者一切都玩，一切都談，獨獨討厭認真，而又討厭做夢。」、「做夢也不必那麼討厭，因為它有時候也是人間味的昇華。只有大少爺之流的做夢，總是因為胃裡不消化，擾亂睡眠，所以提起就要憎惡了。」在議論了一番大少爺式的不嚴肅認真之後，文章談到了胡蘭成式的「誠」或「認真」，「中國人現在需要活潑，會哭會笑，也工作，也做夢。……」

一九四三年的胡蘭成在做怎樣的夢，一九四三年的中國，又該怎麼哭又因何笑，文章沒說，也就不想去弄個清楚明白。不過這哭與笑的自由，在一個動盪的戰爭年代，一般百姓，哭的緣起自然不會少，但笑的機會是否同樣多，則很難說。至於想哭就哭，想笑就笑，恐怕也不是一般人就能有的自由，這一點，稍微瞭解一點那場戰爭的人，似乎不難弄清楚明白。為什麼當年的中國會少了這樣的人間味？或許那時的中國，早已經不是胡蘭成眼裡筆下的人間。只是文章中似乎並沒有作如是觀，算是一個不大不小的遺憾吧。

既然人間味談不起興致，那就談談風花雪月吧，譬如花，譬如書法。同樣因為身分地位，胡蘭成即便是談論風花雪月的文章，依然可以被安排在《人間》的頭條或次條，這大概就是他曾理想過的人間味吧。

不過，與〈人間味云云〉一樣，〈關於花〉一文，多少亦有些引而不發的所謂深意在。「寫一點關於花草的文字，大概可以不必參考什麼言論指導綱領的。」這樣的文字，出自一位原統管言論的官員之筆，便讓人覺得有些納悶。但也就是納悶而已，不然還能怎樣！

但〈關於花〉中說：「我是那麼的缺乏對於花園的好感。」還說：「照我的私見，花是開在田野裡，開在山上，開在村落裡，在井邊，在籬邊，或在門前的。又或許是開在寺院裡，開在闊氣人家的朱門粉牆裡也好。又或者是被採下來在深巷裡叫賣，不然就看看小菜場相近的花攤，許多女人揀買了，放在小菜籃裡提了回去，也是好的。獨獨花園我不喜歡，因為它使花和一切隔斷了。」想來是在談不願做花瓶以及花瓶裡的花之類的願想。這也自然。原本在民間蕩來蕩去，因為生活，亦可能因為難避虛榮嚮往權貴——錦衣美食，或者不願一直人微言輕——搖身一變，成了發號施令的言論指導，以為擁有了無限的言論自由，一不留心，說遠了點或者跑了點題，遭到了更高自由的警示，於是便有了這花與花園的比喻，想來也就如此吧，難道還真有什麼微言大義？

據《今生今世》中講，胡蘭成當年在杭州念書時跟著海寧出來的一位書法名家學過寫字，是否屬實，也不好考證。但我在胡村胡家老宅二樓一面牆上，倒真見過若干幅字，因為自己不懂書法，說不出個一二，所以讀到談書法的文章，也只有學習的份兒了。

在〈談談周作人〉中有這樣一句話：「人們對於這時代的變動的憤怒與喜歡，究竟淹沒了對於小事物的愛好。」此話雖然是由周作人的文章而引發，但用在胡蘭成這一時期的文章與心思當中，似亦無不適當。所以，前面所謂的「人間味」，或者花草書法，對於此時的胡蘭成，不過是湊在文人堆裡一時的興致或熱鬧而已——小事物，如何承擔得起大志向，這不僅是一個文章命題，更是一個現實的人生選擇。對此，讀過上面提到的那些文章，誰又能說不是呢？

《漢奸水滸傳》中的胡蘭成

胡蘭成的《今生今世》中，沒有多少文字敘述抗戰之後國民政府緝捕漢奸尤其是文化漢奸的歷史，或許是當年匿身逃亡，對於外面的情形不甚了解，亦或有其他不願重提的原因，總之，《今生今世》中有關這一部分，是殘缺不全的。

其實，戰後對於文化漢奸的緝捕，絲毫不比緝捕其他各種類型的漢奸來得斯文客氣。一九四八年上海青年文化出版社出版的《捕奸錄秘》一書中，還專門記錄了緝捕當年上海淪陷時期的知名作家柳雨生、陶亢德的經過。有意思的是，幾乎與其他那些有背景有來路的漢奸一樣，文化漢奸遭到緝捕之時，也會提示前來緝捕者，自己與國民政府的什麼人有聯絡，換言之自己當年也曾為政府做事等等。

相比之下，還是胡蘭成來得乾脆——匿名潛逃。是畏罪，亦還是怕秀才遇著兵，似一時還說不大清楚。而後來的《今生今世》、《山河歲月》二書，似乎也是在從情理兩端，來為自己當年的言行辯護。但顯然胡蘭成這個當年在上海、香港、南京、武漢等地的輿論上風光無限的「政論家」，決不會輕而易舉地就此銷聲匿跡，那些緝拿漢奸文人或者文化漢奸的追捕者們，也不會就此遺忘了這個當年大肆鼓吹「和平運動」、「大東亞共榮」的搖筆吶喊者。

一九四五至四六年，南京的勵志出版社編輯出版了上中下三冊《漢奸水滸傳》，其下冊之中，即有胡蘭成一席，文章標題為「金眼彪施恩——胡蘭成」。或如該書編纂者在「編輯後記」中所言，書中所用材料，既非「拾人牙慧」，亦不「粗製濫造」，並自認是當時所出揭露漢奸醜行刊物中「最完善的一種」，還聲稱為了搜羅這一百零八人參加偽政權經過的原原本本，「已經煞費苦心」，「因為不願意向壁虛構，故作空中樓閣之筆，總望有一部有系統的忠實故事給讀者」，所以耽延出版時日，但亦再次提醒讀者，書中所言所述，絕非與當時一些地攤上的讀物那樣捕風捉影、空穴來風。

從實際所記來看，《漢奸水滸傳》中有關胡蘭成一篇，倒也基本上切近上述所言。譬如文章中提到與汪偽集團中其他人相比，胡蘭成沒有背景，完全是靠文章起家。再譬如，文章提到胡蘭成當年的政論文章「政論論得兩面不討好」。究竟是為了討好兩面最終卻兩面都不討好，還是原本就是為了誰也不討好自然兩面都不討好，文章並沒有進一步論及，但卻也符合胡蘭成在復刊後的《中華日報》上主要言論狀況。與汪偽宣傳部中的廣東幫不同，胡蘭成以一個並無顯赫背景的浙江人，卻能顯赫一時，多少還是與他的文章言論有關，儘管他也確實以他自己能認同接受的所謂不卑不亢的方式，參與所謂「公館派」當中，但在耳聞目睹了汪偽政權中的種種之後，胡蘭成又與日人更密切地合作以求得支持或事業發展上的靠山的做法，卻最終惹惱了汪偽集團，所以也就經歷了一場牢獄之禍。此禍之後，胡蘭成似乎已經與汪偽集團決裂，他也清醒地認識到，自己在這個陣營中已經無望，所以也就借重日人之力量，企圖單槍匹馬地闖出一片屬於自己的天地——《今生今世》中胡蘭成的武漢之行，當作如是解。抗戰結束之後，胡蘭成一度在武漢試圖攛掇掌兵者自立，亦與他來武漢這樣的初衷不無關係。這種具有胡蘭成風格的冒險，或許與《漢奸水滸傳》中所言，是他一種「投機的手腕」——文人的投機，終歸與其他人等有些不同，不是靠奴顏婢膝溜鬚拍馬，也不是靠拉幫結派投機鑽營，相反，至少從形式上看，文人的投機，有時似乎還不失人之尊嚴或理想，但這樣的理解，顯然有脫離當時歷史之缺陷。

從《中華日報》上那些「戰難和亦不易」一類的「苦心」言論，到《大楚報》上鼓動領導青年革命運動的激烈言論，甚至《大公》周刊上的那些「撤兵言論」，以「言論」起家的胡蘭成，如果最終「淪落」到只談人生、談戀愛，那就不免讓人去懷疑當初他的那些振振有辭了。

《周佛海日記》中沒有胡蘭成

讀《周佛海日記》，一個一直記掛的問題，就是希望能夠從中找到一些有關胡蘭成的信息，但結果讓人失望。又查《周佛海獄中日記》，亦無有關胡蘭成的記載。如果說後者是因為周佛海此時已身陷囹圄，所思所想所記，多為對自己有益的正面信息，那麼周佛海一九四〇年和一九四三、四四年的日記中為什麼也沒有有關胡蘭成的記載呢？以當時胡蘭成在汪偽集團，尤其是在所謂公館派中的地位聲勢，周佛海當然不會沒有了解接觸。但其日記中，竟然沒有與之相關之記載，多少讓人感到匪夷所思。

一九三九年九月五日，汪偽集團湊數召開的偽國民黨六屆一中全會召開，成立汪記國民黨部。中央執行委員會設常務委員會，常務委員為陳公博、周佛海、梅思平、丁默邨、林柏生、陶希聖、高宗武、李聖五、陳群等。其下設秘書廳、組織部、宣傳部、社會部、特務委員會、黨史編纂委員會、海外黨務委員會等。

當時宣傳部部長初為陶希聖，後又由林柏生接任，而先後出任宣傳部副部長者，計有林柏生、胡蘭成、樊仲雲、朱樸、馬典如等人。除了擔任汪記國民黨中央宣傳部副部長外，在一九四〇年三月成立的汪偽國民政府中，亦曾出任宣傳部政務次長、行政法院政務次長等偽職。這大概也是胡蘭成一生社會活動中第一個「高峰」。此時胡蘭成剛過而立之年。以一介布衣而且高中尚未畢業的「讀書人」身分，一躍而為汪偽集團中的中宣部副部長、政務次長等，儘管並非什麼擁有實權的利益部門，但就其權利的象徵意義而言，也是讓人感慨的。

據說，胡蘭成的「發跡」多少有些偶然——如果論資排輩，或者在當時汪偽集團的讀書人出身者當中，胡蘭成要想脫穎而出，都還需要若干時日。是抗戰以及當時汪偽集團的輿論需要，以及陳璧君積極為汪精衛尋找「御用文人」的需要，成就了胡蘭成的書生——政客的權力之夢。

當胡蘭成懷著不得志的鬱悶，在廣西一帶的中學飄蕩的時候，他心中的舞台，顯然從來沒有僅限於一方講台。他對時局的敏感、窺測與判斷，似乎總是與一部分當權者的心思相一致，這是成就胡蘭成的客觀社會環境。但是，他的敏感、窺測與判斷，又只是與一部分當權者的私心相一致，這也使得胡蘭成的「敏感、窺測與判斷」，在獲得一部分當權者的欣喜、眷顧與垂青的同時，難以成就正道大業。這恐怕也是胡蘭成式的讀書人的幸與不幸的雙重所在。

一九三八年，當周佛海等人為首的所謂「低調俱樂部」在漢口成立「藝文研究會」，為其「反共媚日」主張作社會輿論宣傳的時候，汪偽集團中另一員幹將，也是後來胡蘭成在汪偽集團中的直接頂頭上司林柏生，立即在香港成立了「國際編譯社」和蔚藍書店，與周佛海等人的言論宣傳遙相呼應。胡蘭成在汪偽集團中的起家，大抵始於此。據說，是陳璧君的賞識與破格提拔，成就了胡蘭成後來的聲譽事功。不過，胡蘭成的道路，與中國歷史上歷朝歷代清貧出身的讀書人飛黃騰達的故事如出一轍：作當權者的吹鼓手、受到當權者的重用和破格提拔，並最終在與權力場中的實力派的角逐較量中敗下陣來，並成為首先的犧牲者——在所謂公館派與周佛海的權力爭奪中，這位受到陳璧君破格提拔的胡蘭成，最終又成為首先被犧牲放棄的卒子。所謂原本赤條條來，最終赤條條去。

由此看來，《周佛海日記》中之所以沒有胡蘭成的相關信息，大概與兩人在汪偽集團中彼此抵牾、不大相往來有關。

一個人的雜誌

其實，從晚清倣西例開辦雜誌以來，同人刊物就佔據了雜誌的絕大多數，其中亦不乏一兩人支撐整個雜誌的，傳教士們主持的中文刊物不說，就連康梁變法前後辦的《強學報》、《時務報》等，亦莫不如此。甚至到了五四新文學運動時期，《新青年》、《新潮》等，仍然沿襲著晚清以來這樣一個不成文的辦刊傳統。

上個世紀四〇年代中期，在辦報之餘，胡蘭成曾經辦過一個名為《苦竹》的文學雜誌。不過，這不是一份「只談風月」、「僅飲苦茶」一類的文學刊物，儘管有張愛玲這樣的純小說作家以及炎櫻這樣的純閒人參與其中。

之所以說這不是一份完全意義上的純文學刊物，有若干原因。首先，該刊創刊號開篇就是〈試談國事〉一文，該期收尾的，又是一篇譯文〈中國革命外史〉——這樣一期刊物，哪怕中間文章再風花雪月，也只恐因為儒其冠、武其靴的首尾裝扮，而讓人感到多少有些莫名其妙。

其實一點也不用費解，因為這個刊物是胡蘭成一個人辦的，所以免不了有社論家的胡蘭成的風格在。而這個刊物又是戀愛中的胡蘭成辦的，自然也少不了才子佳人一類的風花雪月。

《苦竹》第一期，除了張愛玲的一篇隨筆散文〈談音樂〉和炎櫻一篇〈死歌〉外，就只剩下路易士的〈詩四首〉，其餘，絕大部分出自胡蘭成的手筆，不過他分別用了敦仁、貝燉煌、王昭午、江梅等筆名。

更讓人覺得《苦竹》的創刊，不過是胡蘭成心血來潮，多為向世人招搖自己新得佳人的喜悅與得意的，在《苦竹》第二期內封中，就忙不迭地出現了張愛玲、胡蘭成兩人作品集的並排廣告！一是張愛玲的散文集《流言》，一是胡蘭成的散文集《今生今世》。

不知道為什麼，當時胡蘭成的《今生今世》恐怕還不過為腹稿，竟然已經忙不迭地在此廣告。或許也只不過是想與張愛玲的作品並列並廣而告之，儼然是另一種風雅的結婚啟示。也或許，這既滿足了張愛玲作為女性對於婚姻的再正當不過的期待，也大大滿足了胡蘭成要與張愛玲在文學上打個平手的壯志雄心——有意思的是，在後來亡命日本期間才完稿的《今生今世》中，胡蘭成仍喋喋不休地解釋說自己寫這些東西，其中一個很重要的衝動，就是要在文學上與張愛玲一爭。這當然又是胡蘭成式的聰明或者春秋筆法，此不展開贅述。

如果說創刊號《苦竹》多少還拉一個路易士來作為擋箭牌，免得世上文學青年過於欣羨，那第二期的《苦竹》，則已經完全成了夫妻店——除了已經被周作人逐出師門的弟子沈啟无的一篇〈南來隨筆〉。年不過四十的胡蘭成，已經開始毫無掩飾地大談「文明的傳統」、「給青年」一類的高論，甚至將自己當年在廣西時候的「年少之作」，也以「男歡女愛」的改頭換面，刊登在自己主持的刊物上。而在該期壓尾的一篇〈談論金瓶梅〉，也實在讓人想起一九四一年二月擴充之後的《國民新聞》，因為那上面曾經連載過連環畫的《金瓶梅》。如果《苦竹》的「苦」，需要〈男歡女愛〉甚至《金瓶梅》來沖淡，這樣的《苦竹》，似乎還不如任它蟲蛀的好，即便枯萎死掉，也不至有多少可惜的。

其實，戀愛中的人總是容易得意忘形，或者過分膨脹而不自知。如果說第一、第二期的《苦竹》，多少還有兩三個外人作者，到了第三期，胡蘭成乾脆一個人唱起了獨角戲。而且也拉下了純文學的假斯文，乾脆顯露出「社論家」的真本色。《苦竹》第三期連帶〈獻歲辭〉一共刊發了八篇文章，其中還有〈告日本人與中國人〉（署名「胡蘭成」）、〈中日問題與日本本身問題〉（署名「夏隴秀」）、〈『中國之命運』與蔣介石〉（署名「敦仁」）、《延安政府又怎樣》（署名「江梅」）、《左派趣味》（署名「林望」）、〈中國文明與世界文藝復興〉（署名「胡蘭成」）以及〈中國與美國〉（署名「王昭午」）。其實，上述文章均出自胡蘭成一人之手。而在這一期獻歲辭旁邊（獻歲辭同樣出自胡蘭成手筆），有引用的巴爾扎克一句名言：

他用劍沒有完成的，我願用筆完成之！

——為拿破侖像題詞巴爾扎克

這當然是張愛玲所不曾料想到的。當她直到晚年，還多少有些沉浸緬懷自己的祖父祖母那種才子佳人式的煊赫與浪漫的時候，應該沒有完全料想到，自己遇上的，其實是一個于連式的中國現代文人。其實這原本也沒有什麼，于連就于連吧，只是無論此時的張愛玲，還是彼時的張愛玲，似乎都沒有作好精神上和心理上的準備。當一個人「獨角戲」一家刊物的時候，你要當心。

關於穆時英、劉吶鷗之死

關於穆時英、劉吶鷗之死，真正的當事人已不能陳述，徒剩一些揣測類的說三道四。原來翻看《今生今世》，以為裡面至少該有所交代，一看也失望。明眼人都知道這是在避嫌——穆、劉二人之「落水」，胡蘭成是否在其中起了「攛掇」的作用，也只能去推測了。曾經與一位戴望舒研究專家通電話，請教過這個問題。因為彼此隔著遠，老人的鄉音又只能連蒙帶猜，聽完後還是一頭霧水。

最近偶翻一本當年與穆、劉有一定聯繫的文人們主編或投稿的刊物，讀到其中一篇〈立齋夢憶〉，有些文字，涉及到穆、劉二人遭馬路「槍殺」橫禍前後的一些資訊，遂決心作一次文抄公，摘錄其中若干段落。

對於穆時英之所以遭槍殺，聽到過的原因解釋亦多種，〈立齋夢憶〉中相關文字是這樣的：「穆時英離開香港以前，據說在賭場上大大地失意。但他一到上海，頭腦非常清晰，以藝術者一變而為政治者的英姿，帶來了全套新的理論。」這種「春秋筆法」，也只有對穆時英去香港之前及回上海之後的思想言論落差有更具體的瞭解者，才能體會這裡所謂「藝術者」與「政治者」，也才能理解所謂「全套新的理論」。穆時英從哪裡帶來的全套新的理論？從文章敘述看，自然是香港。在香港的時候，穆時英接觸稍多的汪偽集團中的「文人」，自然也少不了胡蘭成。

〈立齋夢憶〉中還說：「時英遇難前一個月，到日本去了一次，回來說船上十分驚險，好像因此就引起了他的生和死的思索。」又講穆時英遇難前這段時間眼睛曾患大病，幾乎失明。所有這些，或許都與他的日本之行有關，但這種性命憂患，顯然不僅僅與他在船上所遭遇的驚險有關。文中還說：「他沒有自備汽車，他也沒有自衛手槍。他終於在一個雨的傍晚，從國民新聞出來，坐在人力車中，接受了兩粒子彈。」

穆時英之後，劉吶鷗繼任國民新聞社長，據說當初還邀請副刊的寫稿人在愚園路半夜舞廳吃了一餐「富麗堂皇」的夜飯，也不知道是為了給大家壓驚，還是為了慶祝重新開場。不過有一點倒可以肯定——穆時英顯然不是因為《國民新聞》副刊上的那些文章言論而遭此厄運的。有興趣的讀者，不妨將穆時英主持該報時出自他之手的那些社評社論找來看看，或許能有所發現亦未可知。

只是苦了劉吶鷗。無論是他，還是那些被他拉來繼續為《國民新聞》副刊「六藝」寫稿的作者們，都不會想到朝向《國民新聞》的槍聲這麼快再次響起。「自微音脫離，聞玄和文希編的六藝，我都不曾寫稿。文希編六藝不久，劉吶鷗長國民新聞甫月，在新雅，我們又有了第二回的沉默。劉吶鷗也被槍殺了。他的身胚，尤其是他的肚皮，我在第一次看見他時就為他危，不知怎樣我會得奇奇怪怪的想，他的肚皮太像會得裝一粒槍子了。他也時常到新雅，一面吃點心，一面用手帕揩汗，敞衣去舞場，也揮汗不已，但他從未擔心，不像時英曾有一時為死的恐怕所苦。」

這種多少有點神秘的臆測，當然不是扣動手槍扳機的那隻手，而穆時英再擔心謹慎，也還是沒有逃脫掉橫屍街頭的厄運。其實這跟賭運如何、情場是否得意失意總歸是沒有什麼關係的——他們的命運，在他們放棄了一個老老實實地做文人寫文章、要到《國民新聞》去淌渾水的那一刻就基本上被決定了。還是那一句老話，善有善報，惡有惡報，不是不報，時候未到。所不同的，這次不是個人私善私惡，而是關乎國家民族的大善大惡。

作爲王壽遐的周作人

一九四八年五月至一九四九年四月，周作人曾以王壽遐這一筆名，在由其紹興同鄉黃萍蓀主編的《子曰》雜誌上發表過幾篇文章。這幾篇文章分別為〈吶喊索隱〉（第三輯）、〈紅樓內外〉（第四輯）、〈紅樓內外之二〉（第五輯）、〈北平的事情〉（第六輯）。

籠統地講，周作人這幾篇文章都是有感而發——〈吶喊索隱〉表面上看不過是因為要還《子曰》的一筆文債，不過究竟是多大一筆文債，實在也說不大清楚。倒是文章開頭另一句話，讓人感覺到此文之真正緣起：忽然想到《阿Q正傳》要製電影上銀幕了，關於阿Q的性格想要說幾句話，……可供製電影片之參考。

〈吶喊索隱〉一文最值得重視的觀點，實在是對於阿Q性格的說明。「我以為阿Q的性格不是農民的，在〈故鄉〉中出現的閏土乃是一種農民，別的多是在城裡鄉下兩面混出來的遊民之類，其性格多少與士大夫相近，可以說是未蛻化的、地下的士大夫，而阿Q則是這一類人的代表。阿Q性格中最明顯的兩點是精神的勝利與假革命。士大夫現在稱為知識階級，精神的勝利至今還是他們的最重要的武器，以精神文明去壓倒外來的物質文明，以固有道德去鎮伏異端的民主思想，以綱常名教風化正氣等名詞為盾牌，任意的罵倒別人。……阿Q的假革命即是投機，而投機又是士大夫擅長的本領，我們不去別處找證據，只就正傳所記的看去，也就足以為證據了。」這樣的觀點，無論是對當時還是後來的魯迅作品解讀研究，實在都是值得引起重視的。單不說阿Q性格中的遊民特性，就是這一類型的人物性格與現代士大夫階級或知識階級之間的相通性或代表性，亦足以引起讀者對於這部作品內涵及文化象徵寓意的再次體味細察了。

〈紅樓內外〉二文，緣起於《子曰》第二、三輯上連續刊發的蕘公的〈紅樓一角〉。此文第一篇又署名〈北大掌故〉，第二篇又署名〈北大與總統〉。周作人在〈紅樓內外〉一文開篇說：「讀了蕘公的〈紅樓一角〉，覺得很有興趣，因為所記的事有些也是我所親自見聞的。……這回因了〈紅樓一角〉的文章，引起我的記憶，零碎的記了下來，聊以當豆棚瓜架下的消暑資料吧。」

這位因為北大掌故而引發周作人回憶的蕘公，原名謝興堯（一九〇六至二〇〇六），號五知，別號老長毛、蕘公等。四川射洪人。一九二七年考入北京大學歷史系，一九三一年畢業，精於清史尤其是太平天國史研究。

周作人的〈紅樓內外〉分別談了「從卯字型大小說起」、「林琴南的《蠡叟叢談》」、「古今中外蔡校長瓜皮小帽辜鴻銘」、「關於端先生」、「《新青年》與《國故》」、「紅樓中的名人」、「錢玄同與劉半農」、「戲曲與印度哲學」、「水先生張競生博士」、「五四與三一八」、

「圖書館長李守常」、「從四月六日說起」、「高仁山其人」和「黃晦聞與孟心史之死」。這些文字，後來略有刪削，收錄在《知堂回想錄》中。這也是一般人所知道的了。而為一般人可能不大留心者，則為這些文字寫於南京老虎橋監獄。周作人一九四九年一月二十六日被保釋出獄，出獄當日有〈擬題壁〉一首：一千一百五十日，且作浮屠學閉關；今日出門橋上望，菰蒲零落滿溪間。三年多的監獄生活，在周作人這裡，被當作了一段閉關修煉。而上述那些文字，大概是修煉中的浮想與回憶，或者竟是吐納中的廢氣亦未可知。道家相信如此可以長生，但在周作人的文字中，卻大都談的是些往死。死生之間，談論的還有政權的變更。在對擬題壁的題解中，有這樣一段文字：橋者老虎橋，溪者溪口，菰者蔣也，今日國民黨與蔣已一敗塗地，此總是可喜事也。

比較之下，〈北平的事情〉是作者出獄後的文字，談的自然也就可以是現實了，不過人在上海，心中所關注的，卻是北方戰事。文章以主客對話的方式，議論了平津正巨變中的形勢。今天讀起來，還是有一種不勝唏嘘的感覺。

周作人與北大國史編纂處

周作人〈紅樓內外〉（署名王壽遐，刊《子曰》叢刊第四輯）中有這樣一句話：我於民六出（去）了北大，那正是文學革命與新文化運動的前夜，我出了課堂，卻又進了辦公室，當一名小小的職員，與學生教員一直保持著接觸。

這裡所謂「除了課堂，卻又進了辦公室，當一名小小的職員」，指的應該是他從紹興到北大後，被安排在北大國史編纂處擔任編纂一事。有關周作人來北大之後的工作安排，可謂一波三折，其中無論是北大校長蔡元培，還是從中奔走此事的魯迅，無不是在盡心盡力成全此事，而作為最重要的當事人的周作人，看上去倒像是在聽憑「中間人」安排的樣子。

查《周作人年譜》（張菊香等編），一九一七年三月，經魯迅向蔡元培推薦，北大聘請周作人為教授。不過，蔡元培擬聘周作人教授語言學和美學，魯迅在將此教授內容告訴周作人之後，周作人回覆：「此二學，均非所能，略無心得，實不足教人。若勉強敷說，反有辱殷殷之意。」

顯然與此有關，在周作人到達北京面見蔡元培之後，鑑於之前所擬擔任課程不能就，又正值學期中間，所以蔡元培提出讓周作人擔任預科國文。這顯然同樣不如後者心意。「這使我聽了大為喪氣，並不是因為教不到本科的功課，實在覺得國文非我能力所及，但說的人非常誠懇，也不好一口拒絕，只能含混的回答，考慮後再說。」

這裡所謂「考慮後再說」，無疑就是有禮貌的回絕。其結果，就是幾天後的「辭教國文事，並告擬南歸」。翌日，又得蔡元培信，告邀暫至北大附設的國史編纂處任編纂，月薪一百二十元。別一日，在與魯迅相商後，周作人往北大訪蔡元培，「言定在國史編纂處工作，從十六日開始，每日工作四小時，午前、午後各二小時」。周作人在國史編纂處具體的工作，據介紹：「當時編纂處聘請幾位歷史學家外，另設置編纂委員會管理外文，沈兼士主管日本文；周作人負責收集英文資料。辦公處所即在圖書館堆放英文雜誌的屋裡。」九月，周作人得北大聘書：「敬聘周作人先生為文科教授，兼國史編纂處編輯員。」

另查《北京大學日刊》一九一七年十一月十六日刊錄——即周作人已經被聘請為文科教授兼任國史編纂處編纂員之後——《北京大學附設國史編纂處章程》十五條，可知當時蔡元培暫聘周作人在此處「屈就」，是依照章程第八條，即本校編纂員不足時，「得由處長延聘……校外專門學者分任之為特別編輯員。」另第十三條亦規定：「本校教員兼任本處纂輯員者，其俸給之總額不得超過本校專任教員俸給之最高限。」九月周作人受聘文科教授並兼任編纂員，其月薪為二百四十元，這是當時北大初級教授的俸給數額。

蔡元培當時以北大校長身分，兼任國史編纂處處長，這也是編纂處章程第六條所規定的。為了延納周作人進北大，作為校長的蔡元培實可說是盡心盡力了。胡適在一九四七年擔任北大校長後一次在南京的北大校友會上，聲淚俱下地說：「北大成全了我。」如此說來，北大也成全了周作人。當然，對於胡適、周作人與北大之關係來說，這種成全是雙向的，套用當下時髦的一個詞，也是雙贏的。

另，《北京大學日刊》一九一七年十一月十八日上，又刊載了《國史編纂處徵集股條例》，凡七條。其中最後一條對「本股辦公時間」，做了專門規定，即「每日共七小時」。所以幾個月前周作人受聘為編纂員時每日工作四小時，或為蔡元培對其特別對待，也或當時徵集股股員的工作時間尚未嚴格規定亦未可知。無論如何，在周作人來北大工作這件事情上，無論是魯迅還是蔡元培，都是盡心盡力的。

陸小曼的畫

據說，陸小曼（一九〇三至一九六五）是在上海市文史館員任上去世的。另據說，她去世前幾年，還當上了上海市人民政府參事室參事。這些職務，似乎表明陸小曼走出了原本封閉的個人小圈子，進入到一個相對大的社會之中。事實恐怕並非如此。

陸小曼當文史館員，更多體現的是新時代對她的照拂，而難說她是有意想走出徐志摩去世之後所留下的巨大陰影。館員、參事一類的職務，她年輕的時候都無興趣，到年老了，又怎麼會有此「興致」呢？生活上的因素固然存在，但好像也不至於就到了揭不開鍋的窘迫。

讀梁實秋的《陸小曼的山水長卷》，是十多年前的事。但知道陸小曼還能夠畫山水長卷，卻並不是從此文獲知。胡適日記、徐志摩日記書札等，對此都有涉及——陸小曼正經的一點事，總是不乏吹鼓手。梁實秋的文章，就將陸小曼山水長卷招致而來的幾番高論一一予以說明。譬如胡適的「畫山要看山，畫馬要看馬。閉門造雲嵐，終算不得畫。小曼聰明人，莫走這條路。拚得死工夫，自成真意趣。」再譬如楊杏佛的「手底忽現桃花源，胸中自有雲夢澤。造化遊戲成溪山，莫將耳目為桎梏。」都是有意思的藝術高論。

印象中好像在哪裡看到過陸小曼的那幅山水長卷，因為不是真跡，所以也沒有留下多少印象。倒是前不久在復旦蔡冠深文博館看到的一幅陸小曼山水畫扇，讓我對這位纏繞在現代文人們的趣聞逸事之中的所謂「才女」的「才」，有了一次直接的認識。

這是一幅扇畫。畫面構圖為右山左水，山前茅屋數間，屋外有樹，樹上藤蔓垂鬚，鬱鬱蔥蔥，一派生機。離茅屋不遠，一條山泉小溪，自山谷流出，流向遠方。溪上石橋一條，將溪流兩邊連起，聊可過人。畫面右邊飽滿，左邊空疏遼闊，山體山石線條流暢純熟，溫潤有情，並不生硬拒人。而且茅屋樹木均有色彩，在一片蔥鬱之間，一人逡巡迴望屋內，不知是在向屋裡人言語，還是在聽屋內召喚。山不野，人不孤，畫面上有一種生命的溫情，這顯然是畫家對於生活的一種理想。畫面左上方，有題詩和落款並印章。題詩兩句：「憑誰稿得溪山志，卻是江南白石翁。」後寫明：「仿沈石田粉本。」署名：陸小曼。

眾所周知，陸小曼是一個都市女性——她的生活空間與生活方式，都是與現代都市時尚密不可分的。如其說陸小曼是一個藝術中人，倒不如說早年的她是一個時尚中人。徐志摩與她是在引領時尚、打破世俗的某一點上碰出了火花，但當徐志摩對世俗時尚失去興趣，轉向自我的內在的精神生活的時候，陸小曼式的熱鬧，就成了影響兩人感情的存在。不僅如此，陸小曼周圍那些人物，不過是徐志摩生活的一部分，或者說是徐志摩最無聊時的一部分。一旦徐志摩轉向一種更富有個人性、藝術性的生活時，陸小曼式的帶有一些藝術色彩的時尚生活方式，實際上恰恰成了徐志摩試圖突破超越的日常庸俗情調。這其實成了徐、陸之戀注定走向冷淡的內在原因，恐怕也是必然原因。再加上徐志摩個性中的那種不斷遊走追逐因素，似也為兩人當初的熱烈，埋下了不祥結局。

有意思的是，在這幅畫扇題詩之後，畫家特別標明，此乃「仿沈石田粉本」。陸小曼不是一個走大山、愛大水的人，對於中國古代文人畫中的山水意趣，也多是從文人們已經摩挲得滑溜的那些山、水、石、樹中領悟得來，而不是直接從對山水的觀察得來。就此而言，陸小曼的山水，首先是別人的山水，是前人的山水。她的聰明，在於或許能夠在別人的山水中點染些自己的意趣，但總體上來說，她的山水，永遠只能是在別人的山水之上有所點染點綴而已。這與她的人生，是否也有著某些相似呢？

胡適在她的山水長卷上題詩「畫山要看山，畫馬要看馬」，其實是在鼓勵陸小曼與原初生活自然之間，要有一種直接的、自我的聯繫，而不是建立在空想或模仿他人的形式之上。就此而言，胡適的提示，既是一種藝術觀的勸戒，也是一種人生觀和生活觀的建議。

張幼儀的最後浪漫

徐志摩與張幼儀之間的婚變，在不少人看來，都是一件「不幸」的事。而當初兩人協議離婚後，徐志摩還專門託友人在《新浙江報》上刊登離婚聲明，據說這大概也是現代第一樁公開協議離婚。

至於兩人為什麼要離婚，這個問題歷來眾說紛紜。《小腳與西服——張幼儀與徐志摩的家變》一書，算是徐、張婚變後唯一一部站在同情張幼儀的立場來敘述這場現代著名婚變的著述。其中有一則記錄，似可看出兩人婚變之前，徐志摩對張幼儀態度已然發生變化的某些端倪。

據說張幼儀當時從國內出來，前往歐洲與徐志摩團聚。徐志摩在法國馬賽接到乘船赴歐的張幼儀之後，二人旋轉赴巴黎，然後搭乘飛機飛往倫敦。無論是對於張幼儀還是徐志摩，坐飛機都是頭一遭。也因此，飛機起飛不久張幼儀就暈機了，更讓張幼儀感到難堪的，似乎並非是暈機，而是丈夫徐志摩所說的一句「土包子」。不過讓張幼儀感到心理上稍微平衡一點的是，徐志摩說完這句話沒多久，自己也暈機了！張毫不猶豫地回敬了一句：你也是土包子。

或許徐、張之間的「差距」，與兩人所受教育不同有關，但亦不盡然。現代文化名人當中，夫婦教育背景差距甚大者比比皆是，也未見均以離婚收場。不過有一點，作為一個高揚「性靈」旗幟的浪漫詩人，徐志摩對於張幼儀式的「拘謹」與「沉悶」顯然是感到乏味的——張式的「拘謹」與「沉悶」，絕非一種行為禮儀上的自我封閉，在徐志摩看來，那是缺乏自我擴張上的自覺與無力，說到底是一種心力不足的表現。

其實，如果就其一生來看，張幼儀並不缺乏浪漫情趣，只是這種浪漫情趣來得似乎晚了一些——只是在人生的家庭義務社會義務已經恪盡完畢的時候，張幼儀似乎才有了一種自我的解脫感，並在這樣的一種全新的心境中浪漫了一次。這一次，還是跟她與徐志摩之間的「創傷記憶」有關。

《小腳與西服——張幼儀與徐志摩的家變》中有「重回康橋」一節，是晚年的張幼儀對於自己在一九六七年與再婚先生蘇醫生一道前往倫敦郊區的康橋的敘述。熟悉徐、張故事者都清楚，當年的康橋留在張幼儀記憶當中的，該是怎樣的一種淒楚無助，以及對於人生產生過怎樣的恐懼與絕望。

有意思的是，晚年的張幼儀，竟然會萌生出對於這樣一個故地的「重遊」念頭，這本身就已經顯示出張幼儀超越了徐志摩所熟悉的那個張幼儀的所在。更關鍵的，是她舊地重遊之時的所見所思所感：

我甚至和蘇醫生一起在一九六七年的時候，回到康橋、柏林這些所有我住過的地方。……他和我坐在康河河畔，欣賞這條繞著康橋大學而行的河流，這時我才發覺康橋有多美，以前我從不知道這點。我們還從康橋坐公共汽車到沙士頓，我就只站在我住過的那間小屋外面凝視，沒辦法相信我住在那兒的時候是那麼年輕。

張幼儀的這段敘述和此種心情，如果上推三十餘年，倘若徐志摩還在世，不知道他會作何感想！不過有一點，當張幼儀與她的蘇醫生佇立在康河邊的垂柳綠蔭下的時候，兩個人的心境斷非完全一致。張幼儀在她的人生繞了一大圈之後，重回康橋，這時候她終於發現了過去未曾發現的美——那種讓徐志摩當年神魂顛倒的康橋的美。

遺憾的是，兩個人的心靈之間，似乎相隔了三十餘年的時間差距。等到張幼儀發現並為康橋之美而沉醉的時候，徐志摩已經隨著那一團火球，飛升到了九天雲霄之中。不過，如果他知道了晚年的張幼儀最終發現並感受到了康橋的美的話，他的靈魂還是會感到寬慰的。

什麼使得一個女人令人難忘

這是梁實秋一篇文章的題目，文章內容忘記了，但題目現在還記得。有意思的是，讀這篇文章的時候，梁實秋的此文集中還收錄有另一篇文章〈關於張幼儀與雲裳公司〉。文章其實只是一封書信，為的是確認雲裳公司確係張幼儀所開或主持，而與陸小曼無關。

關於張幼儀與雲裳服裝公司，其實找來《小腳與西服——張幼儀與徐志摩的家變》一書，不難確認。在張幼儀離開徐志摩後的生活中，雲裳服裝公司是她經濟上、生活上和精神上走向自立的重要一步，但顯然不是唯一的一步。

在張、徐二人離異之前，張幼儀只能是徘徊在徐志摩身邊周圍的一個影子，或者只能是在徐志摩的影子中逡巡，沒有任何理由讓人去關注她的存在和生活——她活在別人的生活中。既然如此，為什麼還要去關注這樣一個生命存在呢？

這只是就張、徐離異之前而言。在那場現代史上的著名婚變之後——徐志摩當年曾有志成為現代中國第一位公開在報紙上離婚的文明人——張幼儀自己的時間才開始了。

不過，即便如此，張幼儀的生活，一部分依然是在過去生活的軌道上：她要撫養兩人共同的兒子，還要照管徐志摩年老的父母。這種責任在徐志摩去世之後，更是成為一種道義上的責任。

但在《小腳與西服——張幼儀與徐志摩的家變》一書中，張幼儀似乎並未作如是觀。在這本多少帶有些為一個被炒得沸沸揚揚的現代婚變舊事正名的著作中，一個一直被遮掩在徐志摩身後或那個婚變舊事之中的張幼儀，最終走到了前台，將她後半生遮掩不住的人性光彩與生命力量盡情地釋放出來，讓這個現代婚變故事有了一個真正富有現代思想與精神意蘊的輝煌結局——從這裡，我們不僅看到了一個全新的張幼儀，也看到了一個全新的現代女性，一個終於走出男性的光環，獨立地開闢出一片屬於自己的天地的新女性。

張幼儀後半生的那些經歷並沒有重述的必要，有心人可以找來此書自己翻看。這裡想提一提的，倒是張幼儀的後半生經歷中可能不大為一般讀者所關注的兩個生活細節。

其一是張幼儀在將她與徐志摩共同的兒子撫養長大、結婚成家之後，與徐離異已經數十多年的張幼儀，才與一位默默心儀於她的男士組成新的家庭。在這個多少還帶有些「陳腐」意識的故事中，其實更讓今天讀者動容的，是一個女性對於責任與信念的堅持。

現代人對於自由的追求，不應該以放棄一些基本的道義與責任為代價，更不應該以全然不顧他人的痛苦或者屈辱為代價。徐、張當年那場婚變中，徐在許多方面不僅是主動方，而且也是強勢方——儘管張幼儀可能獲得不少經濟上的補償，但在生活與事業上，張幼儀當時的處境及未來的生活，都是可以想像的——那是一種幾乎沒有未來的生活。

但張幼儀開闢了屬於自己的未來，走出了一條幾乎沒有可能的屬於現代新女性的新生活。在這一生活中，女性不再簡單地依附於男性和家庭，無論這個男性多麼可愛，這個家庭多麼值得依賴。更關鍵的是，她所走出的那一條道路，是完全可以複製的可供大多數現代女性去嘗試的人生與事業道路。

其二是在張幼儀的晚年，她曾與第二任丈夫一道，重新回到當年在英國的傷心地——當年，也就是在這裡，她獲知了自己的丈夫，正在與一個年輕貌美有才華的女性展開一種精彩絕倫的屬於現代人的情感故事。出乎意料的是，重返舊地的張幼儀——那已經是她人生的暮年——並沒有處於一種人生的感傷之中，而是以一種超乎一般人的心態，對物是人非的一切，從心地裡發出這樣的感歎：我為什麼當初沒有發現這裡的美呢？

單憑這一句感歎，就可以知道此時的張幼儀，完全有資格站在與徐志摩並肩的位置，來欣賞劍橋的柔波與水草。但這一切，並不是在徐志摩的幫助下完成的，而是張幼儀自我成長的一種自然結果——自然而然，多好！沒有了詩人，一個真正意義上的現代女性成長起來了！而當年被徐志摩奉為現代新女性的另一位女性，卻在他去世後長期難以走出他的陰影，將自己塵封在一個狹窄的生活空間裡走不出來。張幼儀與陸小曼這兩位現代女性在與徐志摩生前與生後的不同人生道路遭際，實在有不少值得當下女性們認真思考的東西在。

政客的書生氣

《周佛海日記》一九四〇年九月一日日記中有這樣一段文字：

七時起。淑慧及幼海、慧海送至機場。九時起飛，下午一時半到北京，飛機繞飛頤和園，全園景致，歷歷在目。華北政務委員會、日本軍司令部及興亞院代表均至機場歡迎。下榻中南海勤政殿，與光緒被囚之瀛台，遙遙相對。此為第三次到北平，一為十七年之北伐完成；二為十九年中原大戰，馮閻失敗後。此次來臨，回憶往事，不禁百感橫生，人事滄桑，此十年中真所謂變化萬端也。

……

九時返勤政殿。余每出，必斷絕交通，心實不安，屢辭不獲，以個人觀之，二十年前之窮書生能於故都如此意氣，亦足自豪，但念及山河破碎，人民塗炭，反更覺不安也。熱甚，汗出如雨，久之始入夢。萬籟無聲，真宮中景象也。

記錄此則日記時候的周佛海（一八九七至一九四八），已經官居汪偽政府的權力顛峰，出任行政院副院長，另兼財政部長、中央政務委員會秘書長，後還兼任中央儲備銀行總裁、上海市長、上海保安司令、物資統治委員會委員長等，是汪偽政權中集黨、政、軍、財權力於一人、權傾一時的核心人物。就是這樣一位人物，一九四〇年九月，當他帶著南京汪偽政權的使命前來已經淪陷的北平的時候，顯然經歷了一次心理上的波折激盪：一個曾經的讀書人，如今攀爬上了權力的頂峰，享受著無與倫比的顯赫榮耀與富貴威嚴。這種榮耀與威嚴是如何體現出來的呢？一是乘專機飛故都；二是命令專機繞飛頤和園；三是下榻曾經的皇宮勤政殿，「與光緒被囚之瀛台，遙遙相對」；四是每外出必享受交通管制……

對於上述「榮耀」與「威嚴」，周佛海似乎並沒有心安理得地接受，也難以理直氣壯地享受——這種萬人之上的殊榮所產生的心理上的震盪，或許是太強烈了，以致於讓周佛海下榻在大清皇帝的寢宮裡，竟夜不能寐，而且虛汗不止！是因為對權力來歷的心虛，還是因為過於沉重的環境讓他無法安心，或者是其他？無論如何，儘管時間已經是九月，中南海的秋夜，竟然讓這位汪偽政府中權傾一時的大紅人「汗出如雨」。這禁宮裡的一夜，究竟讓周佛海夢到了什麼，無人知曉。

但有一點，當他享受著當權者以及權力所帶來的榮耀的時候，他似乎還是禁不住心虛。這種心虛是因為他無法心安理得地消受那種權力的傲慢和霸道，那種以武力強制性地剝奪他人的自由和權力而成就的個人威權，還是讓周佛海這樣一個接受過現代文明教育的讀書人感到有些「忐忑」——就在他為這樣一種登上顛峰的威權感到一種恍然如夢般的自豪的同時，他也不能不注意到這樣一個現實，那就是在他的威威赫赫的權力背後，正是山河破碎、生靈塗炭這樣的現實。即便是這樣的權力本身，又是如何得來如何成就的，其實他心裡也是一清二楚。於是乎他感覺到了不安——這究竟是一種矯情，還是一種良知的突然歸來，亦無人能知。在民國政治人物中，周佛海身上具有不少那個時代政治人物的典型特徵：他最初信仰共產主義，是中共最初的發起人之人；後又成為汪精衛的追隨者。投身蔣介石之後，他獲得了更多的權力並成為蔣介石身邊頗受青睞的紅人，但抗戰的爆發和國民黨正面戰場上的節節敗退，又讓他開始思考新的出路。於是乎，從「低調俱樂部」的核心成員，一變又成了汪偽政府的發起人。這最後的一躍，固然讓周佛海躋身於汪偽政權的核心，但也讓他被釘上漢奸這樣一個萬劫不復的歷史恥辱柱。只是一九四〇年九月在北平大街上的那一次內心忐忑，儘管是轉瞬即逝，卻讓我們在一種對權力無法抑止的追求攫取之中，多少感受到了一點久違了的書生氣。至於這一點轉瞬即逝的書生氣究竟是真是假，明眼人自然一清二楚。倘若願意費點氣力，找來周佛海當年發表在《古今》雜誌上的〈我的奮鬥〉、〈苦學記〉、〈盛衰閱盡話滄桑〉、〈自反錄〉等文章來對照著讀，那一點書生氣究竟還能夠剩下多少，則是見仁見智了。

我的《大公報》老鄉

大陸電視劇《恰同學年少》中有一段情節，說的是當年湖南一師師生聯合起來驅除先為湖南都督兼巡按使，後為湖南將軍的湯薌銘。

在電視中，湯薌銘的形象完全是一個偽善者，一個地道的偽君子。他時而以讀書人的腔調出現，時而以軍閥的腔調出現，而對於鎮壓當時湖南的進步學生思想運動一點也不手軟，是一個讓人憎惡的形象。

湯薌銘是我的大同鄉，湖北蘄水（今浠水）人。早年曾鄉試中舉，後留學法國多年。歸國後先後在海軍和教育界謀事，均居高位。其兄長湯化龍，光緒進士，一九一一年辛亥武昌首義後，參入組建湖北軍政府，曾先後任民元國會眾議院議長、內閣總長等。不過，湯薌銘在民國仕途上的晉升，卻並非靠了這樣一位兄長，更多是他自己的「努力」。

據說，為了得到袁世凱的信任，湯薌銘在主政湖湘期間大開殺戒，他在任期間被捕殺者眾多，僅有名可查者即達二萬餘人，他也因此被湘人憎稱為「湯屠夫」。一個讀書人出身、學貫中西的現代知識分子，怎麼會跟一個人人皆曰可殺的「屠夫」聯繫在一起的呢？弄不大懂。

不過有一點我倒是知道，那就是湯薌銘主政湖湘期間，所用多為湖北人，這就是他的所謂「以鄂治湘」。其中最重要的幕僚，當屬我的小同鄉、湖北隨州人李繼楨（一八七七至一九五四年）。在湯薌銘主湘期間，李繼楨為湯的督軍署政治顧問兼秘書長。

由此說來，那「湯屠夫」的稱呼中，一定也少不了我的這位小同鄉的貢獻。

但如果查看李繼楨的履歷，就會發現跟那些大多數民國人物一樣，充滿了複雜性。他早年也曾中過秀才舉人，後留學日本，學的是政法。回國後也在上述領域內周旋進出，或為人師，或為幕僚，甚至一度主持過縣政，至於是否有官聲，則不得而知。

也就在李繼楨為湯薌銘幕僚期間，他曾一度為長沙《大公報》特約撰述。需要說明的是，這個《大公報》，跟一九〇二年英斂之在天津創辦的《大公報》，後又由吳鼎昌、胡政之、張季鸞接盤續辦、至今仍在出版的香港《大公報》並非一家。長沙《大公報》創辦於一九一五年九月，一九四七年底停刊，也算是民國時期存在時間比較久的日報。

二十世紀〇年代、二〇年代的長沙《大公報》，以及時的時事報導和社會新聞著稱。該報創刊伊始，即旗幟鮮明地提出「毋忘國恥，維持民國」，這正是當時湯薌銘主政湖南期間，也是李繼楨為其特約撰述的期間。

從創刊號看，當時該報版面設有「大總統命令」、「公電」、「專電」、「歐戰要電」、「國內要電」、「時評」等欄目，是一份在欄目內容上比較典型的中上層知識分子關注的報紙。在這一點上它與天津版的《大公報》倒是接近。該報創辦人為劉蔚廬、總經理貝亢微、總編輯李抱一，後張秋塵、龍兼公、張平子等人亦曾一度擔任過主筆。

李繼楨在《大公報》上究竟寫了些什麼，說了些啥，不僅一般人沒有興趣知道，就連我自己，也懶得去翻閱。

不過，在與中共一大有關的一套叢書《新時代叢書》中，我倒再一次見到了我的這位小同鄉的大名，那就是由他和夏丏尊合譯的《社會主義與進化論》，作者為日本人高畠素之，該書一九二二年由上海商務印書館出版。《新時代叢書》社由李大釗、陳獨秀、李達、李漢俊、邵力子、周建人、沈雁冰、夏丏尊、陳望道、經亨頤等十五人發起，這些人後來也多為中共發起人或早期組織成員。李繼楨為什麼又與這些人混在一起了呢？

顯而易見的原因，除了早年留學同學關係外，此時的李繼楨，已經離開湖南，來到了浙江，在當時皖系軍閥、浙江善後督辦盧永祥公署擔任顧問。由此，李繼楨也成了新文化運動和早期中國的共產主義運動在理論上的吹鼓手。其實在此前的一九一九年，他還曾擔任過上海《大公報》記者，不過時間很短，算是客串，跟他當初出任長沙《大公報》特約撰述的性質差不多。

有意思的是，當初我做博士論文，需要查閱吳宓二十、三〇年代主持的《大公報》「文學副刊」。我將十餘年、三百餘期《大公報》「文學副刊」全部複印出來，並抽空查閱李繼楨在《大公報》上所發文章，後來才弄清楚，李繼楨所客串的長沙《大公報》和上海《大公報》，跟我所查閱的天津《大公報》並非一家。

三十、四〇年代的李繼楨，繼續混跡於新聞、政法領域，時而坐而論道，時而起身入幕，進出之間，還是他那點老底子支撐著。據說後來李繼楨的老「東家」盧永祥贈送了一筆不菲的資金，他遂告老還鄉，回到漢口成為寓公。新中國成立後，李繼楨也得到新政府的聘任，為湖北省文物整理保管委員會委員。後還被聘為湖北省人民政府文史研究館館員。他著有回憶錄《北洋談往》三卷及《社會顯微記》、《李瑞蘭大義滅親》等文藝作品。

《我的前半生》中的王國維

有關王國維之死，如果我們接受「殉清死節」或者「死諫」之類的說法，那就不妨看一看王國維「死諫」的對象、當時已經遜位的宣統皇帝溥儀又是如何看待王國維以及他的自沉的。

作為清朝最後一個皇帝，溥儀出生於一九〇六年，即清光緒三十二年。是年王國維二十九歲（王國維出生於一八七七年，即清光緒三年）。而當溥儀一九〇九年三歲登基的時候，王國維已過而立。光緒三十四年，也就是後來的宣統皇帝溥儀兩歲的時候，王國維隨羅振玉入京，任學部總務司行走，這大概是王國維開始自己與清皇朝發生一種具體而切實關係的開始。以至於後來有關王國維之死而引發的「殉清死節」或者「死諫」等說法，大抵都與王國維與清王朝乃至清皇室之間這種具體而切實的關係有關。但別說是王國維，就連將王國維引進風雨飄搖之中的大清朝廷的羅振玉，當時皆無緣與當朝天子會面。

王國維擔任上述學部總務司行走不久，就爆發了辛亥之役，清王朝被推翻。王國維又隨羅振玉，攜家流落日本。直至民國十二年，也就是一九二三年，王國維等人因極力鼓吹推動溥儀「復辟」的蒙古升允之薦舉，任職溥儀南書房行走。這大概應該算王國維近距離接觸溥儀的開始。羅振玉《海寧王忠愨公傳》中說王國維：「先世籍開封，當北宋時，其遠祖曰珪、曰光祖、曰稟，三世均以武功顯，而兩世死國難，《宋史》有傳。」這段文字尤為值得注意的地方在於：王國維祖上就有盡忠死節之傳統。

在溥儀後來的回憶錄《我的前半生》中，第一次出現王國維，是在溥儀已經遜位十餘年後：

> 我下了決心。我也找到了「力量」。
>
> 我在婚禮過去之後，最先運用我當家做主之權的，是從參加婚禮的遺老裡，挑選了幾個我認為最忠心的、最有才幹的人，作為我的股肱之臣。被選中的又推薦了他們的好友，這樣，紫禁城裡一共增加了十二三條辮子。這就是：鄭孝胥、羅振玉、景永昶、溫肅、柯劭忞、楊鍾羲、朱汝珍、王國維、商衍瀛等等。我分別給了他們「南書房（皇帝書房）行走」、「懋勤殿（管皇帝讀書文具的地方）行走」的名銜。

從這段文字看，王國維與另外十餘人一道，被試圖擺脫紫禁城的封閉或者獲得自由獨立的已經遜位的溥儀選為股肱之臣。而溥儀的「旋乾轉坤」、「密圖大計」的理想，也就主要依靠這些在民國依然留著辮子的忠貞不渝的臣子去實現了。

但溥儀很快就發現，即便是這些被他一度引為股肱之臣的「清流」們，大多也是裝腔作勢、誇誇其談之人，不過是為了一己之私、沽名釣譽或者光宗耀祖而已，甚至還不乏招搖撞騙之徒。這對聽信了清流們「內自振奮而外示韜晦」的進言、一心圖謀恢復——「光復故物」、「還政於清」——的溥儀來說，無疑是一個巨大的反諷，也讓他在領略了一番人生百態之餘，徒生一種遊戲心理：

他（羅振玉）在清末做到學部參事，是原學部侍郎寶熙的舊部，本來是和我接近不上的，在我婚後，由於升允的推薦，也由於他的考古學的名氣，我接受了陳寶琛的建議，留作南書房行走，請他參加了對宮中古彝器的鑑定。和他前後不多時間來的當時的名學者，有他的姻親王國維和以修元史聞名的柯劭忞。陳寶琛認為南書房有了這些人，頗為清室增色。

……

羅振玉並不經常到宮裡來，他的姻親王國維能替他「當值」，經常告訴他當他不在的時候，宮裡發生的許多事情。王國維對他如此服服帖帖，最大的原因是這位老實人總覺得欠羅振玉的情，而羅振玉也自恃這一點，對王國維頗能指揮如意。我後來才知道，羅振玉的學者名氣，多少也和他們這種特殊瓜葛有關。王國維求學時代十分清苦，受過羅振玉的幫助，王國維後來在日本的幾年研究生活，是靠著和羅振玉在一起過的。王國維為了報答他這份恩情，最初的幾部著作，就以羅振玉的名字付梓問世。羅振玉後來在日本出版、轟動一時的《殷墟書契》，其實也是竊據了王國維甲骨文的研究成果。羅、王二家後來做了親家，按說王國維的債務更可以不提了，其實不然，羅振玉並不因此忘掉了他付出過的代價，而且王國維因他的推薦得以接近「天顏」，也要算做欠他的情分，所以王國維處處都要聽他的吩咐。我到了天津，王國維就任清華大學國文教授之後，不知是由於一件什麼事情引的頭，羅振玉竟向他追起債來，後來不知又用了什麼手段再三地去逼迫王國維，逼得這位又窮又要面子的王國維，在走投無路的情況下，於一九二七年六月二日跳進昆明湖自盡了。

對於王國維，溥儀似乎有著比羅振玉稍好的印象與評價。我們當然不會完全聽信溥儀在《我的前半生》中對於羅、王二人的評價，包括對羅王之間學術關係上的議論，但我們不得不面對的一個事實是，當羅、王二人將自己的人生氣節和政治理想很大程度上寄託在已經遜位的溥儀身上，寄託在已經被民國推翻了的清王室的恢復（復辟）之上的時候，他們似乎忽略了那個寄託他們理想的宣統皇帝，究竟又是如何看待他們的。

如果說在《我的前半生》中，溥儀給我們勾勒出了一個近於「混世」的羅振玉形象，那麼比較而言，王國維的形象，大抵還算「端正」：

王國維死後，社會上曾有一種關於國學大師殉清的傳說，這其實是羅振玉做出的文章，而我在不知不覺中，成了這篇文章的合作者。過程是這樣：羅振玉給張園送來了一份密封的所謂王國維的「遺摺」，我看了這篇充滿了孤臣孽子情調的臨終忠諫的文字，大受感動，和師傅們商議了一下，發了一道「上諭」說，王國維「孤忠耿耿，深堪惻憫……加恩謚予忠慤……賞給陀羅經被並洋二千元……」羅振玉於是一面廣邀中日名流、學者，在日租界日本花園裡為「忠慤公」設靈公祭，宣傳王國維的「完節」和「恩遇之隆，為振古所未有」，一面更在一篇祭文裡宣稱他相信自己將和死者「九泉相見，諒亦匪遙」。其實那個表現著「孤忠耿耿」的遺摺，卻是假的，它的翻造者正是要和死者「九泉相見」的羅振玉。

顯然溥儀並沒有糊塗到足以讓那些所謂的股肱之臣肆意玩弄於股掌之間。對於羅振玉與王國維之間的恩恩怨怨，他似乎也有著超乎一般人印象的「洞察」與「清明」：

這篇祭文的另一內容要點，是說他當初如何發現和培養了那個窮書記，這個當時「黯然無力於世」的青年如何在他的資助指點之下，終於「得肆力於學，蔚然成碩儒」。總之，王國維無論道德、文章，如果沒有他羅振玉就成不了氣候。那篇祭文當時給我的印象，就是這樣。

只是即便是這樣的評價，顯然與王國維不惜以生命之軀而殉之的那個理想之間，依然有著天壤之別。

胡適與宣統

上個世紀二〇年代初期，胡適曾經因為與已經遜位的大清最後一任皇帝宣統在紫禁城裡的會面，而招致不少新派人物的疑慮非議。

有關這次會面的緣起，胡適日記中（一九二二年五月十七日）這樣記載：

今天清室宣統帝打電話來，邀我明天去談談。我因為明天不得閒，改約陰曆五月初二日去看他（宮中逢二休息）。

在這則日記之後兩個月的七月二十二日日記中，胡適又剪貼了一則發表在《努力》週報十二期上面的剪報。剪報標題為〈宣統與胡適〉。在這篇文章中，胡適比較詳細地介紹了當初進宮「看」已經遜位的宣統皇帝的經過（至於胡適之所以在事發近兩個月後發表這篇文章，一個顯而易見的原因，應該就是為了回應那些疑慮非議）：

陽曆五月十七日，清室宣統皇帝打電話來邀我進宮去談談，當時約定了五月三十日（陰曆端午前一日）去看他。三十日上午，他派了一個太監來我家中接我。我們從神武門進宮，在養心殿見著清帝，我對他行了鞠躬禮，他請我坐，我就坐了。他的樣子很清秀，但頗單弱；他雖只十七歲，但眼睛的近視，比我還厲害；他穿的是藍袍子，玄色的背心，室中略有古玩陳設，靠窗擺著許多書，炕几上擺著本日的報紙十幾種，內中有《晨報》、《英文快報》。炕几上還有康白情的《草兒》和亞東的《西遊記》。我稱他「皇上」，他稱我「先生」。我們談的大概都是文學的事，他問起康白情、俞平伯，還問及「詩」雜誌。他說他很贊成白話。他做過舊詩，近來也試作新詩。

……

此外我們還談了一些別的事，如他出洋留學等事。那一天最要緊的談話，是他說的：「我們做錯了許多事，到這個地位，還要糜費民國許多錢，我心裡很不安。我本想謀獨立生活，故曾要辦一個皇室財產清理處。但這件事很有許多人反對，因為我一獨立，有許多人就沒有依靠了。」

胡適顯然是有意識地在降低人們對於這次會面的現實意義乃至象徵意義的聯想。在這篇文章中，他還輕描淡寫地這樣辯駁道：

這是五十日前的事。一個人去見一個人，本也沒有什麼稀奇。清宮裡這一位十七歲的少年，處的境地是很寂寞的，很可憐的；他在這寂寞之中，想尋一個比較也可算得是一個少年的人來談談：這也是人情上很平常的一件事。

其實胡適很清楚，這次會面當然不是一個人去見另一個人那麼簡單，尤其是在帝制被廢、民國共和初創伊始之時。與其說是寂寞之中的宣統出於好奇，約當時暴得大名的新派人物胡適來宮中談，不如說是一個新派人物為了滿足自己對於被廢皇帝的好奇，而按捺不住地前往。

那麼，溥儀又是如何知道胡適這位當時「暴得大名」的新派人物，又是如何看待評價這位以倡導白話文學而聲名鵲起的胡博士的呢？

溥儀《我的前半生》中有這樣一段文字：

時某些所謂新文人如胡適、江亢虎等人也有類似的舉動。我十五歲時從莊士敦師傅的談話中，知道了有位提倡白話文的胡適博士。莊士敦一邊嘲笑他的中英合璧的「匹克尼克來江邊」的詩句，一邊又說：「不妨看看他寫的東西，也算一種知識。」我因此動了瞧一瞧這個新人物的念頭。有一天，在好奇心發作之下打了個電話給他，沒想到一叫他就來了。這次會面的情形預備後面再談，這裡我要提一下在這短暫的而無聊的會面之後，我從胡適給莊士敦寫的一封信上發現，原來洋博士也有著那種遺老似的心理。

頗具諷刺意味的是，不僅胡適將此會面視為一次尋常的會面，宣統同樣作如是觀。不過，跟那位認為「我不得不承認，我很為這次召見所感動。我當時竟能在我國最末一代皇帝——歷代偉大的君主的最後一位代表的面前，佔一席位！」的胡博士的「口是心非」相比，約見胡適的宣統，倒真是因為寂寞無聊而引出的一齣近於惡作劇的行為。《我的前半生》對於這次會面的緣起敘述得很是完整清楚：溥儀力爭為自己安裝了一部電話。電話裝好之後，純粹出於無聊好玩，溥儀拿著電話號碼本胡亂打電話取樂。他先是給京劇名角楊小樓家打了電話，還給一個名叫徐狗子的雜技演員開過類似玩笑，甚至還冒名給東興樓飯莊打過電話，之後，不知道什麼原因，他想到了胡適：

這樣玩了一陣，我忽然想起莊士敦剛提到的胡適博士，想聽聽這位「匹克尼克來江邊」的作者用什麼調兒說話，又叫了他的號碼。巧得很，正是他本人接電話。我說：

「你是胡博士呵？好極了，你猜我是誰？」

「您是誰呵？怎麼我聽不出來呢？……」

「哈哈，甭猜啦，我說吧，我是宣統呵！」

「宣統？……是皇上？」

「對啦，我是皇上。你說話我聽見了，我還不知道你是什麼樣兒。你有空到宮裡來，叫我瞅瞅吧。」

我這無心的玩笑，真把他給引來了。據莊士敦說，胡適為了證實這個電話，特意找過了莊士敦，他沒想到真是「皇上」打的電話。他連忙向莊士敦打聽了進宮的規矩，明白了我並不叫他磕頭，我這皇上脾氣還好，他就來了。不過因為我沒有把這件事放在心上，也沒叫太監關照一下守衛的護軍，所以胡博士走到神武門，費了不少口舌也不放通過。後來護軍半信半疑請奏事處來問了我，這才放他進來。

這次由於心血來潮決定的會見，只不過用了二十分鐘左右時間。我問了他白話文有什麼用，他在外國到過什麼地方等等。最後為了聽聽他對我的恭維，故意表示我是不在乎什麼優待不優待的，我很願意多念點書，像報紙文章上常說的那樣，做個「有為的青年」。他果然不禁大為稱讚，說：「皇上真是開明，皇上用功讀書，前途有望，前途有望！」我也不知道他說的前途指的是什麼。他走了之後，我再沒費心去想這些。沒想到王公大臣們，特別是師傅們，聽說我和這個「新人物」私自見了面，又像炸了油鍋似地背地吵鬧起來了。

如果胡適事先知道了這位已經遜位的宣統小皇帝，因為心血來潮，在給他打電話之前，也曾經給京劇名演員楊小樓打過電話，而且還給一個名叫徐狗子的雜技演員開過類似玩笑，甚至還冒名給東興樓飯莊打過電話的話，不知道他又該作何感想。

更關鍵的是，胡適在他的〈宣統與胡適〉一文中，說宣統事先還專門派了一個太監到他家裡來接，這與《我的前半生》中的敘述存在明顯差異。不僅如此。在胡適的敘述中，宣統皇帝接見胡適的地方，儼然是一個新派知識分子的書房：無論是那些報紙，還是那些白話詩人們的詩集，似乎都在暗示這位遜位小皇帝「與時俱進」的勇氣和開明。而這些也似乎從一個側面，呼應了胡適們倡導白話文學所具有的「替天行道」的意義。

只不過胡適不知道的是，在這位他看來不過是一個寂寞的青年的遜位皇帝眼裡，「原來洋博士也有著遺老們一樣的心理。」這一點，顯然不是胡適所理解的那樣再「尋常不過了的」。

王國維之死

對於學界而言，王國維之死似乎是一個已經解決了的「問題」。其實不然。二〇〇七年底，在王國維故鄉浙江海寧，召開了「王國維先生誕辰一百三十周年紀念暨國際學術研討會」。會上，「王國維之死」仍然引起了部分學者的熱議。而此次研討會，是內地學界最近幾年召開的一次最大規模的王國維學術研討會。

無獨有偶。近日，筆者又接受了一家中央電視媒體的訪談。其中話題之一，就是王國維之死。這接連而來對於王國維之死的重新關注，讓我也不禁自問：王國維之死，究竟還有什麼沒有解決的遺留問題？而過去的七、八十年中，圍繞著王國維之死所作的種種闡釋說明，是否有過度闡釋之嫌？

一九二七年五月三日，時任清華國學研究院導師的著名學者王國維，自沉於北京頤和園昆明湖中，是年五十又一歲。儘管王國維自沉經過有人目睹，而且又留有遺囑，且證實可靠，但自此之後，以迄於今，圍繞著王國維之死所發生的諸多爭議，似乎早已經超越了一個自然生命的「死亡」，而被賦予了越來越多、越來越沉重的時代的、歷史的、文化的、道德的、政治的等等意蘊。王國維之死也最終成為了二十世紀中國文化史和思想史上一個無法繞過去的「事件」，甚至於標誌性的事件。

對於王國維之死原因的探詢解釋，從王國維「自沉」被公開那一刻開始就沒有停息過。這些探詢解釋，對於讓人們真正走進認識這位晚近著名人文學者的內心精神世界，探詢他為什麼採用了這樣一種決然極端的方式了結自我，並對後來者有所啟示等方面，無疑是具有積極意義的。也正因為此，圍繞著王國維之死所展開的熱議乃至爭論，吸引了各色人等。王國維當時的清華國學研究院同事梁啟超在王國維墓成奠祭現場對國學院學生們教誨曰：先生之自殺，非絕無意義。而其冷靜之思想與熱烈之情感二者相激，實有以致之。惟其思想冷靜，故析理精，處世明。惟其感情熱烈，故操守約而接物誠。遭此世變，事與願違，惟以一死，明行已有之義。顯然，梁啟超對於王國維之死也給予了很高評價，但基本上限於文化思想人格和道德個性之間難以調適的矛盾衝突。梁啟超也注意到了時局突變對於王國維之死的「推手」作用，但他並沒有過於強調這一點。原因不辯自明：倘若王國維殉節說成立，那麼對於那麼多尚且苟活著的人來說，其政治道德和文化道德上顯然要承受巨大壓力。

與梁啟超的說法相比，同為王國維清華國學研究院同事的陳寅恪，將王國維之死的文化道德寓意抬升得更高，而這種解釋，也將近千年來文化的本土與外來、新與舊、中國與西方乃至傳統與現代等等命題之間的矛盾衝突凸顯得更加尖銳，更加激烈，也更加難以調和。在陳寅恪的〈王觀堂先生輓詞並序〉中對此闡釋得更直接，同時也更深切鄭重。陳寅恪指出，晚近中國遭遇了中國歷史上千古未有之「巨劫奇變」。對於一般芸芸眾生而言，這種「巨劫奇變」可能僅止於個人或者一己之小家庭的日常生活，但對於那些為這種傳統文化所化之人來說，則經歷了深刻、慘烈且悲壯的巨大衝擊。循此，陳寅恪也試圖揭示導致王國維之死的更為深刻複雜的文化原因：

> 或問觀堂先生所以死之故。應之曰：近人有東西文化之說，其區域分劃之當否，固不必論，即所謂異同優劣，亦姑不具言；然而可得一假定之義焉。其義曰：凡一種文化值衰落之時，為此文化所化之人，必感苦痛，其表現此文化之程量愈宏，則其所受之苦痛亦愈甚；迨既達極深之度，殆非出於自殺無以求一己之心安而義盡也。

陳寅恪上述解讀一出，將王國維之死與晚近三百年思想史、學術史乃至更為源遠流長的知識分子傳統在現代的處境等之間的關聯性彰顯於學界思想界，讓那些有關王國維之死的「殉清死節說」、「欠債說」、「死諫說」等不得不重新斟酌其言說視野之局促狹隘，或者將王國維之死的近由與宿因混淆替換，降低或者矮化了一個文化巨人看似尋常普通的行為背後所可能蘊涵著的歷史文化與哲學思想價值。

不過，不妨再回到王國維之死本身。作為一個人，一個有著普通人一樣生活痛感與生理局限的自然人，王國維對於死亡與自殺並非一直持那種決絕極端態度。在檢討晚近學術與國人「時尚之病」之時，王國維曾這樣說過：「我國人廢學之病，實屬於意志之薄弱，而意志薄弱之結果，於廢學外，又生三種之疾病，曰運動狂，曰嗜欲狂，曰自殺狂。」這裡說得很清楚，王國維並不完全認同「自殺」這種行為，甚至將其視為一種民族文化的一種疾病，一種國民性中的「劣根性」，應該是並不多少同情。不僅如此。在一則專論「自殺」的文字中，王國維再次闡明了自己對於自殺的認識態度：至自殺之事，吾人姑不論其善惡如何，但自心理學上觀之，則非力不足以副其志而入絕望之域，必其意志之力不能制其一時之感情而後出此也。

也就是說，在王國維看來，自殺者或者那些有自殺傾向企圖的人，往往是那些意志力漸趨薄弱的人。自殺是意志力與情感之搏鬥的一種結果：情感勝而意志力敗。而生命，則成了這場自我搏鬥的犧牲品。

其實，就王國維個人而言，他就是晚近中國一個集中了各種深刻文化矛盾與思想衝突的代表人物。他並非對此毫無所知，也不是僅僅只有肌膚之痛，而是始終處於一種「生存或者滅亡」的痛苦掙扎之中。而當王國維處於這種痛苦掙扎之中而難以自拔的時候，他並沒有表現出一種精神上的迷狂或者瘋癲，而是以一種超乎尋常的巨大平靜而一點點接近那一個自我設置的「終點」，這才是王國維之死背後另一足以讓後來者追問和深思之所在。

如果循著這樣一種思路，實際上，對於王國維之死的追問與反思，似乎確實還終止不了。對於讀書人來說，這究竟是否是一件好事呢？

「寫作機器」張恨水

張恨水（一八九五至一九六七）不算太長的一生中究竟寫作完成了多少部文學作品，恐怕就連他自己也不一定真正說得清楚——據其《寫作生涯回憶》，有些發表在報紙上未曾連載完畢的小說，後來也沒有印成單行本，已經散失掉了。而據後來研究者統計，張恨水一生寫作小說一百餘部，其中多採用章回體，而且多為長篇小說，所以有章回小說集大成者之說。如果考慮到張恨水基本上靠賣文為生，而且還要養活一大家子人，他也可以說是現代意義上的真正賣文為生的作家，也是現代長篇小說大王，同時也是小說稿費制度的受益者——當年他與上海世界書局就《春明外史》、《金粉世家》這兩部長篇的版權以及另外加寫的《滿江紅》、《落霞孤鶩》和《美人恩》三部作品達成協議，世界書局兩年中共付給張恨水一萬多元稿酬。當時小報上曾謠傳張恨水十幾分鐘收到了幾萬元稿費，而且還說張恨水拿著這錢，在北平買了一所王府，自備了一部汽車。

對於此說，張恨水也沒有完全否認說是空穴來風，但認為「形容得神話化」。實際情況是：

「所謂數萬元的巨大稿費，其實不過一萬數千元，而且前後拉長了兩年的日子，談不上發財。不過在當年賣文為活的遭遇說起來，我這筆收入，實在是少有的。」

所謂「職業作家」，不妨看一看張恨水自己對抗戰八年中所完成和未完成作品所算的一筆帳：

現在我可以記一筆帳，在抗戰以後，在大後方完成和未完成的小說，是以下這些：《瘋狂》約五、六十萬字。《八十一夢》，約十七、八萬字。《牛馬走》，約百萬字。《第二條路》，約三十萬字。《偶像》，約二十萬字。以上發表於《新民報》渝蓉兩版。《巷戰之夜》，發表於重慶《時事新報》。《夜深沉》、《秦淮世家》，各約三十萬字。《水滸新傳》，約六十萬字。以上在上海《新聞報》發表。《紅花港》，約二十萬字，《潛山血》，發表於香港《立報》（未完）、《大江東去》，約二十萬字，發表於香港《國民日報》。《游擊隊》，發表於漢口版《申報》（未完）。《前線的安徽，安徽的前線》，發表於《安徽皖報》（未完）。《雁來紅》，發表於《昆明晚報》（未完）。《虎賁萬歲》，約四十萬字，未在報上發表，由上海百新書店出書。《蜀道難》，約六萬字，《負販列傳》（《丹鳳街》）約二十萬字，發表於《旅行雜誌》。補足一部書，《中原豪俠傳》，約三十萬字。改掉一部書，《太平花》，約三十餘萬字。補足一集散文，《水滸人物贊論》，約五萬字。寫成一集散文，《山窗小品》，約六萬字。此外，各種散文，八年來，約寫了一百四、五十萬字。

八年的歲月，不算短暫，平均每日能寫三千字的話，就當有八百多萬字的作品。根據上面那些帳，大概相去也不會太遠。

上述數字，看似枯燥，卻都是一個寫作者在抗戰極為艱困的環境中一個字一個字地寫出來的。

其中甘苦，大概也只有寫作者自己心裡真正清楚。張恨水把這些如水的文字，稱之為從自己身上「榨出來的油」——還好他沒有說是血。而對於張恨水的如此「高產」，當時就有不少聽起來有趣的傳聞，有人說恨水的作品全是假的，「有一老儒代為執筆」。也有人反問：「這老儒為什麼不出名，一切便宜張恨水呢！」他們說另有秘密。也有人說，小說是張恨水作的，但不是他寫的。「學了外國辦法：張恨水說，別人寫。這些代寫的人，共有三位之多。」更有人說張恨水寫小說：「是幾個人合作。」而由張恨水一人出名，得錢則瓜分之。甚至還有人說，有一位女士代張恨水寫小說，而她自己不便出名。「張恨水本人，根本狗屁不通。」凡此種種，也多少可以看出現代讀者們對於張恨水創造出來的文學奇蹟，確實感到狐疑不解。

其實，張恨水身上令人費解的地方還有很多，譬如他被視為所謂「鴛鴦蝴蝶派」一路的作家，但他恐怕也是此派作家中最為反感上海的人；他反感上海，但他主要的稿費來源卻又是上海；上海是近代中國小說興起的大本營，而這個延續章回體近代小說香火的現代聖手，卻更鍾情北京的生活……所有這些，殊非三言兩語解釋得清楚。

或許有人會說，張恨水不過是一個現代通俗作家而已，一個以數量取勝的職業賣文者，其作品在文學史上殊難有所地位貢獻。其實並非如此。在「世紀文學六十家」專家和讀者聯合評選中，張恨水專家評選得分六十四，讀者評選得分七十，總得分六十七，排在郭沫若、陳忠實之後，蘇童、冰心、穆旦、丁玲、顧城、張承志等人之前。

這種評選結果是否合理姑且不論，細查一下排在張恨水之後的這些現代當代作家，沒有一位不被認為是「嚴肅作家」。張恨水在謝世半個世紀之後，尚能夠置身於這些作家之間，想也不應該再有多少所謂「人生長恨」一類的感慨了。

遲讀《對照記》

因為一個偶然的因緣，我在《對照記》完成出版後十餘年才真正將其讀完——其實我此前曾經翻閱過張愛玲這部最後的著述，但顯然沒有予以足夠重視，或者亦可能是當時該書沒有給我留下特別印象。總之，當我十餘年後再將重讀作「初讀」時，內心禁不住生發出不少感觸。

有不少人認為，張愛玲的人生就像是一條射線，射出去就不再回頭。張愛玲式的決絕，亦盡顯其中。這不僅表現在她對待自己的戀愛婚姻上，更表現在她對待親人親情上——當八〇年代張愛玲與遠在大陸的姑姑、弟弟重新恢復通信聯繫之後，大陸最早的一批「張迷」肯定期待過張愛玲能夠葉落歸根，重返她魂牽夢縈的上海。但是她沒有。不僅沒有，甚至連與姑姑弟弟之間的通信，也是有一封沒一封的，就連住址電話也對這兩位至親保密！

如果沒有《對照記》，我們確實可以找到不少理由非議張愛玲的行為中那些不近情理人倫的地方，不管她有多少理由來予以辯駁解釋。有了《對照記》，我們有了一條走進暮年張愛玲的內心情感世界的通道，從這裡，我們真切而具體地感受到了久在他鄉為異客的張愛玲內心深處的孤寂與思念，無論她將自己的孤寂與思念遮掩得多隱秘，也無論她外表上看上去讓人們感覺到有多麼獨立自強。

張愛玲是從有晚清「四大譴責小說」之一的《孽海花》中第一次了解到自己的家族史的。此前她連自己祖父母的名字都不知道。跟其他同齡孩子一樣，誰還會去追問作為年節家祭時偶像的祖父祖母的名字呢，他們不就是爺爺奶奶嗎？有趣的是，張愛玲自此卻找到了一個走進自己家族歷史的極富個性的精神與情感通道。這條通道不是由正史中的那些冷冰冰的文獻資料修葺而成，而是一條純粹民間的、野史的、富有傳奇色彩的通道。一個小說家從這裡，得以與自己的先輩親人溝通交流，也從這裡感受歷史的蒼涼與人生的命運感——一種張愛玲式的永遠抹不去的命運感。

這不僅讓人想起《對照記》中她對自己父親的描述。關於父親，張愛玲最早一篇文章恐怕是她從父親家裡逃出來之後在英文版的《大美晚報》上發表的〈出逃記〉。在這篇文章中，張愛玲詳細敘述了自己與父親、繼母之間的矛盾衝突，父親對自己的「囚禁」以及自己又是如何逃離「父親的家」的。這是一個極具五四精神文化的象徵意味的文本。儘管張愛玲當時並沒有真正意識到這一點，而且也不是要給現代中國文壇提供一個經典的現代逃父——審父文本。無論如何，張愛玲這篇文字的最直接的效果，一方面宣洩了自己終於逃出了囚籠般的父親的家的解放感；另一方面也完成了自己在精神上對父親、繼母的告別——可以想像當時張愛玲同樣多麼希望自己在經濟上也能夠獨立於父親和他的家啊！遺憾的是她不能，當她從香港大學輟學回到上海後，因為轉學聖約翰大學，還是不得不去找父親。在這篇〈出逃記〉中，父親是一個暴君式的存在，一個無法溝通不可理喻的獨裁者。

但《對照記》顯然抹平了當年逃離父親的家時的怨恨戾氣。不妨來看看《對照記》中張愛玲的描述。令人驚訝的是，向來惜墨如金的張愛玲，在《對照記》中竟然有多處述及父親和他的生活。現摘錄幾段文字如下：

（父親）習慣地銜著雪茄環繞著房間來回踱著，偶爾爆出一兩句短促的話……他們在思想上都受五四的影響，就連我父親的保守性也是有選擇性的，以維護他個人最切身的權益為限……我父親一輩子繞室吟哦，背誦如流，滔滔不絕一氣到底，末了拖長腔一唱三嘆地作結。沉默著走了沒一兩丈遠，又開始背另一篇。聽不出是古文時文還是奏摺，但是似乎沒有重複的。我聽著覺得心酸，因為毫無用處……他吃完飯後馬上站起來踱步，老女傭稱為「走趟子」，家傳的助消化的好習慣，李鴻章在軍中也都照做不誤的。他一面大踱一面朗誦，回房也仍舊繼續「走趟子」，像籠中獸，永遠沿著鐵檻兜圈子巡行，背書背得川流不息，不捨晝夜——抽大菸的人睡得晚。

上述幾段文字，亦有曾見之於張愛玲其他文章者，但文字背後的感情，卻不似此處悠長。她描述父親一肚子知識修養，卻在一個新的時代「毫無用處」，父親像「籠中獸，永遠沿著鐵檻兜圈子巡行」，這不禁讓人想到魯迅的〈孔乙己〉，一個同樣在新時代找不到自己存在位置和意義的可憐人。

《對照記》中的上述文字，是否也是在為父親當年對自己的粗暴行為提供一些精神心理上的緩頰呢？父親的行為粗暴和心緒敗壞，是否與他學而無用、無論是在精神上還是現實中尋找不到出路，只能夠在自我麻木與毀滅中逐漸沉淪下去有關呢？

張愛玲自己青年時代就有一句名言：因為懂得，所以慈悲。或許因為當年她還年輕，還無法真正懂得父親的無奈與徹底失望與沉淪，才會有暮年遲到的寬容與接納。曾經的矛盾嫉恨顯然都已經煙消雲散，剩下的，是生命對生命的理解、同情與悲憫，這也是在一種更高的有關家庭出身與血緣親情的層面與境界上，來細膩真切地感受親情與家族歷史，也正是在此意義上，家族歷史才像一條滔滔不絕的生命長河，淹沒了自己，並不捨晝夜地滾滾向前……

這也正如張愛玲自己所說的那樣，「我沒趕上看見他們，所以跟他們的關係僅只是屬於彼此，一種沉默的無條件的支持，看似無用，無效，卻是我最需要的。他們只是靜靜地躺在我的血液裡，等我死的時候再死一次。」然後她還飽含深情地幾乎像吶喊又像是喃喃低語般地說了一句：「我愛他們。」這裡的他們，是否也包含了曾經讓她失望甚至怨恨過的父親呢？

胡蘭成的英語水平

胡蘭成當年與張愛玲見面後，張愛玲說：「見了他，她變得很低很低，低到塵埃裡，但她心裡是歡喜的，從塵埃裡開出花來。」一般人都以為，這是因為胡的才情折服了張。而說起兩人的「短長」，其實，當時胡至少有兩樣明顯不如張——一是身高，二是英語水平。而這兩樣，胡蘭成也並非只是當時不如張愛玲，也是一生都不如張愛玲。

說到張愛玲的英語水平，張迷們都清楚。但說到胡蘭成的英語水平，就不甚瞭然。更有甚者，以為胡蘭成不過是一個沒有去過西洋的「土產」。再加上胡晚年流落東洋，一天到晚見人的著裝，多為中式長衫，甚至七〇年代到台灣講學亦如此，而所寫所講，又以中國傳統文史之學為要，於是就有人想當然地以為，胡蘭成不過是一個慣於跑江湖碼頭的「國產」，根本就不通西語。

其實，胡蘭成不僅學習過英語，應該還學得不錯。之所以如此說，就是因為他當年在杭州的蕙蘭中學讀過書。胡蘭成《今生今世》中有這樣幾段文字，描述當年在杭州這所著名的教會中學讀書的情況：

高小畢業我進紹興第五中學，只讀得一學期，學生鬧風潮，第二學期久久開不得課，我就回胡村了。我還不知這風潮是所鬧何事，只覺人世太大，不可唐突幹與或僅僅動問。此後表哥吳雪帆帶我到杭州考進蕙蘭。蕙蘭是教會中學，青年會在禮拜堂歡迎新同學，彈琴唱讚美詩，且分糖果，那樣的「兄弟愛」於我完全不慣。

我在蕙蘭讀到四年級，已在舉行畢業考試了，卻因一樁事被開除。我是校刊的英文總編輯，校聞欄有一則投稿，記某同學因賬目問題被罷免了青年會幹事職。校刊顧問是教務主任方同源，他說有關教會的名譽，不可登。經我說明，他就不再言語，我當他已經默認了，焉知登出後他叫了我去罵，當下我不服，他遂向校長以辭職要挾，開除了我。我倒亦不驚悔，惟一時不敢回禮，後來是父親寫信來叫我，我才回禮的。

但那幾年的學校教育對我也是好的。彼時學校功課不像現在的忙，考試亦不在其意，很少團體活動，很少競爭比賽，讀書只是讀書，沒有想到要拿它派什麼用場，亦不打算將來的職業，且連對世事的意見也沒有。我所以亦不信基督教。蕙蘭做禮拜，我總是可躲則躲，因為不喜歡基督教的無故鄭重其事。

上述文字中第一個需要注意的，就是胡蘭成說自己是「考」進蕙蘭中學的。而當年蕙蘭中學入學考試即有英語，各課所佔考試比例為國文二、數學一、地理一、英語一。之所以要國文成績佔二，是因為該校並沒有因為它的教會學校性質而偏廢國文，甚至還規定：「其有側重英文拋荒各科者，當令停讀英文，補習各科，俾免偏勝之弊。」所以儘管進蕙蘭之前，胡蘭成基本上是在紹興以及家鄉讀書，但英語當已有基礎。

進了蕙蘭之後，高中英語教員，全部由外國人充任，頗為重視課堂會話，而高中階段英語已經分閱讀及文法兩門，每周英語課多達九節。蕙蘭中學教學質量，在當時杭州乃至浙江全省中學中，皆名列前茅。再加上學校以傳教為辦學宗旨之一，所以學校裡的宗教氛圍濃厚，各項宗教活動，譬如早、晚禮拜、讀經、祈禱、唱讚美詩等，這些活動包括專門開設的聖經課，對於學生們的英語練習和英語學習的語言文化氛圍，無疑都是有幫助的。這一點胡蘭成的《今生今世》中亦有提及。

而在上述引文中，胡蘭成還提到一件事，那就是他當年在校時，還曾經擔任過《蕙蘭校刊》的英語總編輯。蕙蘭校刊是一份由學生們自主編輯的校刊，分中、英文兩組編輯。倘若胡蘭成所說曾任英語總編輯屬實，這至少從一個方面說明，他的英語水平已到一定程度。而一般認為，當年蕙蘭中學的畢業生，「皆中西兼優」，「能勝任翻譯及英語教學工作」。

唯一讓人感到缺憾的是，當年胡蘭成已經念到了四年級，後因故被學校除名。也因此，在今天蕙蘭中學畢業生名單中，並沒有胡蘭成。

胡適的「兩個凡是」

《胡適之先生晚年談話錄》中，記錄了一則胡適有關「怕老婆」的笑話。笑話是從別人對胡適夫婦關係的「議論」引發的——有人打趣說，經過考證，胡適是肖兔的，而他的夫人江冬秀則是肖虎的，當然兔子見了老虎就要害怕。

對於別人有關自己夫妻關係的各種議論，胡適早就領教過。無論是從當初奉母命與江冬秀成婚，還是帶著這位纏過小腳、寫封信錯別字連篇、不曾見過徽州之外世界的夫人來到新文化「聖地」的北京大學，為胡適行為叫好者有之，自然亦少不了不解甚至疑惑之人——一個留洋博士、新文化的領路人，又是如何處理好這家庭生活中的「二重奏」的呢？

其實，圍繞著胡適的家庭生活，尤其是胡適個人秘而不宣的個人情感生活，這些年海內外「好事者」已經發掘出不少材料。於是，在胡適所謂的「怕老婆」之外，亦有了不少新解讀。

那麼，胡適自己，又是如何「自圓其說」的呢？胡適二〇年代初期的日記中，曾就高夢旦等友人對於自己不背舊婚約之舉而「恭維不已」，認為這是一件「最可佩服的事情」。換言之，胡適當時不僅在新派人物中獲得廣泛的尊重，在某些舊派人物中，亦未見肆無忌憚的詆毀，一個條件，就是胡適在婚姻上所作出的一個「大犧牲」。而胡適對此所做的解釋，則是「最討便宜」，原因亦很簡單，「當初我並不曾準備什麼犧牲，不過心裡不忍傷幾個人的心罷了。」「假如我那時忍心毀約，使這幾個人終生痛苦，我的良心上的責備，必然比什麼痛苦都難受。其實我家庭裡並沒有什麼大過不去的地方。這已是佔便宜了。最佔便宜的，是社會上對於此事的過分讚許；這種精神上的反應，真是意外的便宜。」

胡適說，對於他的舊婚約，「始終沒有存毀約的念頭」，這種說法或許是真的。但胡適之「懼內」，似乎亦是廣為人知。對此，文明涵養如胡適者，自然有其「懼內」的理論學說在。在其晚年在台灣與友人的閒談中，他說出自己有收集世界各國家懼內故事的「偏好」，並從所收集的故事中得到一個「發現」，那就是「凡是有怕老婆故事的國家都是自由民主的國家；反之，凡是沒有怕老婆故事的國家，都是獨裁的或極權的國家」。

胡適的「兩個凡是」理論上是否站得住腳，明眼人自然一目瞭然，無須多言。但胡適如此費心費力地去收集此等故事傳說，當然不是為了考察各國政治民主等。

而對於胡適「懼內」的真實性，並非沒有記者提出過「懷疑」——胡適去世前一年，就曾見到過一篇標題為〈胡適之偽裝懼內〉的報導。其中寫胡適留著江冬秀「作女皇」，「這是虛君」，「實權自在首相手中」。這樣的解讀，也實在有點意思。後來一些好事者刨挖胡適的婚外花絮，似乎亦可呼應上述說法——胡適在一個不毀約的幌子下，實在不時偷渡一下個人的情感，更何況還有所謂「深情幾十年」之類的說法，就更是坐實了胡適「實在是婚姻內的有實權的首相」的說法。

胡適、江冬秀夫婦關係如何，本不關胡適學問乃至人格，自然亦不需龐雜人等置喙。不過稍微讀一讀胡適夫婦之間的「兩地書」，大致上對兩人之間的情感關係，應有一些了解。胡、江之間不屬於那種情投意合或者志同道合一類的新派夫妻，就跟〈傷逝〉中的子君涓生，也因此兩人之間，亦不會生發出什麼「傷逝」一類的感慨或者惆悵。他們就是生活夫妻——生活是一種比任何意義上的理論學說都需要時時面對的真實，在這裡，一時的作偽尚有可能，一生的作偽，就不免辛苦艱難。故而倘真有一生作偽者，也實在有去認真探究的價值，如果這樣的人與生活，真如胡適和江冬秀的話。

只是胡適的「兩個凡是」，在語言風格上不大像晚年胡適的風格，儘管在思想觀點上，倒確實有胡適思想的邏輯在。如果胡適不將自己的「懼內」，視為中國傳統意義上的「怕老婆」，也不是拙劣到模仿西方「紳士」禮儀夫人，而是現代人權意識與尊重女權與婦權的一種表現，這樣的堅守，就有飯後茶餘之外的意味了。

胡適家書：母子之間

胡適在說到自己當年赴美留洋的原由時，大多會提到一件並不羞於示人的「舊事」。那時他浪蕩滬上，與一幫從日本回來的革命黨留學生混在一起，說是在幹革命，但也叫局喝花酒，這些在那個時代絕對是正派人家子弟所不願涉足的場面。以致於一次醉酒之後因為與路警扭打互毆而被關進了局子。好在胡適當時尚在有工部局背景的學校裡有個教職，才算是沒有惹下更多麻煩。而這次醉臥街頭的自我放任之舉，卻讓胡適幾乎一生告別了混時間、混生活的自了漢式的生活。

而在解釋自己之所以能夠從此覺悟的原因時，胡適提到了他的母親——他說當時他想到了遠在千里之外的母親的殷殷期待。這說法應該不過分。事實上，一直到後來胡適留學之後，家中老母依然需要他不時寄錢奉養。原因很簡單，當時胡適與幾位同父異母兄弟已經分家，無論是大哥胡耕雲還是二哥胡紹之，他們都有自己的一個家庭需要撫養，胡適之母為他們的後母，再加上已經分家，又各自生活艱難，僅有胡適一後的胡適之母，在家鄉對於一直在外求學的兒子的期待盼望，可想而知。

胡適沒有將自己當年的這一「覺悟」，說得多麼偉大，而且他重新敘述自己的這段個人史時，業已名滿京華。魯迅說自己當初離開紹興到南京，也是因為在家鄉實在沒有了出路，家庭沒落間，一來是見慣了世態炎涼和勢利人的白眼；二來是自己要到異鄉去見異人走異路。與胡適的自我歷史敘述相比，魯迅的「離鄉說」多少謹慎些，或者用心些。

不過我很習慣胡適這種敘述，這種敘述裡沒有多少對於別人甚至社會的抱怨，既沒有抱怨說社會黑暗埋沒了自己、沒有給自己機會，也沒有自誇說自己為曠古未有之天才，生不逢時之類，而是從黑暗潮濕齷齪不堪的租界拘留所裡醒過來，明白了自己的所作所為之後，終於明白了自己行為的荒唐，已經淪落到怎樣的地步，且再無任何道路可走。而當時剛開始一年的庚子賠款留學考試，則成了胡適自我告別的一根救命稻草。他幸運地抓住了這根救命稻草。事實上並非所有去參加留學考試的學生都能夠像胡適那麼幸運——一九一〇年中同船去北京參加考試的，就還有胡適在滬上已經結識的同好、當時在復旦公學讀書的安徽人梅光迪。梅光迪的幸運，就是在第二年才來到。

是冥冥之中母親的呼喚，將胡適從一個可能就此廢掉了的自了漢、浪蕩子式的墮落中「拯救」出來——在不信神不信鬼的無神論者胡適這裡，當時能夠救他的，似乎就只有對於母親的責任，對於家庭的責任了。後來在〈不朽〉一文中，胡適將這種責任再次放大，放大到對整個社會的責任以及整個人類文明的責任。這不難理解。一個個體生命的意義與責任，確實是與這個生命自我認識與覺悟的逐步提升密切相關的，當這樣一個生命已經不斷超越一個偈促的小我的限制與自我滿足的時候，那時候不用別人提醒，自我已經逐步明瞭自己為一個更宏大的存在所擔負的責任，或者自己對於人生意義與自我價值的認知與確定，早已經超越當初對於自我的簡單滿足與簡單放縱。

就這樣，胡適從一個迷茫且差一點垮掉的「文學憤青」，走上了一條看上去無邊無際波瀾不興的學術之路。面對這條路上的奇風美景，似乎已經不再需要母親當年的冥冥之中的召喚，來作為路途中自我懈怠與自我懶惰下的清醒劑。生命在超越了某些溝坎之後，就不再是簡單地重複，當初的自覺與自我澄明，也不是需要再次重複的靈魂甦醒。那樣的經歷，有一次就夠了；而那樣的冥冥呼喚，有一次也夠了。

無論是魯迅式的覺悟，還是胡適式的覺悟，都是二十世紀上半期中國最先進的思想力量自我覺悟的起點。而不管是胡適還是魯迅，當他們獲得這種覺悟之後，都沒有就此離開母親的目光——他們都接受了母親為他們安排的生活的一部分，並將對於母親的奉養，作為他們人生的一部分。

胡適家書：夫妻之間

和魯迅與許廣平兩人之間的《兩地書》不同的是，胡適與江冬秀之間的家書，是真正意義上的家書——當時未曾想過示人，事後也不曾想過還要示人。

因為沒有上述念想，所以家書寫起來就沒有多少歷史的風雲，就是些家長里短一類的傾訴說話，尤其是江冬秀寫給遠在美國做駐美大使時候的家書。

與魯迅的《兩地書》同樣不同的是，魯、許之間的兩地書不少是你書來我書往，而胡適、江冬秀之間的兩地書，卻是稀疏得很，尤其是在胡適出任駐美大使期間，得到一封來自大洋彼岸的家書，不僅是江冬秀的朝思夜想的期盼，就連在武漢大學、臨時聯大借讀的長子胡祖望，也是期盼父親的一封回書如同小孩子期盼過年。

江冬秀並非像傳說中的所謂目不識丁，亦不是只曉得在麻將桌上捉麻雀。事實上，儘管沒有多少文化修養，甚至家書中也是錯別字隨處可見，但僅就家書內容看，江冬秀寫給胡適的家書中，有不少內容著實可觀，大概這也算得上是文明世界內不大多見的駐外大使家書。譬如說江冬秀屢勸胡適放棄大使一職，最初的原因可能比較直接，因為最初胡適外放，並沒有政府給薪，完全是義務為政府和國家做事，這在戰時舉家顛沛流離中的家庭婦女江冬秀來說，自然難以理解。她在一九三九年一月一日一封家書中這樣勸胡適：

你的信說，還沒有那（拿）著政府一個錢，這事你不能不去信去討呀！你要客氣，就恐怕那（拿）不到手了。我們底下一班人，吃黑（喝）好吃不來呢！你弄成一身的借（債），那時那（拿）什麼還？

都是婦道人家見識，卻真實自然，沒有虛偽矯飾，與讀書人委婉曲折拐彎抹角的說話習慣不對路，也不知道胡適平時在家裡是如何適應夫人這種直來直去風格的。所謂胡適式的「三得丈夫」，大概還包括夫人的這種話也要聽得吧。但江冬秀並不像一般人印象中那樣蠻橫不講理，相反，胡適家書中的江冬秀，不少地方顯示出這是一個有大節、知深淺的夫人。在一九三九年一月十六日致胡適的一封家書中，她勸胡適還是回到自己喜歡的學術中來，不要在政治領域進出攪和：

我勸你還是離開政治的好。說真話，政府裡要不願意聽，你說假話，（一）你不會，（二）你的人格不能。在社會上，我們的國就愛雖熒（虛榮），你要不愛這個就不行，走不上去，還是下來吧。……

我是什麼不懂得，但是心口一樣實在，要假不會。望你不見怪我瞎說話。有時很替你但（擔）優（憂），萬一弄到一事無從（成），進出兩難。我看你現在就走到了這一步上頭了，千萬退走下來，免的對不起老百姓……

而在稍早一封家書中，江冬秀同樣明確地告誡胡適：我還是勸你能早日離開的好，虧空想法子教書，或想法子補助。要做下去，你的性命都糟了。我一想起來，就替你焦心。

胡適在後來敘述自己當初出任駐美大使一職所面臨的壓力時，多次提到了夫人江冬秀對自己的勸誡。有上述這些家書為證，胡適沒有說謊。而胡適沒有多少要求地戰時應國家之召，其胸懷境界，遠非一幫功利的貪慕權貴者所能及。哪怕江冬秀在家書中再多數落，也是人之常情，都在可以理解之中。要說江冬秀的「婦人之見」，還不是全無遠見。早在一九三八年十二月底一封家書中，江冬秀就提醒胡適：我勸你早日下台罷，免受他們這一班沒有信用的加你的罪，何苦呢？

而後來胡適在與新任外長宋子文之間的種種——應證了江冬秀的上述預見。

胡適家書：父子之間

因為一個偶然的機緣，我曾在胡適家鄉績溪上莊見過胡適侄孫，並在他處讀到胡適長子胡祖望上世紀八〇年代以後寫給他的數十封書信。這些信讓我不禁聯想到胡適的家教。

胡適夫婦生育二子一女，不幸的是他們極為鍾愛的女兒九歲時染病不治夭折，剩二子。長子祖望，次子思杜，應該說二人都接受過良好教育，讀他們與父親之間的家書，感觸良多。

長子祖望後來讀工科，而他在專業上的這種「偏好」，似乎很早就顯示出來了。讀他寫給父親的信，言語全為白話，不僅有其父倡導之功，亦有其母實話實說的風範。譬如一九三二年二月二十四日寫給胡適的一封家書，已經盡顯祖望心地淳厚、襟懷坦白的個性，儘管此時他不過十多歲而已：

爸爸：

你不久可以出院了吧？因為盲腸炎只要住一個禮拜左右，就能出院了，你出院以後就沒有危險了。我很歡喜，因為你可以不再有盲腸炎那樣危險的病了。你現在在醫院裡幹什麼？有客人到醫院看你去嗎？我的身體很康健，你放心。我們這裡門口有醫院，校內有校醫，所以有病是很容易治的，你放心好了。不說了。

讓人感慨的，不是十多歲的孩子寫這樣一封家書，而是讀大學期間的祖望，依然這樣寫家書。一九三七年十月二十一日，從武漢輾轉來到長沙的祖望，寫了一封報平安的家書給父親：

臨時大學訂於十一月一日上課，現在才開始報到，所以詳情如何，我們還不能得知。我們現在住在四十九標的營房之中，睡的是地板，不過鋪有草褥子，又在樓上，不至於太潮濕，所以總還不算太壞。……

沒有什麼話了。

與祖望的坦率明白相比，思杜的家書在文字修養上就是另一種風格。不妨一讀他一九三九年三月十七日寫給胡適的一封信：

爸爸：

許久不寫信給你了，您十二月的信已收到，得知您的病狀已差不多全好，心中很是快慰。昨天是哥哥二十歲（陰曆二月十五），我寫了一封信給他。

去年比較努力，成績也還可觀。四月一日起有近十天的春假，我買了《經史百家雜抄》一部，《文選》一部，《詩品》一部，還有以前買的《六十家詞》等書來度過他（它）。

《大美晚報》日刊，每星期一有一個副刊，叫《文史》，是您題的字，字很歪，不像寫的，倒像集的。您寫過關於這報的題字嗎？著文的有呂思勉、胡樸安等人，內容很精彩……

無論是其興趣所在，還是所關注的內容，大抵與早年的胡適相似，文字也平穩流暢，有一種自然的老成在其中，不免讓人想起當年在上海《競業旬報》時期的胡適，所不同者，當年的胡適還有些拿腔拿調的味道，而此時的思杜，渾然天成一般。以胡適的見多識廣，孩子的成長，自然是父親心中之欣慰，只是不大多見胡適對於孩子們的表揚，不過鼓勵是有的。抗戰之後，直到解放，思杜的思想傾向，胡適並不全然能夠了解把握，所以離開大陸之後，思杜留在了內地，直至後來應了胡適當年那句警示，避著父母兄弟，在怎樣的苦痛無奈之中，做了一個「自了漢」。想那一念之間，父親當年與他夜拍蒼蠅的情景，或許還在眼前……

胡適是一個古人

因為想訂購一套《胡適文存》，就給杭州頗有場面的一家書城去電話，詢問是否有此套書。接電話的工作人員態度倒是不錯，但連問了幾遍胡適這個名字，最後當我再問是否知道胡適時，工作人員很是肯定且自信地回答說：當然知道，胡適是一個古人。

胡適是一個古人，這種說法並非是我第一次聽說。這樣說的人，也並非都是書店裡的工作人員，也有所謂的批評家或者研究者持此等高論。在我這裡，胡適一直是一個活著的思想者，一個在當下的思想語境和精神生活中依然生發著思想活力與精神生活力的現代學人，並與我個人的思想、學術時時發生著關聯互動。也就是說，在我這裡——當然也希望在別人那裡一樣——胡適不是一個古人。

我在電話裡並沒有對書城工作人員的說法作任何回應，倒是一邊開車的出租車司機笑著說：連胡適都不知道，現在的小年輕文化素質差得很，胡適就是「五四」時候的一個政治家嘛！

胡適是不是一個政治家，可能見仁見智。但胡適是一個政論家，則不大會有多少異議。所喜的是，出租車司機將胡適與「五四」連在了一起，這不僅符合歷史事實，也是胡適對於自己一生事功評價中尤為關注者。當然胡適所關注的「五四」，是新文學與新文化運動的「五四」，而不是發展成為一場政治運動的「五四」。不過這只是胡適個人的「五四」觀，是否正確，此不展開評論。

書城工作人員沒有查到《胡適文存》，我只好向另外一家購書中心電話詢問。這家購書中心場面同樣壯觀，也位於杭州市中心最繁華的地帶，平時來中心看書購書的人也很多。電話接通之後，工作人員同樣很職業地詢問查尋什麼書。我說《胡適文存》，工作人員又問胡適怎麼寫，我答胡耀邦的胡，合適的適。工作人員清楚之後，聽到她在電話那邊輕聲在跟一位同事說話，讓對方網上查尋。可能那位同事不清楚胡適這個名字，接電話的工作人員有點不耐煩地解釋說：胡適是一個人。

在一個小時之內，從「胡適是一個古人」，到「胡適是一個人」，這樣的說法套用當下一個時髦詞，都很「雷人」。

大概是上個世紀二〇年代初，胡適除了作北大教授，還兼任點北大教務管理方面的工作。一次招生考試，胡適亦在考場巡視。在一題有關「五四運動」的解釋答案中，胡適發現有考生說：「五四運動」就是一種健身運動，就是往上五下再往下四下。這樣解釋「五四運動」，簡直讓人噴飯！當然噴飯的是我們今天的人，當時胡適看到這樣的答案時，內心究竟作何感想，有興趣的讀者自然可以去查《胡適日記》。如果一定要因此而恥笑提供此答案者，或者恥笑電話中說：「胡適是一個古人」、「胡適是一個人」的工作人員，其實大可不必——既然「五四運動」在其發生後不過六七年，就已經被人們遺忘，而且遺忘者還不是引車賣漿之流，而是報考北大的莘莘學子，又有什麼理由去強求今天的一個書店裡的工作人員非要知道胡適是何許人不可呢？

話雖這樣說，但心裡還是有一些感慨聯想難以自抑。在胡適、魯迅、陳獨秀等人心目中，「五四運動」的意義不用多說，但問題是他們所理解的「五四運動」的意義，未必對一般百姓同樣有意義，即便有，也未必可與他們心目中的意義等量齊觀。至於他們是否會預見到有朝一日自己會被後來者稱之為「古人」，胡適與魯迅的態度似乎不大同。魯迅曾希望別人將他忘記，讓自己「速朽」，而胡適倒是寫過一篇他自己很看重的文章〈不朽〉。

只是「速朽」也罷，「不朽」也罷，跟他們本人已經沒有多少關係了，有關係的，是當下的人，還有當下的思想與精神生活的質量。

胡適的「每天一首詩」

聽到有人說過這樣大不敬的話：胡適一生留下了不少「爛尾樓」——儘管後來他一直在努力，希望能將那些未完的研究寫作計劃在有生之年一一了結，而且那些未完的著述，一樣有「但開風氣」之貢獻，但他最終還是在多少讀書人的期待與惋惜中遽然而逝！

坦率地說，胡適那些著名的只完成了半截的研究寫作計劃，大多都有未能如期完工的客觀原由，殊非個人懈怠。

作為一個學者，胡適一生交遊廣泛，有人因此認為胡適是在交遊上花費了過多時間精力，以致未能專心學術研究，這種說法，有責人過於苛嚴之嫌。其實，無論是翻閱胡適一生日記，還是對照胡適一生完成刊布的著述，還有大量未曾完成的手稿等，都不能不為胡適作為一個學者的勤勉高產而折服。我們對於胡適的「批評」，只能是在對於胡適的特殊期待這樣的語境中展開，而不應該是放在與同時代其他學者的對比中——其實，即便是放在與同時代同級別的學者之中進行比較，胡適也斷不會得一個不專心、不用功的評語。

最近讀到胡適選註的《每天一首詩》，加深了上述判斷——作為一個學者，胡適一生中有不少突發「奇想」或者讀書寫作上的「旁逸斜出」。倘若他不是胡適，這些「奇想」或「旁逸斜出」自然也不會如此引人關注。也正因為被過度關注，所以那些「奇想」、「旁逸斜出」也隨之被放大了，以致成為非議胡適的指標之一。

「每天一首詩」計劃，或許不過是胡適的一個突發奇想，也或許緣於某位在出版社供職的友人的一個不錯的金點子。在他三四年四月二十日的日記中，他這樣寫道：

> 從今天起，每天寫一首我能背誦的好詩，不論長短，不分時代先後，不問體裁。一年之後，這些詩可以印作一本詩選，叫做「每天一首詩」。

無論在當時還是現在，胡適這個「每天一首詩」的點子，都可以視之為一個值得去關注的選本計劃，儘管胡適並不擅長亦不鼓勵現代人去做舊體詩，甚至即便在新詩的嘗試中，他也算不上是一個好的詩人，但這些並不影響胡適作為一個舊體詩選本的選編者，以及他所選編的「選本」的獨特的文學與學術思想意義。

沒有理由認為胡適從一開始就不過是抱著一種「玩玩」的心態在對待這件工作，就在此日日記之後一月，胡適將先前選編的標準做了調整，原本是「不問體裁」，但現在「決計專抄絕句」。而且在其中有些詩後面，還附有或長或短的一些註釋。即便如此，其實，對於每天都有若干工作頭緒的胡適來說，這樣的工作要想持之以恆，也不是容易的事，「這一冊起於六月二十一日，中間停了好些時，到九月初才夠一個月的篇數。作事有恆心真不是容易的事。」這樣的感慨，出自對於當初一個自我消遣計劃的判斷，這不能不讓人肅然起敬。

在汗牛充棟的舊體詩選本中，胡適的這個選本似乎並沒有被拿來作為舊詩入門的必讀，無論是在胡適時代抑或當下，甚至連知道者亦不多見，但對於那些研究胡適的詩歌思想和文學思想者來說，這個選本卻可以說提供了另一個讓他們觀察胡適的文本界面。

譬如說胡適選詩的標準和判斷一首具體詩歌作品價值的標準等。對於任何一個中國舊體詩詞的讀者來說，王梵志的「梵志翻著襪，人皆道是錯。乍可刺你眼，不可隱我腳」都不會作為他們閱讀的首選，甚至是否會納入到他們的閱讀計劃當中都未知可否，但在胡適的選本中，卻是開篇第一篇！俗語說僧詩忌筍蔬氣，意思是說有自礙之嫌。晚清上海文人王韜卻說：詩之不必佳而得名者有三：曰方外，曰布衣，曰閨閣，至於原因，王韜並未解釋。其實大概也用不著多少解釋，明眼人一見就清楚。但王梵志這首詩之所以出名，坦率地講，是因為「借巨公力之煽動」。這位巨公，自然是胡適了。而胡適之所以選中王梵志和他的這首詩，無非是他的「反潮流」的精神，「但開風氣」的精神，不「媚俗」的精神，這與胡適之間，有著千載之隔的知音共鳴啊！

類似的選擇標準在「每天一首詩」中還有很多。但也不盡是這種思想上的「共鳴」，亦有不少是情感上的呼應，譬如選本中選了不少種花、看花、賞花、護花、惜花一類的詩，這本詩在選種中比率如此之高，令人驚訝！究其原由，不能不從胡適對花的情感中去尋答案——胡適自己，不就是一個唱著「我從山中來，帶來蘭花草，種在校園中，希望花開早」的詩人麼？

胡適早年論中日關係

不少人知道，胡適是中日全面戰爭爆發之前所謂「低調俱樂部」的重要成員之一，此間他對中日戰爭的前景是不看好的，因此堅持以「和」的主張，來抗衡當時知識分子中的「主戰派」。不過，在中日戰爭全面爆發之後，胡適的態度立場發生了顯而易見的改變，這也是眾所週知的事實——胡適放棄了自己書齋生活，受命出任駐美大使，做一個他並不適應、也不見得討好的公職差使，也就是他在一封家書中所稱的「過河卒子」。

或許有人因此而對胡適當初「混跡」於「低調俱樂部」感到費解，再加上「低調俱樂部」的主要成員，後來大多成了汪偽政府的中堅，所以對胡適這段時間的言行有種種揣測，似也不無道理。其實，無論是在當時的「低調俱樂部」中，還是在舉國知識分子之中，胡適與日本之間的「個人」關係都是比較特殊的——其父胡鐵花一八九一年（是年底胡適出生）十一月被台灣巡撫邵友濂奏調台灣；一八九二年胡鐵花任全台灣營務處總巡；一八九三年代理台東直隸州知州兼統鎮海後軍各營；一八九四年補授台東直隸州知州，同年甲午戰爭爆發，胡鐵花遣妻兒（胡適）歸鄉，自己應總兵劉永福私約而留台抗日。一八九五年，因心力交瘁、腳氣病加劇而離開台灣，七月初三在廈門病逝，後歸葬上莊。某種意義上，胡適與日本之間，因為其父胡鐵花以及甲午中日戰爭，而打上了深深的家庭恩怨烙印。換言之，即便在「低調俱樂部」中，胡適可以說是不看好當時以中國一國國力來獨自抵抗日本的前途結局，但他絕對不是所謂的「親日派」——在「低調俱樂部」中，有些成員本身就曾留學日本，是所謂的「知日派」和「親日派」，而胡適雖然赴美留學途中亦曾船靠日本，並曾上岸短暫轉悠，其所見所聞，在其留學日記中亦有記載。好事者不妨找來一閱。不過，與那些清末民初留學日本或在日本從事過反清革命的人士們相比，胡適的日本知識和對日本的情感，幾乎是可以忽略不計的。

就近代以來中日之間的關係而言，尤其是就中日之間爆發全面戰爭以及中國可能遭遇的結局，胡適在「低調俱樂部」之前，早就有不大樂觀甚至相當悲觀的預判。在一九一五年三月十九日〈致留美學界公開信〉中，胡適就對當時留美學界中所爆發出來的「抗日」情緒作出了回應。他認為，當時《中國學生》上面所表現出來的這種「抗日」情緒是「完全昏了頭」，「簡直是發瘋了」。對於那種堅決主張對日作戰的言論，胡適旗幟鮮明地批評：「在目前的條件下，對日作戰，簡直是發瘋。」對於留學生中在中日關係的認識判斷上所表現出來的種種不理性，胡適毫不客氣地指出：「這些在我看來簡直是不折不扣的瘋癲。我們都感情衝動，神經緊張——不是的，簡直是發了『愛國癲』！弟兄們，在這種緊要的關頭，衝動是毫無用處的。情感衝動，慷慨激昂的愛國呼號，和充滿感情的建議條陳，未嘗有助於任何國家（的危難）。談兵『紙上』對我輩自稱為『（留）學生』和『幹材』的人們來說，實在是膚淺之極。」

那麼，在當時的胡適眼中，究竟什麼樣的言行，才是最理智、最符合留學生的職責身分的呢？胡適也有個人之見：

在我個人看來，我輩留學生如今與祖國遠隔重洋；值此時機，我們的當務之急，實在應該是保持冷靜，讓我們各就本份，盡我們自己的責任；我們的責任便是讀書學習。我們不要讓報章上所傳的糾紛，耽誤了我們神聖的任務。

將讀書視為讀書人神聖的任務，這是胡適的一貫主張。所謂「神聖」，就是無論發生怎樣的世事變故，都不能動搖讀書人對於讀書的態度與責任。《青春之歌》中描寫了一個一心只顧自己讀書，全然不顧華北局勢正在發生巨大變化的書獃子余永澤，成了當時進步青年心目中自私落後的庸俗典型，而這個「余永澤」，在小說中就是胡適的高足。於是乎，胡適式的理性以及強調讀書人自身的神聖責任的主張，也就成了那個進步時代自私、落後的代表。而在二十世紀一〇年代留學時期的對日主張，與三〇年代中期的「低調俱樂部」，胡適的態度倒是一貫的，未曾有多少改變，用他自己一九一五年時所說的一句話來概括，那就是：「出諸至誠和報國之心我要說對日用兵論是胡說和愚昧。我們在戰爭中將毫無所獲，剩下的只是一連串的毀滅、毀滅和再毀滅。」

胡適沒有想到的是，八年抗戰，積弱成疾的中國竟然獲得了勝利！不過，在這八年之中，胡適也放棄了他一貫的「反戰」主張，投身到整個民族的抗戰之中——胡適也是可以改變的，但仍然是在胡適的思想與行為邏輯之中。

胡適與《魯迅全集》

碰巧在書架上看到一本有關清代各省禁書考察的書，翻到其中湖北省部分，注意到僅乾隆朝，湖北一省奏繳禁書兩次，共一百七十一種。再細查一下遭禁原由，無非是因人或因言「干犯」。

帝制時代公共言論的真實處境，在所謂康乾盛世亦不過如此，其他衰弱動盪時期就更可想像了——一般而言，強盛的政府，在對待民間言論的自由上，亦相對自信；反之則不然。不過，歷史並非如此簡單。晚清中國，恐怕是中央政權的控制力最為衰微的時代，同時也是民間言論相對興盛的時期。再加上各開埠口岸日漸繁盛，越來越多的體制外的民間知識分子流落其間，一種相對自由的、近於市場化的言論傳播方式開始出現並逐漸得勢，成為晚清思想解放與言論自由的先聲。

照道理講，民國以後，在個人言論方面的自由權力，應該得到更多保障，事實卻不盡然。最近偶翻到《許廣平文集》，讀到在魯迅去世之後，許廣平為魯迅全集的出版，而寫給幾位思想領域的中堅人物的書信。其中有寫給蔡元培的，亦有寫給魯迅好友許壽裳的，還有寫給胡適的。

給胡適的信，寫於一九三七年五月二十三日。信之內容，計有兩條，一是感謝胡適出任「魯迅先生紀念會籌備會」委員，作為家屬，許廣平向胡適表示感謝。另則為魯迅著述的整理出版事宜，其中有這樣一段文字：

又關於魯迅先生生平譯著約五十種，其中慘淡研術，再三考訂之《嵇康集》、《古小說鈎沉》等，對於中國舊學，當有所貢獻。但因自身無付梓之能力，故遷延之於今日，而一般人士，咸切盼其成。然此等大規模之整部印刷，環顧國內，以介紹全國文化最早、能力最大之商務印書館，最為適當。聞馬、許兩先生，曾請先生鼎立設法，已蒙先生慨予俯允。如能有成，受賜者當非一人。

意思是胡適不僅答應出任魯迅紀念會籌備會之委員，而且還答應為魯迅全集的整理出版，與商務印書館協商成全。以胡適當時在商務印書館之言論影響力，能答應從中斡旋，無疑為《魯迅全集》的早日出版，奠定了一個好的基礎。

胡適是否為《魯迅全集》的出版做了他所答應的事情呢？《許廣平文集》中收致胡適信二封。第二封信中明確說道：

四月五日奉到馬、許兩位先生轉來先生親筆致王雲五先生函。當於十一日到商務印書館拜謁。王先生捧誦尊函後，即表示極願盡力，一俟中央批下，即可訂約，進行全集付梓，在稿件交出後四個月或六個月內，即可出書。對於影印及排印二部，亦完全同意。並謂若以二百萬字計算，即可作十冊一部；其他如分精裝與普及本等，亦表贊同。以商務出書之迅速、完備、規模之宏大、推銷之普遍，得先生鼎立促成，將使全集書能得早日呈現於讀者之前，嘉惠士林，裨益文化，真所謂功德無量，惟先生實利賴之，豈徒私人歌頌銘佩而已！

很清楚，胡適在接到相關求助之後，不僅答應為魯迅紀念事「出名」，還實際上為魯迅全集之出版而出力。以他與商務尤其是王雲五之間的關係，《魯迅全集》之出版，自然無礙。

事實上卻並非如此簡單。其中一個重要原因，不是出在出版社方面，而是出在出版審查方面。在一封致許壽裳的信中，許廣平詳細介紹了魯迅著述因出版而被審查的細節：

昨接荊有麟信云：「周先生著作經有麟託王子壯先生，周先生老友沈士遠先生託陳布雷先生分向宣傳部各負責人及邵力子先生處接洽，現已得到結果：邵力子部長與方希孔副部長，已下手諭，關於政治小評如有與三民主義不合之處，稍為刪改外，其餘準出版全集，惟印刷時，須絕對遵照刪改之處印刷，一俟印刷稿送審與刪改無訛，即通令解禁。邵力子部長並諭：對此一代文豪，決不能有絲毫之摧殘，云云。」今天開明書店有些人請邵先生吃飯，茅盾作陪。談到禁書及迅師著作，邵謂：「蔡先生等函已收到，魯迅送中宣的，他已大略看過，《花邊文學》與《准風月談》，以前雖禁過，但他看沒有什麼，只要把書名改過，序及後記去掉，就可出版；不三不四集則可不要；十月與門外談以前雖禁過，他看沒有什麼，可以通過的。……

看完上述文字，任何一個對陳布雷、邵力子等有所了解的人都會感慨，他們二人其實都是清末民初言論自由的呼籲者與倡導者。不過，一旦成為體制中人，一不經意，也就成了言論審查的當權者。這與終生倡導言論自由且一直在民間身體力行的胡適，還是有明顯的不同。

「胡適能教些什麼呢?」及其他

唐德剛的《胡適雜憶》一書中,有一段文字寫到當年山河易主之後、胡適夫婦寄居紐約時候的落寞生活。對於這樣一位當年在中國大陸曾經呼風喚雨的學界領袖流落異邦、寄人籬下的晚景,敘者有一例為證:

胡氏在哥大來來去去,哥大當軸對這位「中國文藝復興之父」,表面上還算相當尊敬,但是在敷衍他老人家面子的背後,真正的態度又如何,則非胡氏之所知矣。一次我和當軸一位新進一塊兒午餐,他正在羅致人才來充實有關漢學之教研。我乘機向他建議請胡適來幫忙。他微笑一下說:「胡適能教些什麼呢?」事實上,我也完全了解他這句話是反映了當時美國文教界,對華人學者在美國學府插足的整個態度。那就是只許狗搖尾巴,絕不許尾巴搖狗。但是「我的朋友胡適之」怎能作搖尾之才呢?所以,對他只好敬而遠之了。

這段文字中所包含著的複雜情緒，非對異邦求學謀職有親身經歷者，斷難深切體會。唐德剛的文字中，與其說是對胡適當年如此遭際之不平，不如說是對於中華文化研究在當時美國學界慘淡景象的悲憤哀鳴，尤其是對於華裔漢學研究者可憐地位的悲憤哀鳴。學問之大如胡適之者，在當時母校當事者心目中也不過如此，遑論其他後輩晚學！對於四九年之後大陸、台島一時都難以棲身的胡適，唐德剛文字中所包含之信息，當然不止於此。山河易主、家國難回，滿腹學問無處施授，世事如斯，情何以堪！

唐德剛的這種情緒，在五〇年代初曾在紐約與胡適有過幾面之緣的張愛玲的筆下，得到了呼應。一生清高如張愛玲者，對於自己一直景仰的這位學界前輩的異國處境，竟然亦生與唐德剛上述文字如此接近的情緒：

他圍巾裹得嚴嚴的，脖子縮在半舊的黑大衣裡，厚實的肩背，頭臉相當大，整個凝成一座古銅半身像。我忽然一陣凜然，想著：原來是真像人家說的那樣。而我向來相信凡是偶像都有「黏土腳」，否則就站不住，不可信。……我也跟著向河上望過去微笑著，可是彷彿有一陣悲風，隔著十萬八千里從時代的深處吹出來，吹得眼睛都睜不開。

悲風何來？知者知之，不知者自然渾然不覺，就連當時胡師母的麻將牌，照樣在紐約那套陳舊的公寓裡準時響起……

說到當時流落紐約時候的胡適的心態，究竟是否落寞如上述唐文張文，實在不是沒有討論之必要，不過這並非此文所關注。倒是唐文中所提到的那個「胡適能教什麼呢？」這個聽起來讓「胡適之的朋友們」都無法接受的疑問，讓我想起當年胡適與哈佛學者楊聯陞之間的一封信。在這封信中，楊聯陞為著名華裔學者趙元任祝壽語言（文）學論文集徵稿一事，信中說：「您與趙先生幾十年的至友，我們想一定會答應撰文的，長短或中、英文都不拘，只要是講語文方面的問題的就好。」而在半月後致胡適的另一封信中，楊聯陞就前信中所提「語文」作了解釋：「趙壽論集『語文』的解釋，意思要從嚴。您與我已經是邊際人物了（所找的人linguists多於philologists）。」在那些語言學家眼裡，語文學家實在是一群比較奇怪的人。在那些專業哲學家眼裡，或許胡適不是一個真正意義上的哲學家；而在文學家眼裡，胡適也不過是一個討論與文學有關的話題的學者。如果就此而言，唐德剛前文中所提到的那位哥大當事者所提出的「胡適能教什麼呢？」的疑問，倒不一定只是無知或者無識人之明或者無容人之雅，而是還可能涉及到對學術的認知方面的差異等大問題。

一個離開了他的書房、講堂的學者，即便是像胡適這樣的名學者、大學者，當他們走進我們一般日常生活的時候，在我們這裡所引發的反響，似乎總是大不同於當我們在講堂、書房中見到學者時候。

問題是，我們並不知道那個脫離了我們的視線之後的胡適，不知道他是如何在安排他的時間，更關鍵的是，我們並不知道他是如何在應對自己的思想。在那裡，其實依然有思想生活的活力，與學術生活的不懈追求。

李叔同的兩種離情別意

出家之前的李叔同，其人其藝其情，一首〈送別〉已盡顯風貌：

長亭外，古道邊，芳草碧連天；
晚風拂柳笛聲殘，夕陽山外山；
天之涯，地之角，知交半零落；
人生難得是歡聚，唯有別離多；
長亭外，古道邊，芳草碧連天；
問君此去幾時還，來時莫徘徊；
天之涯，地之角，知交半零落；
一壺濁灑盡餘歡，今宵別夢寒。

詞義感傷，意境纏綿。對於世間知音友情的難得與珍惜，滲透在整首詞中，亦可見世俗人生的無奈與難以安置情感自我的憂傷，但總體上，並沒有捨棄塵世、遁入虛空的決絕，倒是一種無法割捨的自我糾纏，但情緒上既不怨天，亦不尤人，是一種自覺地經歷著的傷慟，在那種世俗生活的影塵中，有一種自我撫慰和自我憐惜的情致於其中，也是一種世俗的好。

但從李叔同到弘一法師，對於一般出家人，或許只是換了一種稱謂，亦或是一種並無真切內在力量的信仰的空洞表達，但對於李叔同，從他成為弘一法師那一天起，他就徹底與昨天的自我決絕了，一絲一塵的牽扯都不再有，決絕得甚至讓出家人都感到疼痛。

最近讀到民國時代一位知名法師倓虛和尚的回憶錄《影塵回憶錄》，心有所動。其中尤為感慨者，是若干段與弘一法師有關的記述。想來《影塵回憶錄》一般人也不大會去讀，或者想讀也不一定讀得到，這裡特摘錄其中幾段與弘一法師相關的文字，讓大家對出家之後的弘一，是如何的不「李叔同」的，有一些感性的認知。

民國二十六年（一九三七年）初夏，在山東青島主持湛山寺的倓虛法師，邀請弘一法師來寺講律。書中描述弘一法師到寺時的外貌衣飾：

> 弘老只帶一破麻袋包，上面用麻繩紮著口，裡面一件破海青，破褲褂，兩雙鞋，一雙是半舊不堪的軟幫黃鞋，一雙是補了又補的草鞋。一把破雨傘，上面纏好些鐵條，看樣子已用很多年了。另外一個小四方竹提盒，裡面有些破報紙，還有幾本關於律學的書。

紅塵氣息已經全然淡定。再看弘一法師又是如何對待寺院裡為他安排的齋食的：

因他持戒，也沒給另備好菜飯。頭一次給弄四個菜送寮房裡，一點沒動；第二次又預備次一點的，還是沒動；第三次預備兩個菜，還是不吃；末了盛去一碗大眾菜。他問端飯的人，是不是大眾也吃這個，如果是的話他吃，不是他還是不吃，因此廟裡也無法厚待他，只好滿意。

而在一個已經隔離了紅塵的佛天世界中，或許弘一法師還有更清淨的要求：

愈是權貴人物他愈是不見，平常學生去，誰去誰見。你給他磕一個頭，他照樣也給你磕一個頭。在院子裡兩下走對頭的時候，他很快地躲開，避免和人見面談話。每天要出山門，經後山，到前海沿，站在水邊的礁石上瞭望——碧綠的海水，激起雪白的浪花，倒很有意思。這種地方一般沒人去，因情景顯得很孤寂。好靜的人，會藝術的人，大概都喜歡找這種地方閒待著。

作為中土佛教南山律宗的傳人，弘一自出家起，即立志研究戒學，弘揚護衛南山律宗。其在佛理和佛學方面的貢獻，此不贅述，僅就他在湛山寺院講學期間，如何身體力行的事例，摘錄一二：

戒律就是「律己」。又說平常「息謗」之法，在於「無辯」。否則，越辯謗越深，倒不如不辯為好。譬如一張白紙，忽然染上一滴墨水，如果不去動它，它不會再往四周濺污的，假若立時想要他乾淨，去揩拭，結果會污染一大片。末了他對於律己一再叮嚀，讓大家特別慎重。

他平素持戒的工夫，就是以律己為要。口裡不臧否人物，不說人是非長短，就是他的學生，一天到晚在他跟前做錯了事，他也不說。如果有犯戒做錯事或不對他心思的事，唯一的方法就是「律己」不吃飯。不吃飯並不是存心給人嘔氣，而是在替那做錯事的人懺悔，恨自己的德性不能去感化他。他的學生和跟他常在一起的人，知道他的脾氣，每逢他不吃飯時，就知道有做錯的事或說錯的話，趕緊想法改正。

或許上述，只是弘一在皈依佛門之後，自我修行或者律己度人的種種，尚未盡顯李叔同與弘一法師之間的根本差異。而下面這段成為了弘一法師之後的「李叔同」，與同門話別的獨特方式，倘若拿來與文章開頭那首〈送別〉比較，真讓人不知道說什麼才好。在湛山講學完的弘一法師，離開寺院的經過，回憶錄中是這樣記載的：

我知他的脾氣，向來不徇人情，要走誰也挽留不住。他當時從口袋裡掏出來一個紙條，給我定了五個條件。第一不許預備盤纏錢；第二不許備齋餞行；第三不許派人送；第四不許規定或詢問何時再來；第五不許走後彼此再通信。這些條件我都答應了。

送給每個同學一幅「以戒為師」的小中堂。「乘此時機，最好念佛」。走後我到他寮房去看，屋子裡東西安置得很有次序，裡外都打掃特別乾淨。桌上一個銅香爐，燒三枝名貴長香，空氣很靜穆的。我在那徘徊良久，嗅著餘留的馨香，憶念著古今大德的德馨。

一邊是為「知交半零落」而感慨「今宵別夢寒」的李叔同，一邊是話別時「不許規定或詢問何時再來」、「不許走後彼此再通信」的弘一法師，究竟哪一個表達的是人間真情和世間真諦呢？想來各人有各人的理解吧。

徐志摩的莫斯科印象

徐志摩的蘇俄之行，在莫斯科拐了個彎：莫斯科的所見所聞，讓他對蘇俄的觀感印象發生了明顯變化。這些變化儘管在前面的「西伯利亞」中已經有些暗示顯現，但畢竟那裡的地廣人稀，革命的後果，還沒有馬上落實到土地與自然環境上——雪原依舊，森林依舊，連西伯利亞的黃昏暮色也依舊。

莫斯科多少讓徐志摩感到震驚：對於一個曾經在當時最自由民主的資本主義國家美國、英國留學歸來的徐志摩來說，有這樣的感觸並不奇怪。他感慨於莫斯科充滿了動盪血腥的歷史，對於一九二五年的莫斯科，徐志摩感到了嚴斂、陰霾、凝滯，而且莫斯科人的神情，在他眼裡也是「分明的憂愁、慘澹，見面時不露笑容，談話時少有精神，彷彿他們的心上都壓著一個重量似的」。需要說明的是，如果閱讀了徐志摩的「遊俄輯」的前面幾節，你就會覺得徐志摩對莫斯科的這種印象並非是先入為主的了。

徐志摩先看了並寫了莫斯科的地，然後是街上的鋪子，「這裡漂亮的奢侈的店鋪是看不見的了，頂多頂熱鬧的鋪子是吃食店，這大概是政府經理的」；接下來他寫到了街上的人，這恐怕是徐志摩的莫斯科印象中尤為令人震撼的部分——革命之後的莫斯科人的精神狀態，儘管只是外表上看上去，依然讓人感到沉重。徐志摩先寫了人們的衣著，然後是他們的面目。「這裡衣著的文化，自從貴族匿跡，波淇窪（Bourgeois，現通譯資產階級）銷聲以後，當然是『蕩盡』的了；男子的身上差不多不易見一件白色的襯衫，不必說鮮艷的領結的了（不帶領結的多），衣服要尋一身勉強整潔的就少；我碰著一位大學教授，他的襯衣大概就是他的寢衣，他的外套，像是一個癩毛黑狗皮大衣，大概就是他的被窩，頭髮是一團茅草，再也看不出曾經爬梳過的痕跡，滿面滿腮的鬍髮也當然自由的滋長，……並且這位先生決不是名流派的例外，我猜想現在在莫斯科會得到的『琴兒們』多少也就只這樣的體面；你要知道了他們起居生活的情形就不會覺得詫異。」

這就是徐志摩眼睛裡的革命和革命的後果，他並沒有惡意攻擊革命，只是冷靜地描述他的見聞，儘管這種見聞有可能被斥責為只見樹木、不見森林，或者沒有看到革命的更深刻更本質的意義，但這種斥責無論從哪個角度講，都顯得苛刻。

不過徐志摩也提到了這樣一種革命後的現象，那就是無論是西伯利亞的鄉下人，還是俄國內地的鄉下人，包括他在城裡（譬如莫斯科）所見到的工人，他們的衣著穿戴倒沒有明顯的變化或者出奇的地方，「工人滿街多的是，他們在衣著上並沒有出奇的地方，只是襟上戴列寧徽章的多。」徐志摩實際上是想說，從他所見聞的情況看，革命並沒有給鄉下人、工人乃至城裡的孩子們的生活帶來明顯的「退化」或者「下降」，變化最明顯的是原來的資產階級或者中產階級，包括小資產階級，這些變化顯然並不僅限於衣著。

為此，徐志摩為自己當時穿得太闊而感到「窘迫」，「這回在莫斯科我又覺得窘，可不為穿得太壞，卻為穿得太闊」。這樣的見聞給徐志摩帶來的最大觸動就是：「這樣看來，改造社會是有希望的；什麼習慣都打得破，什麼標準都可以翻身，什麼思想都可以顛倒，什麼束縛都可以擺脫，什麼衣服都可以反穿……將來我們這兩腳行動厭倦了時，竟不妨翻新樣叫兩隻手幫著來走，誰要再站起來就是笑話，那多好玩！」這顯然是徐志摩的反諷，是對革命過頭後的憂慮，雖然僅只是一些表面現象，但徐志摩卻在這些現象背後，感受到冰冷的慘澹的憂愁與沉重。他只是用一種舉重若輕的語言方式，來抒發自己對俄蘇革命的一種認識，但也僅僅是一種認識，他並沒有似乎也不想把這種認識普遍化。這也是徐志摩的獨特處。

徐志摩的演講

五四時期的一個比較突出的文化現象，就是盛行演講——名人講，不怎麼出名的也講；老師講，學生也講。像胡適、魯迅、周作人這樣被當時的青年學生視為具有振聾發聵威力的思想先鋒們，更是從北平的學校講到天津，甚至講到全國。一九二一年夏天，胡適就曾經一路從天津演講到上海、蘇州、無錫、南京、蕪湖等地，而魯迅，居然也令人難以想像地因為演講而去過西安。演講不僅是現代中國思想學術傳播並左右社會風氣的途徑之一，實際上也是那些思想先鋒們自我思想表達傳播的一個重要方式。徐志摩自然亦不例外，甚至於他的死，都與演講有關。

徐志摩的散文集《落葉》中，收集了他先後在師大、燕大以及附屬中學、平民中學的演講。這些演講也從一個側面，反映出作為一個詩人和演講者的思想靈光與情感風采。

不同於那些啟蒙先行者們動輒微言大義式的演講「說教」的是，徐志摩二〇年代初期在大學中學裡的一些演講，往往是從一些極為細瑣、極為個人化的個人感受開始並展開的。譬如他在師大的演講，就是用這樣一段極為隨意而又能抓住聽講者心理的文字開始的：

前天你們查先生來電話要我演講，我說但是我沒有什麼話講，並且我又是最不耐煩演講的。他說：你來吧，隨你講，隨你自由的講，你愛說什麼就說什麼。我們這裡你知道這次開學情形很困難，我們學生的生活很枯燥很悶，我們要你來給我們一點活命的水。這話打動了我。枯燥，悶，這我懂得。雖則我與你們諸君是不相熟的，但這一件事實，你們感覺生活枯悶的事實，卻立即在我與諸君無形的關係間，發生了一種真實的深切的同情。我知道煩悶是怎樣一個不成形不講情理的怪物……

這是徐志摩的演講方式，是一個詩人的非學理的、非說教式的、情感化的由己及人的方式。徐志摩不期待自己的演講能夠給聽講者怎樣的知識與學問上的啟迪，他似乎更願意自己的聲音以及聲音中所傳遞的出來的，是「一點活命的水」，這點水能夠讓聽講者擺脫生活的枯燥與煩悶，哪怕只是暫時的。

徐志摩為自己的上述言論，還找了一個哲理或者信仰的藉口。他說：「我是一個信仰感情的人，也許我自己天生就是一個感情性的人」。作為一個受過如此之多、之長久的學校教育的人，哪怕他是一個詩人，也很難說他只是一個「感情性的人」。於是，徐志摩對感情的重要性，才有了這樣徐志摩式的闡釋說明：

所以我說真的感情，真的人情，是難能可貴的，那是社會組織的基本成分。初起也許只是一個人心靈裡偶然的震動，但這震動，不論怎樣的微弱，就產生了及遠的波紋；這波紋要是喚得起同情的反應時，原來細的便並成了粗的，原來弱的便合成了強的，原來脆性的便結成了韌性的，像一縷縷的苧麻打成了粗繩似的；原來只是激波，現在掀起了大浪，原來只是山罅裡的一股細水，現在流成了滾滾的大河，向著無邊的海洋裡流著。

我對徐志摩的這段文學印象很是深刻，原因並非其中所包含著的樂觀主義（這種樂觀主義往往被徐志摩的批評者攻擊為一種淺薄的樂觀主義），而是它所流淌出來的一條清晰的思路，一條真情實感的線索，一個值得期待的方向——在一種過度強調「中庸」、「理性」的悠久文明中，徐志摩的演講和他的演講中所傳遞出來的那一點點「活命的水」，自然有其真正的意義與價值在。

徐志摩未刊日記

徐志摩未刊日記中另一部分，就是他的留學美國期間的日記，時間為一九一九年一月二十六日至當年十二月二十一日，一共十一個月二十六天，原稿共計八十三頁，中間缺頁甚多。

《留美日記》保持了徐志摩《府中日記》中那種強烈的家國情懷和民族意識，與徐志摩一九二三年之後對於「愛、自由和美」的「單純信仰」相距甚遠。徐志摩在一九一一年五月二十八日的《府中日記》中曾經記載了一次美國人愛狄來杭在協和講堂的演講。此次演講給徐志摩極大刺激：「一時可驚、可警、可恥、可憎之心齊起於腦中。可驚者，所說中國之弱點，一至於此；可警者，聞其奴隸瓜分之說，彼外人與我漠不相關，猶幾知聲淚俱下，乃大聲曰：青年之人，爾知愛國乎！我國人聞之而不知發憤者，無人心也；可恥者，聆其誠實清潔之說，譏我笑我，然我國之人奚有？此事性質，彼以中國人尊德、誠實、清潔則國強矣。聞其說而羞恥之心不油然而生者冷血也；可憎者，彼總以基督宗教為主，凡以為一切飲食、起居、動作皆基督賦我之能也。中國欲其國之發達，必須以基督教普及為莫大之希望。聽其言，苟有言曰彼言誠善也，是真狼其心而狗其肺，我國之希望絕而余將哭矣；所可怪者，一般之陸軍學生皆順其旨而起立，若善其說者，嗚呼，余心碎矣！」（頁五十三）。這段文字，如果不說明出處，很少會有人相信這樣慷慨激昂、鬱憤填膺的文字，出自少年徐志摩之手。

而在徐志摩一九一九年八月四日的留美日記中，記載了美國在華傳教士李佳白（GilbertReid，一八五七至一九二七）與衣色加（Itheca）中國留學生的一次近距離交流。對於這位據說因為反對中國參加第一次世界大戰而被以干涉中國內政名義驅趕出中國的「六十老人」，徐志摩的文字中卻是滿懷著同情與敬佩，「他開頭說生平一無成就，中國無事可為；然後歷述他三十餘年的興革，一直講到為政府驅遣出國；如今一雙老眼，兩袖清風，雖然悲觀，依舊老當益壯，想拚著餘年，更為中華盡力：又勸我們勿事暴躁，但憑著不倦的精神步步為營的預備，不怕無吐氣揚眉的時日。」（頁一〇五）

無論是從《府中日記》中所記載的對於只有基督教才是普世宗教、才能夠救中國的說法的反感，還是《留美日記》中對一個西方傳教士熱衷於中國事務、「為中華盡力」的讚佩，都反映出徐志摩這一時期思想中突出而強烈的文化民族主義思想，與留學時期的魯迅、聞一多多有相通處，而與他自英國返國之後的思想幾乎有根本之改變：僅從《府中日記》和《留美日記》來判斷，一九二〇年之前的徐志摩更像是一個憤世嫉俗、嫉惡如仇的熱血青年，一個有家國情懷和政治抱負的莘莘學子，一個對近代以降中華民族的遭遇和困境有著切身痛楚感受的愛國者。如果不讀這一時期的徐志摩日記，僅從他二十二年之後的散文、詩歌以及翻譯作品來判斷，徐志摩更接近一個純粹的文學家、一個耽溺於所謂「愛、自由和美」的「單純信仰」的個人主義者，一個沉浸在個人虛幻的精神追求與享受、完全不顧民族危亡和社會沉淪的放浪文人。

是什麼改變了徐志摩並使得留學英國成為徐志摩思想進程中的一個分水嶺式的標誌的呢？這自然與十九世紀上半期英國的浪漫主義文學有關，此外，也與他在康河邊上的那一場風花雪月的情愛故事有關。一個曾經如此關注時代風雲變幻、關注國家民族命運、關注知識分子的中流砥柱作用的「傳統士大夫」型的現代知識分子，轉變成了一個更為關注個人的精神感受和審美追求、關注個人自我實現的文學「登徒子」！徐志摩以上述轉變，成就了二十世紀上半期的一個浪漫的中國詩人，但在這種成就中，似乎又失去了某些為他早年所信奉的東西，那種一個二十世紀的中國的知識生命難以承受之重的東西。這樣的「得」、「失」之間，是一個文學生命的成長與完成。

徐志摩的「洋派」

徐志摩是一個「洋派」的人，也是一個洋派的詩人，這一點，基本上不會有多少反對的意見。據說，當年張幼儀不遠萬里來與徐志摩團聚，見面後卻被徐志摩罵為「鄉下來的土包子」，這樣的說法是否屬實不論，至少與徐志摩當時的喜好貼近。

所謂「洋派」與「土包子」，最形象的描寫，當屬錢鍾書的《圍城》，無論是在小說開篇回國的郵輪上，還是在前往三閭大學的長途客車上，都可見「洋派」與「土包子」的言談行跡。不過，洋派也有真洋派與假洋派，真洋派習慣上被尊為「紳士」，假洋派則被譏諷為「假洋鬼子」。

徐志摩的洋派是真洋派。胡適在〈追悼徐志摩〉中嘗言：「他的人生觀真是一種『單純信仰』，這裡面只有三個大字：一個是愛，一個是自由，一個是美。他夢想這三個理想的條件能夠會合在一個人生裡，這是他的『單純信仰』。他的一生的歷史，只是他追求這個單純信仰的實現的歷史。」胡適這裡說出了徐志摩的洋派的真精髓，當然胡適所說的徐志摩的人生觀是一種「單純信仰」，而且裡面只有三個大字，其實是四個大字，如果是英文或者法文，那麼是三個單詞，胡適將四個漢字說成三個大字，那是胡適式的洋派，此不贅言。

徐志摩的這四個大字，其實是渾然一體的——徐志摩對於自由的追求，總是與美和愛聯繫在一起的，而徐志摩對於愛和美的追求，又是自由的、不受羈絆的或者不顧一切的。誰能夠說他那麼不顧辛勞地奔波於上海北京之間，除了上課以及與北京的友人們聚敘外，再沒有其他一些因素存在呢？據說徐志摩飛機失事之後，林徽因曾要求將一片飛機殘骸從失事地取回收藏，其中緣由，想也不難明白。

徐志摩的愛，並不僅限於兩性之間。他愛生命、愛生活、愛自然、愛唐詩宋詞、愛雪萊、愛拜倫、愛一切美好的事物。徐志摩厭倦儒家文化中尚禮的文化規範，他不習慣於人與人之間的那種虛情假意式的往來禮尚，他追求一種陽光的、也是光明磊落的人際關係。他的簡單因為此，而他的價值也因為此。

為了愛，徐志摩渴望自由，渴望擺脫，渴望掙脫一切可見不可見的繩索，包括渴望唱出現代詩人的心聲。這種渴望可能會被視為淺薄甚至於輕浮，但沒有人能夠否定徐志摩所追求的這一切對於人、對於一個現代人、對於一個現代中國人的意義與價值。而對於美——對於徐志摩似乎有著一雙特別敏銳的眼睛，一顆特別敏感的心靈——徐志摩一直在孜孜不倦地追求著、讚美著、表現著。康河的輕柔曼妙，並不是他詩歌的全部，也不是他精神審美世界的全部（當然有可能是其中最溫柔的一部分），徐志摩也不斷地探索，正如他在推崇雪萊拜倫的同時，也說過湯瑪斯・哈代的好話那樣。又有誰會不知道哈代與雪萊拜倫之間所存在著的巨大差異呢？

徐志摩並不將這種洋派炫耀在外表上，譬如西裝革履或者司笛克一類上，徐志摩是一個詩人，一個為二十世紀上半葉增添色彩的具有標誌意義的詩人。徐志摩的個性與詩歌，深深地受到他對愛、自由和美的信仰與追求的影響。而他的洋派，也滲透在了他的文字之中，那些具有慧心的讀者，自然是不難從他的作品中讀到徐志摩的這種洋派的。

「雨巷詩人」戴望舒

我是在參加編輯《徐志摩全集》之後，才清楚詩人徐志摩的九卷全集中詩歌只有一卷的，但大家都知道徐志摩是以詩歌成就而廁身於現代中國文學之列的。你隨便問任何一個知道徐志摩這個名字的人，得到的回答都會說他是一個詩人，而且還會補充問道，是不是就是「輕輕地我走了，正如我輕輕地來」的作者？當然也有不同的看法，譬如徐志摩的友人、同為「新月派」的梁實秋，就在〈談志摩的散文〉一文中提出，徐志摩的散文成就要超出詩歌。這當然是個別之見，不足為憑。

有意思的是，發生在徐志摩身上的這種常識性的「錯誤」——雖為名詩人，但詩歌在其作品中數量上並不佔有絕對比重——同樣發生在了另一位以一首〈雨巷〉而名蓋三〇年代的詩人戴望舒身上。而且同樣有趣的是，還在三十三年戴望舒赴法遊學期間，主持《現代》的施蟄存就曾經在一封致戴望舒的信中這樣鼓勵後者：「你須寫點文藝論文，我以為這是必要的，你可以達到徐志摩的地位，但你必須有詩的論文出來，我期待著。」這句話至少可分解出三重資訊，其一是在戴望舒距發表其處女作十年、距離成名作〈雨巷〉五年後，已經有人將其與當時名冠新詩壇的徐志摩相提並論；其二是三〇年代對於一個詩人的評價或者標準，斷非僅僅只寫出一些膾炙人口的詩篇即可，而是還要求能夠寫出一些同樣有分量的文藝論文；其三是或許正是如上述要求標準相關，才會有徐志摩、戴望舒的著述中，詩歌只占少量部分的情況發生。

事實是，在由王文彬、金石主編的《戴望舒全集》（中國青年出版社一九九九年一月）中，詩歌只占三卷全集中的一卷，而且就在這一卷中，自創詩歌作品也只有一〇一首。

原因似乎並不僅僅只有上述幾條。戴望舒在世之時，一共編輯出版了四本詩集，即《我的記憶》（收詩二十六首）、《望舒草》（收詩四十一首）、《望舒詩稿》（收詩六十三首）和《災難的歲月》（收詩二十五首）。其中除《望舒詩稿》外，其他三部詩集均由戴望舒自己選編。而在《災難的歲月》外，其他三部詩集中所選編的詩歌也有交集。就是這些詩歌作品，鑄就了一個詩人在現代中國詩壇的聲名與地位。戴望舒的摯友、《現代》主編施蟄存在〈《戴望舒詩全編》引言〉中有這樣一段可視為知言的文字，摘錄如下：

望舒作詩三十年，只寫了九十餘首詩（需要說明的是，施蟄存這裡所說的九十餘首，與收錄於全集中的數量略有出入），論數量是很少的。但是這九十餘首所反映的創作歷程，正可說明「五四」運動以後第二代詩人是怎樣孜孜以求地探索著前進的道路。在望舒的五本詩集中，我以為《望舒草》標誌著作者藝術性的完成，《災難的歲月》標誌著作者思想性的提高。望舒的詩的特徵，是思想性的提高，非但沒有妨礙他的藝術手法，反而使他的藝術手法更美好、更深刻地助成了思想性的提高。即使在《災難的歲月》裡，我們還可以看到，像〈我用殘損的手掌〉、〈等待〉這些詩，很有些阿拉貢、愛呂雅的影響。法國詩人說：這是為革命服務的超現實主義。我以為，望舒後期的詩，可以說是左翼的後期象徵主義。

施蟄存先生上述評述，似乎並沒有直接解釋戴望舒三十年的詩歌創作生涯中為什麼只有九十餘首作品的原因所在。但他在介紹《望舒草》這部詩集出版經過的文字中這樣寫道：我的原意是重印《我的記憶》，再加入幾篇新詩就行了。豈知望舒交給我的題名為《望舒草》的第二本詩集，卻是一個大幅度的改編本。他把《我的記憶》中的《舊錦囊》和《雨巷》兩輯共十八首，全部刪汰，僅保留了《我的記憶》一輯中的八首詩，加入了集外新詩，共四十一首，於一九三三年八月印出。……《望舒草》的編集，表現了望舒對新詩創作傾向的最後選擇和定型。在《我的記憶》時期，望舒作詩還很重視文字的音韻美，但後來他自我否定了。

這裡所謂的「自我否定」，就是指戴望舒在〈詩論零札〉中所提出的新詩理論：詩不能借重音樂，它應該去了音樂的成分。一個不斷追求超越自我、又處於時代的動盪和生活的顛沛之中的詩人，我們又怎麼能夠期待他給我們提供詩歌數量上的驚歎與震撼呢？

二〇〇六年八月一日杭州華家池

文學的法蘭西

現代中國介紹法國文學的力量，主要是留法學生，像張若茗、曾覺之、沈寶基、羅大岡、徐仲年、王道乾等。這些留學生基本上都是當時的北平中法大學或者後來的昆明中法大學畢業後選送留法，多在里昂中法大學及里昂大學，也有少量在巴黎大學者。此外，像傅雷、戴望舒，就不屬於上述中法大學一派，而是從上海的大學畢業後赴法留學。稍早還有以一部《孽海花》蜚聲民初文壇的翻譯家曾孟樸，曾經翻譯過雨果、左拉、莫里埃等人的作品，但曾孟樸的法文根底據說來自於早年跟隨一位在京師同文館法文館鄉賢處的「偷學」，後則完全依靠自修。

戴望舒一九三二年十月出國，事出有因，而且極為倉促，無論是留學費用還是具體學校，初均無落實，但有一點卻十分清楚，那就是剛剛創刊的由施蟄存主持的《現代》，將極大地仰仗戴望舒提供有關法國文學的翻譯、介紹和評論。在戴望舒去國後一個月，施蟄存有一信寄他，中云：你開船時，我們都不免有些悽愴，但我終究心一橫，祝賀你的依然出走，因為我實在知道你有非走不可的決心。而有關戴望舒到法國後的經濟上的具體情況，施蟄存此封信中亦有涉及：到巴黎後生活如何？經濟情形如何？希望能將你的日用帳錄寄一周，使我有一個參考。對於刊物期待著戴望舒及時提供的當代法國文壇資訊，施蟄存同樣毫不含糊：書店跑過否？珍書秘笈的市場已研究過否？均迫切欲知之。

事實上在當時留法中國學生中，像戴望舒這樣勤勉的也絕非多數。儘管他初抵法國時，不停地走馬觀花，但對於初到異國的戴望舒來說，這種異域采風不僅是必要的，而且這些觀光，最後也多成了遊記，像他的「西班牙旅行記」系列、〈巴黎的書攤〉、〈都德的一個故居〉、〈記馬德里的書市〉、〈山居雜綴〉等。在同年年底寫給戴望舒的一封信中，施蟄存曾經問及戴望舒當時在法現況。「你現在究竟是否先譯中華的書？倘若沒有決定，我想先編《法國文學史》也好。因為目下的現代書局，只要稿子全到，錢是不生問題的。《現代》轉瞬二卷完滿，第三卷的翻譯小說你似乎也應當動手了。我希望在動手編三卷一期時，已經有三卷二期的稿子在手頭，則較為放心。你如果決定譯的，則收到此信後，請立刻先擬一個廣告來，說明此書內容，我當在二卷六期登出。」

這些資訊表明，戴望舒留法不僅費用上當初主要依靠稿費（有些時候是預支），而且他寫作也極為勤勉。後來他從巴黎到了里昂，在里昂中法大學成了一個半官費生。但這也只是一個掛名而已，戴望舒根本沒有多少心思在課堂上。在出國之前，他已經翻譯並發表了不少法國現當代詩人的作品，像魏爾倫、耶麥等人的作品，他都有不少介紹。歸國前夕，戴望舒有幸在巴黎見到了自己心儀已久的法國詩人許拜維艾爾，關於這次會晤，他不僅有〈記詩人許拜維艾爾〉一文，更是得到詩人推薦，翻譯了他的八首詩，即〈肖像〉、〈生活〉、〈心臟〉、〈一頭灰色的中國牛〉、〈新生的女孩〉、〈時間的群馬〉、〈房中的晨曦〉、〈等那夜〉。戴望舒翻譯許拜維艾爾的作品顯示出，現代中國文學與現代法國文學界之間的密切聯繫——中國文學已經走過了只能夠翻譯介紹西方古典文學和浪漫主義文學的時代，已經可以直接與當下西方文學進行對話交流。這種時效性，在近代以來的中西文學交流中都是極為罕見的，同時也是最為直接的。也因此，一個文學的法蘭西，因為中國詩人們的青睞和大力介紹，而呈現在國人的眼前和想像當中。

二〇〇六年八月十八日杭州華家池

戴望舒的小說

戴望舒的自創小說我唯讀過三篇，即〈債〉、〈賣藝童子〉和〈母愛〉。事實上《戴望舒全集》中也只收錄了這三篇，其餘均為他翻譯的法國、西班牙、義大利和比利時等國家的小說。而且，上述三篇小說也均創作並發表於一九二三年之前，也就是說，這為數極為有限的三篇小說，也都是戴望舒十八歲以前的作品。就此而言，說戴望舒的小說創作在他的寫作生涯中幾乎可以忽略不計，應該並不會有太多非議。

其實不然。儘管只有區區三篇小說作品，而且也都是早年藝術、思想還都不大成熟時期的作品，但對戴望舒早期思想和藝術的瞭解，卻有著不容忽視的作用。就內容主題而言，這三篇作品幾乎都涉及到貧窮、苦難和無法擺脫的現實厄運。〈債〉描寫的是一個悲慘的故事——與其說是故事，還不如說是一個場景或者畫面——一個借了債為母親療病的兒子，因為還不了這借期只有一天的高利貸，被逼之下只有以死了之，留下一個更為絕望的家庭。〈賣藝童子〉寫的是一個年僅十一歲的孩童，在雜耍主的威逼之下，饑餓冷凍之中依然高空表演，最終失手墜下摔死。而〈母愛〉的內容同樣簡單集中，一個守寡多年的老母親，含辛茹苦地將唯一的兒子拉扯大，他患了病，母親也是百般伏侍，好不容易病好了，而終日守候伏侍的母親卻病了，可病好了的兒子並沒有出現在母親的病床前，而是又去過他的花天酒地的放蕩生活去了，留下一個衰病孤苦的老母親……

對於一個年紀不到十八歲的青年來說，如此關注表現市井底層草根階級的日常苦難：貧窮、無助和無望的生活，這讓人不禁產生一些聯想，或者一些追問：為什麼戴望舒會在自己的作品中集中描寫表現這些人、這樣的生活以及這樣的主題？換言之，作為一個小說作家的戴望舒，與我們一般印象中的遠離塵世煙火和苦難的「雨巷詩人」的戴望舒相去甚遠。而他後來大量的翻譯作品，又將我們的視線牽引到西方作家那裡，尤其是法蘭西作家那裡，這些都讓我們難免產生如下印象：戴望舒是一個遠離現實（尤其是底層生活現實）、遠離中國的詩人，一個沉浸在古典意蘊的現代延續回蕩中的文學知識分子，一個真正意義上的「丁香詩人」或者「雨巷詩人」。

而正是戴望舒早年的這三篇小說，讓我們看到了戴望舒的精神世界和藝術世界中極易為後來者所忽略的一面和來歷，它為我們提供了一個為一般人所不熟悉的戴望舒的思想、精神和藝術的側面，一個並非僅僅關注並熱衷於表現自我情愛的狹窄空間主題的牧歌式的詩人。這三篇小說中那種對於底層民眾日常生活苦難和命運現實的原始而敏感的關注與同情，那種發自內心而不是矯情的惻隱與悲憫，在稍顯稚嫩的文字背後，依然釋放出感動人心的力量。我們當然可以說，這是與戴望舒自己早年的生活環境和生活經歷密不可分的，但這並不足以說明為什麼戴望舒會如此關注並表現這樣的「現實」和這樣的「生活」。除了「熟悉」之外，是否還與作家在這種表現中才能夠獲得一種自我肯定與自我滿足的心理獲得有關呢？

不僅是在思想內容上，就是在藝術上，這三篇小說也反映出戴望舒早期語言中的一些特點，譬如對於畫面與場景的敏感和語言表現能力，譬如濃厚的悲劇意識，譬如絕望與無助，譬如隔膜與無法溝通等，這些能力與主題，實際上在後來戴望舒的詩歌作品中大多得到了延續應用。「雨巷」那種高度集中而飽滿的意境，那種飄忽而濃烈的畫面感，那種無法排遣的孤獨與寂寥意識，那種期待中的無助甚至絕望，與他的早期小說中已經使用過的語言要素有著絲絲縷縷的聯繫。而我們也可以從這裡，勾勒出一個更為完整同時也更為豐滿的「雨巷詩人」形象。

二〇〇六年八月四日杭州華家池

寂寥的「雨巷」有多悠長？

作為詩人，戴望舒因為一首〈雨巷〉而成名。葉聖陶先生說，〈雨巷〉「替新詩底音節開了一個新紀元」。而戴望舒也因此而被稱之為「雨巷詩人」。〈雨巷〉收錄於一九二九年由上海水沫書店出版的《我底記憶》，這是戴望舒的第一部個人詩集，分「舊錦囊」、「雨巷」和「我底記憶」三部分，而〈雨巷〉在其中的地位亦由此可見一斑。但在一九三三年由上海現代書局出版的《望舒草》中，戴望舒卻將〈雨巷〉抽了出去，並沒有收錄入這部由他自己編選的個人詩集。施蟄存先生對此所作的解釋是：《望舒草》的編集，表現了望舒對新詩創作傾向的最後選擇和定型。在《我的記憶》時期，望舒作詩還很重視文字的音韻美，但後來他自我否定了。

這裡所謂的「自我否定」，就是指戴望舒在《望舒草》附錄〈詩論零札〉中所提出的新詩理論：詩不能借重音樂，它應該去了音樂的成分；詩不能借重繪畫的長處；單是美的字眼的組合不是詩的特點。他還說，詩也是如此，它的佳劣不在形式而在內容……沒有「詩」的詩，雖韻律齊整音節鏗鏘，仍然不是詩。

三〇年代初期，戴望舒的詩觀已經發生了明顯變化。除了上述否定詩應該借重的韻律、繪畫、音樂和過於形式化這些觀點外，他還提出了「新詩」的古典資源問題。他認為，不必一定拿新的事物來做題材（我不反對拿新的事物來做題材），舊的事物中也能找到新的詩情。舊的古典的應用是無可反對的，在它給予了我們一個新情緒的時候。不過，他又對自己的上述觀點作了如下補充，即「新的詩應該有新的情緒和表現這情緒的形式。所謂形式，決非表面上的字的排列，也決非新的字眼的堆積。」

應該說，三〇年代初期，戴望舒的詩觀儘管已經發生了明顯變化（將〈雨巷〉從《望舒草》中抽出即為一例），但他的觀點似乎又有些游移，即在所謂古典資源與現代翻新之間，尚有並不十分肯定的地方。他的這種游移，其實在〈雨巷〉中已經有所反映。卞之琳先生在《戴望舒詩集序》中說：「〈雨巷〉讀起來好像舊詩名句『丁香能結雨中愁』的現代白話版的擴充或者『稀釋』。一種回蕩的旋律和一種流暢的節奏，確乎在每節六行，各行長短不一，大體在一定間隔重複一個韻的七節詩裡，貫徹始終。用慣了的意象和用濫了的詞藻，卻使這首詩的成功顯得淺易、膚泛。」

對於卞之琳對〈雨巷〉的解讀，施蟄存予以了肯定，但又有補充。他說：「青鳥不傳雲外信，丁香空結雨中愁。」這是南唐中主李璟的著名詞句。望舒作〈雨巷〉，確是融化了這兩句詞的意境。同時，他那時正在譯英國世紀末詩人歐納斯特•道生的詩，那種憂鬱、低徊的情調，使望舒有意無意地結合在中國古典詩詞的感傷情調中。所以，這首詩，精神還是中國舊詩，形式卻是外國詩。

或者戴望舒正是對這種所謂「古」與「今」、「西」與「中」的結合並不滿意，他要達到一種高度的自由，一種語言、形式與內容的新的化境，對於作為詩歌語言和精神資源的古典傳統和作為形式借鑑的西方詩歌，他希望能夠自主自由地加以運用，也就是達到真正的融合，戴望舒才會在後來的《望舒草》中，沒有收錄給他帶來巨大聲望的〈雨巷〉。或許正是〈雨巷〉中的那種莫名的憂愁過於「悠長」，一直牽連到一千年前的一個帝王的愛恨情仇那裡，讓戴望舒作為一個現代詩人的「創造性」受到了挑戰乃至損傷，而且也與他三〇年代以後所強調的「詩」的內容（實際上主要是指詩的現代性）並不吻合，戴望舒自己才並不大願意提及自己的這首早年舊作。但〈雨巷〉畢竟太中國化了，也太能夠喚起現代中國人的思古幽情了。所以，只要是細雨、江南、杏花、小巷……當這些意象一經出現的時候，立刻就會讓每一個受過教育的現代中國人聯想到這首〈雨巷〉：撐著油紙傘，獨自／彷徨在悠長，悠長／又寂寥的雨巷，／我希望逢著一個／一個丁香一樣地／結著愁怨的姑娘……

二〇〇六年八月十八日杭州華家池

戴望舒爲什麼被里昂大學開除？

戴望舒與法國詩人許拜維艾爾之間的聯繫，至少揭示出三〇年代的法國詩壇與三〇年代的中國詩壇之間，已經建立起一種同步的文學交流關係。這種詩人們通過私人關係搭建起來的異域文學之間的對話平台，不僅表明法國文學的影響清楚地越出了國界、進入到現代中國文學之中，同時也昭示出，要更完整地研究三〇年代的法國詩歌，有關當時的詩人們與他們的中國翻譯者、介紹者之間的關係自然不能被忽略。

二〇〇五年八月，我在北京大學參加一個「當代文本與文化中對於西方的認知與建構」的國際研討會。會上偶遇正帶學生來中國訪學的法國里昂第三大學中文系主任、亞洲研究所所長、中國當代文學和文化研究專家利大英先生。我曾於二〇〇〇年短期訪學過里昂大學，當時雖未與利大英先生謀面，但此次會面，還是言談甚歡。利大英先生當即贈送他的一部著作（Troubadours, Trumpeters, Troubled Makers：Lyricism, Nationalism and Hybridity in China and its Others Durham），並將他輯錄的一本自己的各種評論文集（未刊印）附送給我。回來後才發現，其中收錄有一篇〈戴望舒在法國〉。這是一篇訪談錄，不長的篇幅卻飛越了上萬里，除了採訪了巴黎的杜貝萊神甫，還專程到北京採訪了北京大學教授、早年曾留學里昂大學的羅大岡先生。

利大英先生是戴望舒研究專家，著有《戴望舒：一個中國現代派詩人及其詩》（Dai WangShu, The Life and Poetry of A Chinese Modernist，香港中文大學出版社，一九八九年）。對於中國現代派詩歌史的關注，讓他對於戴望舒的研究，並沒有因為這樣一部著作的完成而結束。所以對於戴望舒在法國三年當中的遊歷求學生活，利大英先生盡可能進行了文獻收集，同時也積極採訪了兩位當時與戴望舒有交際往來的重要當事人，即在一九三四年與戴望舒在里昂大學同住一室的羅大岡，以及戴望舒里昂時期往來甚多的杜貝萊神甫。

在我看來，利大英對羅大岡的訪談至少澄清了如下「事實」，首先戴望舒只是一個在里昂中法大學註冊，並在這裡住宿的學生，但他不是一個必須考文憑的正式學生——這與後來《歐華學報》上所刊登的里昂中法大學學生名錄上的記載是一致的；此外，羅大岡提到戴望舒出國前與施蟄存一起在上海辦《現代》雜誌，是中國最早的「現代派」詩人。這一說法欠準確。《現代》雜誌一九三二年五月創刊，從時間上看，距離戴望舒十月份出國還有近半年時間，但《現代》雜誌主編是施蟄存一人，戴望舒是《現代》非常重要的作者，甚至也為這份一二八抗戰爆發後上海所剩「唯一一份文藝刊物」的編輯出過不少主意，但主編只有施蟄存一人，這一點是確定無疑的。

而對杜貝萊神甫的訪談，澄清了有關戴望舒被里昂中法大學開除的原因。甚至在《戴望舒全集・傳略》中，也將戴望舒離開里昂大學回國的原因解釋成「因為在西班牙參加反法西斯的遊行，被中法大學開除回國」。而杜貝萊神甫對此的解釋是，中法大學不是因為政治原因而把戴望舒開除的，而是因為他不上課，沒有成績的原因。他還補充說與戴望舒在一起從來不談政治，「好像他不感興趣。只有文學他要談，特別是詩歌」。杜貝萊神甫的解釋是一個最為中性的解釋，這種解釋不僅涉及到戴望舒離開里昂大學回國的原因，而且也涉及到戴望舒對待政治的態度，甚至他一生的政治立場。他早年曾經因為馮雪峰的緣故而與左翼文學運動有過一些接觸，但戴望舒根本上是一個文學的人而不是一個政治的人。這也是利大英先生的訪談錄讓我們最終確認的一個結論。

二〇〇六年八月十八日杭州華家池

香港時期的戴望舒

從一九三八年五月初抵香港，至一九四六年三月攜妻女回到上海，戴望舒在香港羈留整整八年。幾乎可以說，抗戰八年戴望舒都是在香港度過的。無論是作為一個詩人，還是作為一個現代中國知識分子，這八年對於戴望舒來說都是影響巨大的。儘管他與法國文學之間的關係已經確立，或者說西方文學（似乎主要是法國文學、西班牙文學和英國文學）對他的影響已經形成，但這八年依然見證了戴望舒從早期的一個關注詩的形式、韻律和個人情感思想世界以及想像世界的詩人，到一個同時甚至更為關注詩的內容、詩的新的精神和現代感、民族的生存現實與存在境況甚至戰鬥的走出了個人狹小精神世界的詩人。

怎樣理解戴望舒這八年的「羈留」呢？首先當然是因為國難，但似乎又不僅如此，譬如還有家庭、事業、經濟種種糾纏在一起。籠統地講，這八年的戴望舒過的確實是一種遭逢國難的文化人的生活，窘迫得很，但又不乏努力與追求。具體情形，可以從他的《林泉居日記》中窺見一斑。而他在這八年中的主要工作，除了主持《星島日報・星座》副刊（一九三八年八月一日創刊），其間還與艾青主編詩刊《頂點》（一九三九年七月）、協助郁風主編過《耕耘》（一九四〇年四月），並參入編輯英文刊物《中國作家》（一九四〇年夏）。而在這些編輯工作之外，因為生活的緣故，戴望舒還兼作教學工作，這樣就有了對中國古代文學的研究。此外，他還創作了十九首詩，其中十六首收錄於後來的《災難的歲月》，其中就有〈獄中題壁〉、〈我用殘損的手掌〉、〈心願〉、〈等待〉等。

有評論者說：「經過民族鬥爭的考驗，屈辱和困苦的磨練，」、「戴望舒對於現實和民族苦難有了更深層次的體驗，使他這一時期的創作穿過狹小的感情天地，走向大地，走向人民，呈現出新的燦爛」、「苦澀逐漸消退，幽暗的寒意讓位於溫潤的光亮。詩中仍然大量運用比喻，但大多是明喻和擬喻；也運用象徵，但內涵較穩定，雖然減少了暗示朦朧多義的魅力，卻增添了明朗雋永的風致。」這樣的闡釋，應該說是有一定依據的。在《星島日報・星座》副刊〈創刊小言〉中，他坦誠自己願意為廣大讀者近一點「照明之責」，期盼著「這陰霾氣候早日終了」；而在《頂點》創刊號的〈編後雜記〉中，他更是旗幟鮮明地指出：「《頂點》是一個抗戰刊物。她不能離開抗戰，而應成為抗戰的一種力量。為此之故，我們不擬發表和我們生活著的向前邁進時代違離的作品。」但需要說明的是，戴望舒的「抗戰」終歸是一個文人的抗戰，一個現代詩人的抗戰。他對戰爭和抗戰的認識，不能簡單地用一種黨派政治的立場和語言去解讀。他翻譯並出版《西班牙抗戰謠曲選》，多少可以顯示出一些他作為一個知識分子對於這場民族獨立與解放戰爭的認識路徑。

將香港時期的戴望舒與現實和政治之間的關係特別地突顯出來的，無疑首推他一九四二年初因為「從事抗日活動」的罪名而被捕入獄。這一事件讓一個懷抱著自由主義夢想的詩人在民族的苦難中以個人生命之軀而作了一次具體的承擔。這次承擔的意義顯然是深遠的，它讓詩人與祖國與民族之間的關係，不再僅僅只是一些空洞的概念，或者僅僅只是唐詩宋詞和清山綠水，詩人也不再只是一個國難時期的避難者，或者一個僅僅只是站在一邊發點清議的旁觀者，而是有了更堅實也更深沉的一種關聯。這種關聯在一定意義上，將戴望舒詩歌的精神內容予以了提升，在現實的名義上觸碰並突進到一個全新的精神與思想領域，儘管在此過程中他依然保持著一個詩人的敏感與精神審美向度，但這樣一次精神審美歷程，卻讓戴望舒結晶出了他自己所宣導的那種「抗戰詩歌」。這自然並非避居香港之初的戴望舒所曾經預料到的。

二〇〇六年八月十九日杭州華家池

戴望舒與《廣東俗語圖解》

晚清來華的不少傳教士漢學家都曾經對粵方言進行過語音、辭彙以及語法方面的研究，這些成就不少都曾經刊發於香港的英文漢學刊物《中國評論》。甚至有西方漢學家將流行於粵港兩地的街頭俚語歌謠予以輯錄，以作為他們對中國進行民間文學研究的一部分內容。而五四新文學運動初期，為了尋找鮮活的依然被現實地使用而且具有一定文學性的民間語言，北大的學生老師們所成立的民謠研究會在收集吳民謠之外，也曾經對粵港地區的民謠進行過蒐集。胡適更是在論證中國的白話文學傳統的時候，曾經提到吳白話文本的文學作品和粵謳。這些大致上亦可以說明廣東地區的民間語言在近現代被重視研究的一般情況。

抗戰軍興之後，尤其是上海淪陷之後，大批內地文學知識分子被迫避難香港，同時也將五四新文學的聲音和抗戰救亡的呼聲傳到了香港。在這些避難南來的作家中就有詩人戴望舒，而且他在香港度過了漫長的八年抗戰。期間，除了主持報紙副刊、進行詩歌創作翻譯評論以及古代文學研究之外，戴望舒這一時期關注並亦頗有寫作成就的，還包括在民俗和民間文學方面的研究撰述，其中也有對粵謳的涉及。而他在上述領域的涉及和意見，散見於他的《小說戲曲論集》中的那些考釋題跋，譬如〈跋《詞謔》〉、〈跋《粵謳》〉等。從這些文字中所發現的，是一個十分中國化的戴望舒，一個對中國傳統文化和民間文化保持著閱讀和關注興趣的戴望舒，而這也是一般讀者所不大熟悉同時也不大瞭解的戴望舒。而對於自己四〇年代羈居香港時期的這一閒情雅致，戴望舒在〈《俗文學》編者致語〉中曾經有過這樣的闡明：「本刊每週出版一次，以中國前代戲曲小說為研究主要對象，承靜安先生遺志，繼魯迅先生餘業，意在整理文學遺產，闡明民族形式。」其實，對於這樣一種更需要冷靜、理性、耐心甚至毅力的工作，戴望舒並不喜歡，至少他曾經對這種相對枯燥乏味、缺乏想像力的書齋生活表示過厭棄。早在他一九三六年所作的一首〈贈克木〉的詩中，他就那種需要去求甚解的學者生活表現出不屑一顧。「不癡不聾，不做阿家翁／為人之大道全在懵懂／最好不求甚解，單是望望／看天，看星，看月，看太陽」、「或是我將變成一顆奇異的彗星／在太空中欲止即止，欲行即行／讓人算不出軌跡，瞧不透道理／然後把太陽敲成碎火，把地球撞成泥」。望舒不願意作那種絞盡腦汁去瞭解宇宙的人，而是期盼著變成那一顆「奇異的彗星」，在太空中自由地滑行遨遊，而且讓人們算不出它的軌跡。但生活中顯然還有詩人難以承受之重（也因此自由和對自由的渴望想像也就顯得更彌足珍貴）。當詩思變得不那麼敏銳激越的時候，甚至在詩思枯竭的時候，生活卻還在繼續。更何況作為一個中國文學知識分子，對於悠久的民族傳統的瞭解本身就是一個無法根本上超越的命題，當然也包括對民間文學傳統的認知。

而在戴望舒這一時期有關古代文學和民間文學以及民俗學的研究撰述中，有一項在其寫作生涯中顯得尤為特別，那就是他的《廣東俗語圖解》。這是一九四三年四月至一九四四年十月戴望舒以達士筆名在《大眾週報》上連載的《廣東俗語圖解》八十一篇的彙集。這八十一則小品文形式的廣東俗語圖解，讓讀者看到了戴望舒寫作的另一個較少為人所知的側面。這也是一個有趣的側面，它讓我們看到了戴望舒嘗試用另外一種語言形式進行思想表達方面的同樣嫻熟。實際上，他的《廣東俗語圖解》的每一則幾乎都是一篇趣味昂然精妙絕倫的小品文，譬如「竹織鴨」、「石罅米」等。而他的〈沙爛磡〉，寓一本正經的民俗考證於詼諧有趣的敘述之中，其中亦不乏針砭現實的妙論。就在對這個民間俗語的來歷進行了一番解讀之後，詩人又寫了這樣一句話：從上面這段故事，我們可以看出，「沙爛磡」實在既非廣東話，也非日本話。它是日本和廣東的混血兒。緊接著詩人又寫到：如果我們要說中日親善合作，那麼這句話就是一個急先鋒。我們現在才開始做的事，它在六七十年之前就做到了。所以我們可以斷然說：日華二國的友善以及密切合作，是從「沙爛磡」開始的。這樣的文字，實在是太妙了。

二〇〇六年八月十九日杭州華家池

戴望舒的譯詩

從一定意義上講，戴望舒的譯詩幾乎與他的那些創作新詩一樣重要，原因很簡單，法國現代派詩歌的中譯和引介，很大程度上與戴望舒的努力分不開。而這些譯詩在影響讀者的同時，也在潛移默化地影響戴望舒自己的創作。但戴望舒的譯詩並不是從翻譯法國現代派詩歌開始的。施蟄存先生在〈《戴望舒譯詩集》序〉中說：「戴望舒的譯外國詩，和他的創作新詩，幾乎是同時開始。」一時間大概是一九二五年前後，那時戴望舒進入上海震旦大學讀法文，在樊國棟神甫的指導下，戴望舒讀了法國十九世紀一些浪漫派詩人的作品，像雨果、拉馬丁、繆塞等人的作品，這些詩人和他們的作品也是當時教會允許學生閱讀的。而這一時期的閱讀與譯詩經歷，自然對戴望舒的創作產生了一定影響。事實上，戴望舒這一時期所受到的影響，在中國古典詩歌之外，就是法國浪漫派詩歌了。

但戴望舒對於浪漫派詩歌的興趣並沒有持續多久。實際上收入他的全集中的散譯各國詩歌中，雨果的也只有一首〈良心〉。這多少可以作為戴望舒與浪漫派詩歌之間關係的一個注腳。但戴望舒是從浪漫派詩歌這裡開始接觸西方詩歌的，這一點則不能否定。但戴望舒真正推崇的，是法國象徵派及其各種現代變種，他喜歡同時也翻譯介紹得更多的，是魏爾倫、耶麥、許拜維艾爾、瓦雷里、阿波里奈爾等人的作品。

而戴望舒接觸閱讀現代派詩歌的過程本身，也可以被看成是一個文學青年不甘禁錮，渴望心靈與精神的自由與解放的經典。對此，施蟄存先生亦有一段文字介紹，這裡摘錄如下：

> 望舒在震旦大學時，還譯過了一些法國象徵派的詩。這些詩，法國神甫是禁止學生閱讀的。一切文學作品，越是被禁止的，青年人就越是要千方百計去找來看。望舒在神甫的課堂裡讀拉馬丁、繆塞，在枕頭底下卻埋藏著魏爾倫和波特賴爾。他終於拋開了浪漫派，傾向於象徵派。但是，魏爾倫和波特賴爾對他也沒有多久的吸引力，他最後還是選中了果爾蒙、耶麥等後期象徵派。到了法國之後，興趣又先後轉到了法國和西班牙的現代詩人。

從浪漫派詩人，到印象派，再到後期印象派直至現代派詩人，戴望舒對西方詩歌的介紹學習，在很短的時間內，迅速從十九世紀過渡到二十世紀，並與當時法國的現代派詩人們保持著思想與藝術上的同步，這也是現代中國文學的一個尤為值得關注的特點。而對於這些法國詩人對戴望舒新詩創作的具體影響，施蟄存先生也有一段文字予以說明：

譯道生、魏爾倫詩的時候，正是寫〈雨巷〉的時候；譯果爾蒙、耶麥的時候，正是他放棄韻律，轉向自由詩體的時候。後來，在四〇年代譯《惡之花》的時候，他的創作詩也用腳韻起來了。……據我的猜測，對於新詩要不要用韻的問題，望舒對自己在三〇年代所宣告的觀點，恐怕是有些自我否定的。

作為戴望舒的知音和一生的朋友，施蟄存先生的上述論述確實對戴望舒創作詩的研究者提供了文獻上的幫助。很清楚，〈雨巷〉時期的戴望舒在對新詩的韻律的態度上是肯定的，至少〈雨巷〉讓我們對中國傳統詩歌的韻律與現代新詩之間如何結合產生了一定的期待，但戴望舒很快在詩論和具體創作實踐上都放棄或者否定了自己在〈雨巷〉中的努力；而這一時期，也是戴望舒對法國和西方現代派最為關注並大力介紹的時期。對於現代精神和現代意識的關注，讓戴望舒放棄了詩歌傳統形式的現代轉換方面的思考。這一時期也是一個真正追求「全新」的戴望舒。但四〇年代羈留香港時期，不僅讓戴望舒大量閱讀中國古典文學和民間文學方面的文獻，而且也讓他對三〇年代的唯「現代派」主張進行了反思與自我批判——戴望舒經歷了又一次新詩詩論與實踐方面的自我否定。

二〇〇六年八月二十一日杭州華家池

戴望舒的古典文學研究

戴望舒跟徐志摩、艾青等同時代的現代詩人一樣，給人的一般印象都是比較「洋氣」。這個詞背後的潛台詞是說他們與中國傳統文學之間的關係，相較於他們與西方文學之間的關係，明顯要疏淡一些。其實，這些都是表面上的印象，甚至是一種錯覺和誤讀。

說到外國文學對於現代中國文學的影響，其實哪個作家沒有受到外國文學的影響呢？五四初期的作家們不論，就連稍晚一些的沈從文，都說過自己開始寫作的時候一部《聖經》對於自己的影響。初略評估一下，現代中國作家幾乎在自己創作外，都有多多少少的對於外國文學的譯介活動，無論是東洋還是西洋。但戴望舒、徐志摩和艾青為什麼會在此方面給人一種更深刻的印象呢？這除了與他們的留學經歷有關外，當然也與他們的詩論和新詩創作實踐有關。但這些詩人的詩論和新詩創作實踐前後都經歷過變化，而且這些變化也並非階段性的反復或者平面意義上的自我否定，而是有著自我認識上的提升的。他在三九年初一封致艾青的信中這樣寫道：

抗戰以來的詩我很少有滿意的。那些浮淺的、煩躁的聲音，字眼，在作者也許是真誠地寫出來的，然而具有真誠的態度未必是能夠寫出好的詩來。那是觀察和感覺的深度的問題，表現手法的問題，各人的素養和氣質的問題。

戴望舒這裡並沒有提及西方文學資源與背景問題。而這些話題對二十、三〇年代的戴望舒來說，則幾乎是從不離口的。

從二〇年代在上海讀書開始，尤其是在震旦大學學習法文開始，戴望舒大抵經歷了十餘年的外國文學影響的關鍵期。而這十餘年，也是戴望舒確定自己在現代新詩史上的地位的時期。但在抗戰爆發後，尤其是在香港羈留時期，戴望舒的詩論和新詩創作實踐都發生了明顯變化。而這一時期，戴望舒對中國古典文學的閱讀研究也漸趨廣泛。甚至可以說，羈留香港時期，也是戴望舒又一個讀書的關鍵時期，所不同者，這一時期所讀，應該是中國古代文學和民間文學文獻為主。其讀書收穫，也基本上輯錄於《小說戲曲論集》和《廣東俗語圖解》兩部集子。

戴望舒以詩名世，但他對小說顯然也花了不少工夫。早年有創作小說三篇，即〈債〉、〈賣藝童子〉和〈母愛〉。後來不僅翻譯了大量法國、西班牙、義大利和比利時作家的小說作品，而且對中國傳統小說，也作了不少細讀，而且後者也可作為他對在〈贈克木〉一詩中所謂「不求甚解」觀點的補充甚至修正。譬如他的「幽居識小錄之一」的〈讀《水滸傳》之一得〉中，就是為了考證永樂大典戲文《小孫屠》中的「盆吊」這種刑罰，特別從《水滸傳》第二十八回「武松威鎮平安寨，施恩義奪快活林」找到了答案，「他到晚把兩碗乾黃倉米飯和些臭鮝魚來與你吃了，趁飽帶你到土牢裡去，把索子捆翻著，一床乾藁薦把你捲了，塞住你七竅，顛倒豎在壁邊；不消半個更次，便結果了你性命。這個喚做『盆吊』。」類似的考證並非僅此一例。

戴望舒的古小說考證，參閱了魯迅的《中國小說史略》和《古小說鉤沉》，這可以從他的〈《古小說鉤沉》校輯之時代和逸序〉、〈《古小說鉤沉》校讀記〉等文章中找到線索。但戴望舒對海外漢學研究和所藏中國古小說版本文獻，似乎也曾經予以過關注。他的〈西班牙愛斯高里亞爾靜院所藏中國小說、戲曲〉，文字敘述中可見戴望舒當年西遊，並非一門心思全在現代派。

二〇〇六年八月二十一日杭州華家池

戴望舒的日記

我讀到的《戴望舒全集》（王文彬等編，中國青年出版社），僅收戴望舒《航海日記》和《林泉居日記》兩部。前者為戴望舒一九三二年十月八日至同年十一月八日從上海到法國時在海上郵船中所記；後者為他一九四一年羈留香港、擔任《星島日報》「星座」副刊時候的日記，從七月二十九日至九月十一日，時不足三月。但此外戴望舒顯然還有未曾輯錄的日記，因為他在這本題名為《林泉居日記》的內封中標注有「第三本」字樣。

戴望舒的《航海日記》所記述的這條航線，在現代中國文學史和學術史上極有名氣——遠到一八六七年十月、士人王韜受英國傳教士漢學家理雅各之邀，從上海出發，乘海船前往英國，不僅航行線路與戴望舒完全一樣，而且王韜也是在馬賽上岸，然後換乘火車前往巴黎的。整個二十世紀上半期，由於民用航空尚未普及，郵輪也就成了漂洋過海的主要工具。而前往歐洲遊學的留學生們，自然也就只能選用這種工具了。而讓戴望舒這條航線更為聲名遐邇的，則是因為一個名叫方鴻漸的中國留學生學成歸國，走的也是這條路線，而且途中似乎還演繹出了若干風流韻事。而在國際範圍內，讓這條航線更為昭著的，也是一部小說，所不同者，這是一部法國小說，即後來改拍成了同名電影的《情人》。這兩部小說都似乎在暗示，這條航線上多故事，但戴望舒的《航海日記》似乎讓我們看到的是「風平浪靜」或者「波瀾不驚」。這或者是因為戴望舒的定力過人，或者是因為一路上他還沉浸在對施絳年的思念之中亦未可知。

《航海日記》讓我們對留學途中的戴望舒有了一個相對真實的瞭解。譬如他的去國之原因，原來是有一個「婚姻約定」在背後。而日記中對戴望舒自己當時心跡的描述，亦真實可信：

> 躺在艙裡，一個人寂寞極了。以前，我是想到法國去三四年的。昨天，我已答應絳年最多去兩年了。現在，我真懊悔有到法國去的那種癡念頭了。為了什麼呢，遠遠地離開了所愛的人。如果可能的話，我真想回去了。常常在所愛的人，父母，好友身邊活一世的人，可不是最幸福的人嗎？

而三二年的香港，在《航海日記》中亦有一筆記載：

> 船在早晨六時許到香港，靠在香港對面的九龍碼頭。第一次看見香港。屋子都築在山上，晨氣中遠遠望去，像是一個魔法師的大堡寨。

這讓我想起七十年前的一個幾乎同樣季節的一天，從上海避難南來的王韜，乘船抵達香港，而此時距離香港被割讓給英國人，不過二十年。而當時香港給王韜的第一印象又是怎樣的呢？這從王韜的《漫遊隨錄》及《王韜日記》中均可見一斑，此不贅述。而戴望舒〈航海日記〉中對於南洋一路土風的記載，幾乎與王韜《漫遊隨錄》有著驚人一致，讀之讓人不僅產生今兮昔兮的恍然。

相比之下，《航海日記》時期的少年不知愁滋味，已經讓位於〈林泉居日記〉時期的「國難家亡」——這三個月的日記中，戴望舒一人羈留香港，其中所記，也多為如何在艱難時世中窘迫度日。經濟上的困窘，時局的艱危，家庭生活的矛盾……凡此種種，在〈林泉居日記〉中均有一定程度的描述反映。譬如上海香港兩地因為戰爭而郵路時斷時續，而兩地匯款匯費亦極高。為了節省匯費，詩人不得不四方求助，其中艱辛酸楚，讀來幾令人潸然。而當時文化知識分子們在香港的生活，大抵亦不過如此。

二〇〇六年八月二十一日杭州華家池

歷史的魅影

史上最牛的廚子

近日重讀《醒世姻緣傳》，其中第五十一回「程犯人釜魚漏網，施囚婦狡兔投羅」，寫武城縣一市井人物程謨如何以暴抗暴、以惡對惡，讀得也是驚心動魄。就在這樣一回血腥暴力的故事中，偏偏穿插了一個帶有些無厘頭色彩的廚子劉恭的故事，這當然一方面彰顯出市井生活與人物的差異多樣，另一方面也使得文章讀起來參差多姿，甚至在暴力血腥中亦顯詼諧，讓人歎為觀止。

先說這劉恭是怎樣一個人物，不過是一個廚子，但這個廚子卻非尋常市井人物，而是一個仗著自己有三個惡子（分別名劉智海、劉智江和劉智河），做霸王生意的主：

這個劉恭素性原是個歪人，又恃了有三個惡子，硬的妒，軟的欺，富的嫉忌，貧的笑話，尖嘴薄舌，談論人的是非，數說人的家務，造言生事，眼內無人，手段又甚是不濟。人家凡經過他做過一遭的，以後再叫別的廚子，別人也不敢去。他就說人搶他的主顧，領了兒子，截打一個臭死。

這樣一個混世霸王，又是如何做那廚子生意的呢？原來他「與人家做活，上完了菜，他必定要到席上同了賓客上座」。

舊時廚子做完自己的活計之後，不能上桌同坐，但這個劉恭的豪舉，卻讓人大開眼界。原來有一日，蔡逢春中了舉人，在家中大宴賓客，也不知道什麼原因，又請了這劉恭來主廚。沒有想到酒菜上來之後，只見劉恭從廚房來到客堂，舊習復燃，作了一連串讓賓客瞪目的舉動：

他完了道數，禿了頭，止戴了一頂網巾，穿了一件小褂，走到席前，朝了上面拱了一拱手，道：「列位請了！這道菜做的如何？也還吃得麼？」眾客甚是驚詫。內中有一位孟鄉宦，為人甚是灑落，見他這個舉動，問說：「你是廚長呀？這菜做的極好。請坐吃三鍾，如何？」劉恭道：「這個使的麼？」孟鄉宦道：「這有何傷？咱都是鄉親，怕怎麼的？」他便自己拉了一把椅子，照席坐下。眾人愕然。孟鄉宦道：「管家，拿副鍾箸兒與廚長。」他便坦然竟吃，恨的蔡舉人牙頂生疼。

這劉恭做霸王生意、吃霸王餐的「坐席」習慣，後來到底讓官府老爺給根治了。「二十個大板，一面大枷枷在十字街上，足足的枷了二十個日頭，從此才把他這個坐席的舊規壞了。」

如果以為這史上最牛的廚子劉恭只有這點花頭，算是少見多怪。還有更搞笑的在後面。俗話說不是冤家不聚頭。有劉恭這樣的丈夫，一定就有般配的老婆。兩人在一起，那也是半斤八兩，「放在天平秤兌，一些也沒有重輕」。

這一對市井「活寶」，儘管壞了坐席的舊規，卻還有露天酒飲的「癖好」：

兩口子妄自尊大，把那一條巷裏的人家，不論大家小戶，看得都是他的子輩孫輩。他門前路西牆根底下，掃除了一搭子淨地，每日日西時分，放了一張矮桌，兩根腳凳，設在上下，精精緻緻的兩碟小菜，兩碗熟菜，鮮紅綠豆水飯，雪白的麵餅，兩雙烏木箸，兩口子對坐了享用。臨晚，又是兩碟小菜，或是肉酢，或是鮝魚，或是鹹鴨蛋，一壺燒酒，二人對飲，日以為常。

此等風景，倘若不跟上下文結合起來閱讀，還以為這是市井人生難得的自然恬淡愜意。要是讓那有歸隱之意的雅人們撞見，又不知道該有怎樣一番感歎唏噓。

就這麼個市井精怪，註定了也必須那更厲害的市井精怪來降伏他。果然，後來這一對夫妻，讓那暴虐成性的程譔給滅了。

財者末也

古來言教化者，素重德而輕財。民間所謂「仗義疏財」，說的也是這個道理。重德則可以得眾，而重財則疏眾。「道得眾則得國，失眾則失國。」這當然是從國家政治的角度來闡述財富與道德對於一個治國者孰重孰輕的辨證關係的。

重並非意味著唯一，輕亦非全然不顧。德與財，儘管其價值取向大相逕庭，但對於一個治國者來說，也不是只要捨此即彼，就能夠治理好一個國家那樣簡單。

那麼，德與財之間的關係到底如何處理呢？

古人云：

是故君子先慎乎德。有德此有人，有人此有土，有土此有財，有財此有用。德者，本也，財者，末也。外本內末，爭民施奪。是故財聚則民散，財散則民聚。是故言悖而出者，亦悖而入；貨悖而入者，亦悖而出。

一個統治者，自己積斂起來巨額財富，那麼他一定會失去民心。原因很簡單，在古代生產力相對低下的農耕社會中，財富的獲得，基本上是建立在剝削別人勞動成果甚至掠奪他人勞動成果基礎之上的。所以說一人財富聚，則眾心離；反之，一個人如果不重財而重義，則能仗義疏財，人們就一定會聚集在這樣的人周圍。《水滸》中及時雨宋江並無其他梁山英雄那樣的打殺本事，卻能在晁蓋之後統領整個梁山，靠的是什麼呢？除了所謂「管理能力」以及「心理學」外，更關鍵的是，宋江的行為思想和行為語言，正是符合了中國古代所謂聚眾成事的一般原則，那就是「重德輕財」。一個被征服了的國家，尚能言「亡人無以為寶，仁親以為寶」，那這樣一個被征服的國家，一定不是亡在民心，而實在是國力不強、無能為力而已。

這種治國平天下的普世政治哲學，其實是從一個人的個人修煉和修養開始的。所謂修齊治平，既是一級一級的修煉，也是一級一級的提升，其最終目標，又是一致的，那就是政通人和，天下太平。「所謂治國必先齊其家者，其家不可教而能教人者，無之。」一個連自己的家庭都沒有教化好的人，讓他來教化治理國家，這是不可能的。這樣的邏輯，當然也是建立在古代生產力和生產關係基礎之上的。所以會有「君子不出家成教於國」，所以亦會有「保持赤心」。「一家仁，一國興仁；一家讓，一國興讓；一人貪戾，一國作亂。其機如此。此謂一言僨事，一人定國。」

這樣的道理，在一個人的生產力相對低下、社會財富相對薄弱的時代，自然容易得到人們的信奉，但在一個人的創造能力和生產能力大大解放提升的時代，這樣的道理，恐怕就難以服眾。在這種信奉禮讓而不尚爭鬥的思想環境和社會文化環境中，其實個人的生產力和創造力部分也被壓抑了——原本是因為生產力和創造力有限而生產出來的一種社會思想，反過來又成為壓抑生產力和創造力的思想，這樣一種情況，難道前人沒有注意到嗎？

前人當然注意到了。對於財富的追求，古人並非一味擯棄，而是強調對於財富的追求亦要有道：「生財有大道，生之者眾，食之者寡，為之者疾，用之者舒，則財恆足矣。仁者以財發身，不仁者以身發財。」這當然講的還是大道理。

問題是人生與生活並非不需要大道理，而只需要小聰明。所謂國不以利為利，以義為利也，這樣的大道理，恐怕今天也還是有倡導的必要。

倘若所有人只求索取而不講奉獻，一個社會的公共道德空間只會日趨逼仄，最終只剩下人與人之間的爭鬥搶奪，信乎？

觀於鄉

有次在法國中部鄉居，為時一周。小鎮雖小，但曾經輝煌過——一條已經完全開闢為景觀的運河，兩岸芳草依依，水中亦是不時可見半根筷子長短的游魚。而當年這卻是一條繁忙的水道，小鎮及周邊出產的煤炭，大多經此水道外運。而小鎮亦因煤礦而興，現如今煤礦不知道是因為儲藏已經採空衰竭，還是因為政府出於環保或相關原因而關閉了煤礦，總之小鎮今天已經全然不見當年的忙碌喧囂，沒有了礦區的纖塵和運河上船來船去的汽笛聲，即便是一個外來者，亦能感到小鎮如今的冷落與寂寞。

我在鎮邊橋頭一座祖傳的別墅裡住了六七天。最能夠感覺到小鎮的寂寞的，是黃昏時分，一陣過去之後又一陣的摩托車加大油門後的轟鳴聲，極似日本城市裡一度風聞的「暴走族」，今天的中國叫「飆車」，大多是些年輕人為追求速度刺激在道路上高速跑車所致。

法國人講究環境，但據我觀察，卻並未見有人激烈批評過這種高速公路上的高速摩托車的轟鳴行為。問諸友人，答曰大概是大家都寂寞，因為這裡的人實在是太需要外面的信息，太需要生命的信息，太需要製造點生活中的不同了。此說信焉。

據我在鎮中閒走時觀察，鎮上人家中多不見年輕人。周末鎮中廣場邊的教堂裡所見，亦為老的老少的少，極為類似於今天中國的「留守一族」。小鎮不是太吵了，而是實在太安靜了，安靜得讓人會感到加倍的寂寞，時間長了，甚至會生發出憂鬱亦未可知。因為稍微展開下心思，似乎就會疑惑自己是否已經被生活遺忘了。

據說今天的中國農村，尤其是些偏遠落後的鄉村，這種狀況亦隨處可見。大量的勞動人口到城市裡面去討生活（打工），有的是臨時的，有的是長期的，還有的乾脆就不再回來了。而鄉村的人口生殖力似乎也在下降，更少外來人口，時間久了，自然無法避免地衰落下去，恰如村中留守的長者老者。

孔子曰：「吾觀於鄉，而知王道之易易也。」

也就是說，通過對一個鄉村或者鄉野民情風俗的觀察，可以發現一個國家政治所依賴實行的思想哲學基礎，可以發現一個國家是否實行的是以民為本的知國理念，是否是真正全心全意地為人民服務，是否真正國泰民安。

對於這種觀於鄉的田野政治考察方式，孔子曾經還有更詳盡的分析說明，譬如僅僅從鄉下人「飲酒」之風俗禮儀中，就可以觀察出上述有關國家如何治理以及治理得是否符合民心民願。

《禮記》中關於「鄉飲酒之義」中有這樣一段文字說明：

鄉飲酒之禮，六十者坐，五十者立侍，以聽政役，所以明尊長也。六十者三豆，七十者四豆，八十者五豆，九十者六豆，所以明養老也。民知尊長養老，而後乃能入孝弟。民入孝弟，出尊長養老，而後成教，成教而後國可安也。君子之所謂孝者，非家至而日見之也，合諸鄉射，教之鄉飲酒之禮，而孝弟之行立矣。

只是無論是孔子，還是後來奉行弘揚他的思想學說的弟子們，包括那些上行下效的官吏們，如今這個時代，所謂的鄉下，已經不是夫子時代的鄉下，而如今的鄉飲酒，自然亦不再是當年的鄉飲酒。至於由飲酒而成教的教化之途，自然已經阻塞，不再具有實際的意義。所以孔子所倡導的「觀於鄉」的田野考察之學術思想方式，在今天是否依然行得通，似乎不免亦讓人疑惑。

孝之禮

孝的思想和倫理，是中華文化中極為重要的一部分，也是極有特色的一部分。孝既是思想倫理，亦為行為方式。

說到孝，其實在日常生活中隨處可聞與孝有關的表述，譬如「某不孝」，或者「不孝有三」之類。古已有之的「二十四孝」的故事，雖然今天已經不像先人們那麼流傳堅持，但漢孝子董永賣身葬父的故事，今天的人們通過那些多少帶有些搞笑色彩的「戲說」而有所耳聞。

「五四」以來，在中國傳統父父子子的關係秩序中，兒子的權利被大力宣揚，雖然並沒有就直接抨擊動搖父親的權利，但卻還是讓傳統父子關係秩序發生了改變。

傳統父子關係或者倫理秩序究竟是怎樣的呢？這裡僅舉兩例來略為說明。

《禮記．曲禮下》中說：

子之事親也，三諫而不聽，則號泣而隨之。

兒子對父親提建議，有可能不為父所接納，甚至還可能遭到父親叱責。作為兒子，有義務再次向父親陳述自己的意見——如果認為自己的意見有道理而且有必要堅持的話，結果可能依然如故，父親還是不聽，那就「再諫」，跟大臣向君王進諫並無區別。如果父親還是不聽，兒子的義務並沒有因此而結束，此時作為「孝之禮」，兒子不是直接與父親衝撞，也不是棄老父而不顧，自己揚長而去，而是哀號之中，按照父親的意願而行事。這樣的「孝之禮」，在世界上即便不算是獨一無二，也絕對算得上極為獨特。至於其中的道理，或者不為今天的年輕人所接受，心中亦甚不以為然。然而僅僅從倫理上看，這樣一種被高度強調維護的父子關係秩序，其中亦不乏讓人動容處。

再譬如說到侍奉患病的雙親高堂。今天的兒女都有自己的工作需要忙碌，父母病床，或者以為寄些錢藥或者請了保姆護理，就已經算盡到了孝心。但在傳統孝禮文化中，這只能算是今人的無奈，斷非古人孝之禮所能允許。

《禮記・曲禮下》中說：「親有疾，飲藥，子先嘗之。醫不三世，不服其藥。」

父母高堂有病延醫，買藥煎湯，侍奉於高堂之前，事先還必須自己親口嚐嚐，這當然不是為了檢測湯藥是否有毒，而是要親身感受體驗父母之病痛之苦。即便是延醫看病，也有講究，不是隨便找個郎中看看，開張藥方就算是盡到了孝心，而是要去找、去請那祖孫三代世代為醫的高明郎中，只有這樣，才算是發自肺腑感同身受地在為父母驅除病魔。

誰都知道今天的病人到醫院去之後是如何看病的，古代孝禮文化中那些今天看來不免迂腐苛嚴的條文規定，在今天的生活環境中大多已難以實行。但是，古代孝禮文化所維繫的倫理精神，其中有些東西，即便到了今天，依然值得去關注思考甚至身體力行，原因其實很簡單，我們任何人既為人子，亦為人父。在這樣一種倫理秩序中，它所竭力維護的，其實是在親情倫理關係背後的父子真情。唯一需要提示的是，有時候這種禮儀文化中過於突出了繁規縟節，而遮蔽甚至忽略了父子間這種真情其實更為難能可貴。

其實，只要有這種真情在，那些禮儀規則所努力維護的，不是就在我們的手足眼口之間嗎？

富可以儒

在孔子那裡，「儒」並不是一個高不可攀的道德高地或者標杆，不像後來儒者所死守的那條涇渭分明不可逾越的森嚴界限：不為聖賢，即為禽獸。

譬如孟懿子問孝。子曰：「無違。」（《論語·為政》）對此，孔子解釋說：「生，事之以禮；死，葬之以禮，祭之以禮。」只要做到了「禮」，也就是盡到了「孝」。不過，孔子所說的「孝」，卻並非在衣食溫飽上對父母有所表示就行了這麼簡單。而是還需要子女對父母發乎肺腑的「敬」：今之孝者，是謂能養。至於犬馬，皆能有養。不敬，何以別乎？也就是說，如果子女對於父母的「養」，缺乏「敬」，那其實與犬馬無異。

儒家習慣於在語言修辭中拿人與禽獸比對，常用的語言策略，就是如果沒有做到哪些，那麼，人與匍匐於自然律的動物，就沒有什麼分別；換言之，倘若人能夠有信仰，有操守，且踐履篤行，那麼，人就是天地之精華，萬物之靈長。

不過，孔子並沒有過於強調「孝」、「敬」、「禮」只有通過書面學習才能習得的觀點，相反，他似乎更注重具體的行為，甚至認為「行」比空洞意義上的「學」對於一個人的道德修養更重要。他說：「弟子入則孝，出則悌，謹而信，泛愛眾，而親仁。行有餘力，則以學文。」（《論語‧學而》）孔子的這種觀點，得到了他的弟子們的認同。子夏就曾闡述道：「賢賢易色：事父母，能竭其力，事君，能致其身；與朋友交，言而有信。雖曰未學，吾必謂之學矣。」（《論語‧學而》）對此，夫子自己也進一步說明道：君子食無求飽，居無求安，敏於事而慎於言，就有道而正焉，可謂好學也已。

一個身體力行的人，就是一個好學的人，就是一個有學問的人，這是《論語》時代的儒家對於「儒」的認知亦或約定。這也似乎為許多人「近儒」或者「成儒」提供了現實的機緣，譬如富而近儒，譬如耕而近儒，譬如商而近儒，甚至譬如放下屠刀，立地近儒等等。

說到富而近儒，倒讓我想起最近遊覽過的一處地方。此地位於浙江諸暨斯宅——一條深藏在重山之中的山溪兩邊，沿著溪流、貼著山腳，迤儷而成若干村落。這些村落一律為斯姓，最下處為華國公別墅，沿溪流和山腳上行，尚有小洋房、斯宅、新譚家、發祥居、上新屋、斯盛居（又稱千柱屋）、筆鋒書院等建築群。這些明清時期建築為主的建築群落，間雜民國時期中西合璧式的樓群，又有建國後直至當下一些新建起來的民居，沿著這自上而下流淌的溪流，一路十里，簡直可以作為明清以來中國江南民居的活博物館。

斯宅斯家最初何以發家致富，並在此建起了如此融自然山水、人文歷史底蘊與建築審美訴求於一體的家族聚居群落，且即便是外行人，一眼看上去，也會為這裡的風水所吸引，說法不一。在《千柱屋故事》中，將斯家發家史上一個很重要的人物斯元儒的發家史說得讓人根本無法考證：說是當年斯元儒因為在杭州一豆漿店喝豆漿，邂逅一太湖強盜頭領，得其賞識，後在其資助之下「驟然」發跡。這樣的說法，自然讓人不便生疑，那就是千柱屋如此浩大的建築工程，儘管其主要建築材料木材，完全可以就地取材，並不需要外地購買販運，但設計、建築工程浩大，所糜資財可以想像。但一個並無實業背景的「山裡人」，又沒有出仕為官、搜刮積斂錢財的經歷，也不見說有祖蔭，何以能夠成為如此之大的財主？在這萬山千嶺之間，建設起讓人感到如此舒暢的家園的呢？

對於斯家財富的追問考證，最好還是交給有索隱癖的人吧。我所關注的問題是，無論斯家採取什麼方式、獲得如此之巨的財富，他們在獲得財富之後，自然是如何為財富「正名」，以及如何守住財富。

與中國傳統文化中的財富學說一樣，斯家富氣十足的祖居門楣上，所題寫刻，大多是「節孝」、「禮義」之類的警示，無非是提醒後來者，一是祖上的財富，是通過正當的途徑得來的，這是一種語言思想上的「洗錢」方式，無論財富的得來是正當的抑或他途；二是要守住祖上的福蔭，後代們就必須謹守人倫道德秩序。在千柱屋內十個四合院中那些分別被冠以「雙槐堂」、「叢桂堂」、「仁壽堂」和「福善堂」的題刻中，難道不是在用一種凝固的題刻，時時在提醒昭示著後來人？

讓我真正感到驚訝的，並不是這些常見的題刻，而是在千柱屋後一所建築設施同樣堂皇的書院——筆鋒書院。這是一所為族內同姓子弟建立起來的一處讀書、問學、思想、抒情的所在。而這處三層樓的清代建築，也只有實地踏看了之後，你才會真正明白所謂：「風聲雨聲讀書聲，聲聲入耳；家事國事天下事，事事關心。」那句話，你也才會更深切地體會到，過去讀書人之所以如此親近山水自然、有那種漁歌互答、其樂融融的雅意，斷非一種完全個人化的性情偏好，而是一種已經實體化了的生活方式，是一種僅僅依靠著這些已經實體化了的詩情畫意——松濤、竹韻、清泉、嶺雪，還有獨具匠心地設計種植在書院各處的各種名花異草——所有這些已經時時刻刻在提醒每一個在場的人，你是置身於一個精心設計的理想的生活空間之中，作為其中的一員，你不僅可享受這難得的祖上陰德，同時更應該為發揚光大這祖上的陰德努力貢獻。

這當然是一種有些狹隘的財富觀或者成功觀，它將個人與家族的命運緊緊關聯在一起，並沒有突出民族、國家的「天下意識」，但它也沒有放棄更沒有反對這種天下意識，而是將這種天下意識與個人、家族的歷史、當下與未來關聯在一起。

富足了，不是驕奢淫逸，不是花天酒地，不是為富不仁，而是樂善好施，而是教育子弟，而是謹守為人之本。如果時刻能夠如此身體力行，這不也就是儒家所謂的「儒」嗎？

高僧得病

到寺廟進香拜佛者，除了祈求佛祖保佑、進財免災之外，自然亦有自我根淨、修正清和之意。寺院裡那些修身養心的高僧師父，此時也最容易成為入院者自我修持之榜樣模範——你看那些高僧師父們的生活，多輕鬆多飄逸多瀟灑呀，沒有塵世生活的煩惱，亦不見紅塵滾滾之喧擾，甚至連生老病死之人生苦痛，似乎也不曾上得了這些修行者的身。

可是，倘若有一日，聽說或者見到一位高僧師父清體有恙，甚或臥病不起，便對高僧師父的修為產生懷疑，以為他不曾得道，甚至對佛祖佛法亦生疑惑。於是轉而又對紅塵世界產生好感留戀，全然忘記了曾經的煩惱喧擾。生命游移在這種信與疑、信與不信之間，掙扎徘徊，莫衷一是。

佛家又是如何看待這種現象的呢？尤其是高僧亦病且不能免生老病死之苦（至少看上去如此），究竟該如何理解呢？

蓮池在其《竹窗隨筆・亡僧》中這樣釋道：首先，上述理解是錯的，乃「訛」。

為什麼是錯的呢？原因不難理解。病並非關乎高僧師父現在所修之道，而是關乎「往業」，所以即便是過去那些聖賢也是無法倖免的。甚至就連佛祖也曾經以其頭痛示人，何況一般人！那麼，既然病是人則不能免——無論是一般人，還是高僧甚至佛祖——那麼，高僧與一般人之間，究竟又有什麼差別呢？如果沒有差別，修持的意義又何在呢？

蓮池解釋說，差異是存在著的：病而不為病累，是名「得道」。如云：「老僧自有安閒法，八苦交煎總不妨。」也就是尋常所說的要超越生老病死。病都是要病的，但一般人終不免為病所苦，為病所拖累，逐漸在這種痛苦中失去自我意志，為病所折磨直至擊敗。生命成為病痛之灰燼殘跡。至於如何才能夠有如此定力，支撐著肉身，超越一般人難以承受的病死之煎熬痛苦，也就是所謂的「安閒法」，蓮池這裡並沒有交代，但他確定有一點，那就是病痛與死亡之恐懼，都是可以戰勝的。秘訣或許就在這「安」、「閒」二字。「安」則不亂，「閒」則不慌，不亂不慌，也就能做到氣定神閒，也就能超越生死。

即便如此，一般人還是難以超越的，不然何有高僧和一般信徒以及普通人之高下分別呢？不過，蓮池也提到一種關乎死生的「異象」，那就是所謂「坐立吉祥」。是不是那些「坐立吉祥」者，其修持工夫或者道法就一定高妙一些呢？換言之，這種祥瑞之象，是否可以拿來作為判別高僧們之道行之優劣呢？蓮池曰否。

不僅曰否，蓮池還勸誡那些孜孜以求得道者：修行人惟務打徹生死大事，毋滯外跡而生異見。什麼意思呢？其實蓮池的意思很清楚，一個真正的修行人，最關鍵的，不是去關注那些「外跡」、

「異見」，也不是去關注在那些「外跡」、「異見」中呈現自己長年累月修行的結果境界，他真正需要關心的，是自己是否真正打徹了生死——真正判別是否有道行，以及道行之深淺，是生死大事是否超越。這才是修行得道之正途而非歪道。

由此看來，高僧得病，跟一般人得病並沒有什麼不同。不過，相同者是人皆得病且會得病，不同者是此病與彼病，是既同又不同。參透其中同與不同者，方為得道。

孔廟出現「梁祝讀書處」

梁山伯與祝英台的傳說，流播至今已一千多年。其間有關梁山伯祝英台同窗共讀的讀書處，亦多達十餘種說法。其中有一種說法讓人感到尤為不解，那就是梁祝二人曾經在山東曲阜孔廟裡一同秉燭夜讀聖人之書。

這種說法並非是民間一般流傳。清彈詞《新編東調大雙蝴蝶》中，言之鑿鑿地說梁祝二人是從江南出發，船行旱走，一路艱辛地來到魯國，指望找到孔子跟著他讀書。在這個文本中，梁祝與孔子是同一時代人。梁祝二人為聖人嫡傳，所以他們的讀書處出現在孔廟裡也就順理成章了。

民間彈詞中類似說法並非空穴來風，也就是說梁祝曾經一道來到曲阜並在此用功苦讀的說法，早在明代有關文獻中就已見記載。

明代散文大家張岱，在其《陶庵夢憶》中，就有這麼一段文字：己巳至曲阜，謁孔廟……宮牆上有樓聳出，匾曰：梁山伯祝英台讀書處。駭異之。

什麼意思呢？據記載，張岱有一次行遊到山東曲阜，在拜謁孔廟的時候，他注意到宮牆上有一樓聳出，而且樓上還懸掛著一塊匾，匾上竟然書寫著「梁山伯祝英台讀書處」的字樣。張岱感到駭異不已。

張岱為什麼會對這樣一塊匾額感到「駭異」呢？原因其實很簡單：張岱顯然此前已經聽聞過有關梁山伯祝英台的傳說；不僅聽聞過這一傳說，而且他還堅信這樣一個傳說，是與他的家鄉浙江紹興有關的。換言之，在張岱所了解的梁祝傳說中，二人讀書的地方，顯然不會是在山東曲阜，否則不會讓他在看到孔廟這裡出現一處標示著梁山伯祝英台讀書處的牌匾的時候，竟然感到「駭異」。

此外，梁祝這樣一個完全民間的傳說，竟然出現在聖人家廟之中，而且堂而皇之地以匾額銘記之，這樣的「荒唐」，自然是讓張岱這樣見多識廣的讀書人感到匪夷所思。雖然梁祝亦為讀書人，而且所有讀書人皆可謂聖人弟子，但如果梁祝是跟著聖人讀書，那這個民間傳說的緣起時間，大概又要上推六、七百年。

說到民間的傳說以這種荒唐的方式進入到聖人廟堂之中，其實，聖人血脈在歷史的風塵中淪落到民間者亦不少見。

十九世紀末期，一位中文名叫理雅各的英國傳教士，在香港宣教布道四十餘年之後，返國之前曾專程到聖人家鄉來「拜謁」。

之所以說是「拜謁」，是因為這位傳教士對聖人的思想著述極為尊重，並曾畢其心力，將聖人著述翻譯成英文。不過，讓理雅各沒有想到的是，在離開曲阜時他所僱請的獨輪車伕，竟然就是孔聖人的嫡後。聖人之後竟然作起了車伕，這已經夠讓這位洋「儒」感到吃驚的了。更讓理雅各感到不解的是，這位聖人之後還是一位文盲！在理雅各的孔子知識中，孔子無疑是一位偉大的教育家，一位終生為啟蒙世人為己任的啟蒙者，但就是這樣一位教育家和啟蒙者，在其身後兩千餘年，他自己的後人竟也淪落成為了文盲。

民間的東西，有時候陰差陽錯地登堂入室，出現在了煊赫雍穆的廟堂之上；而廟堂裡的東西，一不小心，也會淪落到民間，成為「我們」身邊極為普通的存在。

不過，在這「陰差陽錯」和「一不小心」之間的，是我們對於生活本身的想像與經驗。這樣的想像與經驗，在我們這樣一個時代，似乎顯得格外的淡遠。

什麼原因呢？不知道。

儒昧與愚昧

最近聽到一首歌，名〈白狐〉。大概是為某部電視劇而寫唱的主題歌，沒查，不能確認。歌詞全文如下：我是一隻修行千年的狐／千年修行　千年孤獨／夜深人靜時　可有人聽見我在哭／燈火闌珊處　可有人看見我跳舞／我是一隻等待千年的狐／千年等待　千年孤獨／滾滾紅塵裡　誰又種下了愛的蠱／茫茫人海中　誰又喝下了愛的毒／我愛你時　你正一貧如洗寒窗苦讀／離開你時　你正金榜題名洞房花燭／能不能為你再跳一支舞／我是你千百年前放生的白狐／你看衣袂飄飄　衣袂飄飄／海誓山盟都化做虛無／能不能為你再跳一支舞／只為你臨別時的那一次回顧／你看衣袂飄飄　衣袂飄飄／天長地久都化做虛無

歌是一位不曾聽說過的歌手唱的，覺得較特別。尤其是對於其中「我愛你時，你正一貧如洗寒窗苦讀；離開你時，你正金榜題名洞房花燭」一句多有感慨。將歌推薦給師兄，不想師兄說我思想中有剝削階級意識。其實，我之所以對這兩句歌詞尤為感慨，無非是千百年來滾滾紅塵中的男女夫

妻，大多做的是這樣的夢：十年寒窗、一朝登第、夫貴婦榮。而這首歌中所唱的「離開」，在現實生活中卻是少之又少、極為罕見的。不想卻因此遭遇到師兄的一番批評！

這倒讓我想起導師賈植芳教授批評當代一位在上世紀八〇、九〇年代風光過一陣子的作家的話，賈教授說這位作家的潛意識中有「紅地毯意識」，稍微細讀他的作品即可感受得到。說到這裡，又想起明末清初一位在杭州雲棲隱修的和尚蓮池大師的《竹窗隨筆》中一則文字。文字標題為「儒昧當務」，全文照錄如下：

宣聖儒之宗主，青衿之士所當朝夕禮拜而供養者也；乃捨之而事文昌，則盡其恭敬焉。事文昌非不善也，而其心則在富貴也！《六經》、《論》、《孟》，所當朝夕信受而奉持者也；乃捨之而持準提咒，則竭其虔誠焉。持準提非不善也，而其心則在富貴也！夫「富貴在於天」，聖有謨訓矣。在天也，文昌、準提何與哉？

文中揭陳青衿之士之所以朝夕禮拜聖儒宗主，大抵不出對於富貴之嚮往。這倒又讓人不禁想到乾隆皇帝那首諷刺歷代隱士的名詩：飄然蓑笠坐船唇，不挈漁僮獨理綸。傲志羞登隱逸傳，釣魚多有釣名人。自古以來，求學者志非在學，而在於富貴；求隱者，志非在隱，而在於隱之名，這樣的人如過江之鯽，不絕如縷。只是沒有想到，在一首流行歌曲中竟然也暴露出了我的潛意識裡某種骯髒的所在。是這樣的嗎？

「人生四大喜」新解

「久旱逢甘露，他鄉遇故知，洞房花燭夜，金榜提名時。」曾經被認為是人生四大喜事。而對於今天的中國人來說，上述四大喜事，似乎早已不是什麼人生的大喜事了。

先說：「金榜提名時。」現在早已不是科考時代，「朝為田舍郎，暮登天子堂」的古代讀書人生活方式，不僅早隨著科舉體制的廢止而遠離了讀書人的現實生活，而且，對於今天的大學生甚至研究生們來說，畢業之後還面臨著找工作的重重壓力，哪裡還有所謂的「大喜」？即便是找到了工作，還要忙著掙錢還讀書時期的貸款。即便不用還貸款，也還得忙著掙錢買房買車……昔日的天之驕子，如今不少很快淪為房奴、卡奴。「金榜題名時」的狂歡，早已被現實生活擠壓得煙消雲散了。

說到「洞房花燭夜」，其實，今天的年輕人哪裡還有所謂「洞房花燭夜」的神秘與好奇！「一夜情」、「試婚」、「未婚同居」等等，所有這些早就從根本上顛覆了傳統愛情婚姻觀念價值，與這種觀念價值共存的「洞房花燭」等習俗，在今天的「試婚一族」的眼裡，自然也就顯得老套落伍了。

至於「久旱逢甘露」，那是指農耕文明時代或者以靠天生活時代人與天之間的一種關係的表現形態，是一副只能被動等待的可憐相。對於今天生活在都市裡的人來說，所謂「甘露」，早已不再指天上降落的及時雨，而是指那種未經污染的純淨水。

就連剩下的「他鄉遇故知」，對於生活節奏不斷加快的當代人來說，所謂「故知」，恐怕還不如「新識」——因為這還有可能帶來新機會。而「故知」，在越來越功利的當代生活中，不過是一種隨時可以拋棄的個人負資產。

最近倒是風聞有所謂人生新四大喜，其中有一喜，為「睡覺睡到自然醒」。對於今天越來越多的生活在都市裡的上班族來說，刻板、快速而且沉重的工作和生活壓力，已經讓不少人感到勞累疲倦。其中最為突出的，就是休息睡眠的不足。如果能夠在周末美美睡上一覺，已經很是奢侈了。倘若能夠「睡覺睡到自然醒」，那簡直就是夢寐以求的了。

與「金榜題名時」所預示著的未來相比，今天的人顯然更為現實和實際，已經懶得去等待那「金榜題名」之後多少還有些不怎麼確定的未來了，在他們看來，「數錢數到手抽筋」，顯然比「金榜題名時」來得更直接更實際，一點含蓄掩飾也沒有，就是赤裸裸的快活滿足。

亦有類似一些民謠，表達當下人對生活喜悅或者人生期待的新訴求，譬如有說：「兜裡裝滿money，心情總是happy，每天都是sunny，變得更加beauty，快樂得像個baby。」亦有說：「吸煙傷肺，喝酒傷胃，桑拿太貴，到歌廳高消費，打麻將賭博干擾社會，買點彩票經濟又實惠。」還有說：「人生吧，零歲出場，十歲快樂成長，二十歲為情彷徨，三十基本定向，四十拚命打闖，五十回頭望望，六十告老還鄉，七十搓搓麻將，八十曬曬太陽，九十躺在床上，一百掛在牆上……所以，該吃就吃，該喝就喝，遇事別往心裡擱，洗著澡，看著錶，舒服一秒是一秒。」

這些新民謠，或者表達的是對財富人生的期待，或者表達的是對一種健康自然生活的嚮往，總體上已經與傳統意義上的「人生四大喜」有著本質上的分別：傳統四大喜高度濃縮概括了傳統社會中的中國人與上天、自然、親友、事業、婚姻等關係中的自我實現與滿足，是典型的在「關係」中的自我實現、自我滿足和自我愉悅。

而當下那些新民謠，更多反映的是生活在當代都市世界中的中國人的「不自由」、「不自主」，以及他們對無法把握的生活現實與未來人生的一種帶有一點戲謔的「自我幽默」。

只是這樣的「自我幽默」，一回到生活的現實，就跟落了包裝紙的雪糕見了太陽一樣，也是要消化掉的。

吳宓的有心與無意

吳宓是個有心人，一生煌煌數十冊日記即可為證。而對於一個讀書人需要成就的學問著述，吳宓倒顯得淡然。還是在二〇年代末、三〇年代初，他就在日記中喋喋不休地說自己一生所孜孜以求者，不過是一部詩集、一部日記，再就是寫一部關於「新舊因緣」的小說。或許是因為計畫中的人生理想已經完成了三分之二，只剩下一部「新舊因緣」尚待成就，四〇年代末的吳宓一度有心追隨賈寶玉出家作和尚。後來和尚沒有作成，卻屢經磨難坎坷，倒是用自己的一生，成就了他尚未完成的「新舊因緣」的小說——一個新時代的舊式知識分子的富有戲劇性和悲劇感的一生。

這裡說說吳宓一九三〇至一九三一年的歐洲之行。此次遊學，本為清華教授照例年休，吳宓卻幾乎將其演變成為一次跨越太平洋和大西洋的超級浪漫之旅。不過在愛情的渴望與失望之間，吳宓也有心做了不少事，譬如他絕對有計劃地拜會了自己哈佛大學的同門師兄弟、諾貝爾文學家獲得者、英國詩人T・S・艾略特。一九三一年一月十四日日記中記載：「下午 2:00 出，至 24 Russell

Square 訪 T.S.Eliot，約星期五正午十二時半往晤。見其守門司電話之女書記，雖美，而不如昔之美。」同月十六日日記：「十二時半，如約訪 T.S.Eliot 君於 Faber&Faber 書店，24Russell Square。在客室中談片刻，約下星期二午餐細敘。是日仍見其守門之女書記。」二十日日記：「1-3 訪 T.S.Eliot（仍見其女書記，傷其美而作工，未嫁），邀宓步至附近之 Cosmo Hotel 午餐，談。Eliot 君自言與白璧德師主張相去較近，而與 G.K.Chesterton 較遠。但以公佈發表之文章觀之，則似若適得其反云。又為書名片，介紹宓見英、法文士多人，不贅記。」

吳宓沒有詳細記載兩人午餐之間所談話題內容，想來應在天氣或者筷子刀叉一類的話題之外有所展開，譬如談到他們共同的老師白璧德。說來吳宓還是有眼光的，因為十幾年後，這位同門就因為其詩劇《四個四重奏》獲諾貝爾文學獎。遺憾的是，吳宓的有心，並沒有在日記中留下多少切實的記載。

與拜會T・S・艾略特的有心相比，吳宓顯然是在無意之間在倫敦撞見了一個大名人之後人！這個大名人與中國有關，不僅與中國有關，而且還是西方世界第一位將中國儒家的《十三經》完整翻譯成西方語言的漢學家，且在香港生活了大半生。此人即為牛津大學首任中文教授理雅各。此時距離理雅各去世，已有三十餘年。吳宓一九三〇年十二月七日日記中，記載了他受邀出席理雅各之子的家庭茶會的情況：「下午 4:30-6:00 赴 Mr.&Mrs.J.G.Legge（Mrs. 名 Josephine）招茶會於其宅，115 Banbury Road, Oxford。即譯四書之 Dr.James Legge.之子及媳也。座客五六，有主人之二女，其一在牛津大學之 Somewill College 肄業，治文學。宓最愛牛津大學之女生，以其有學問智識之美，而尤喜治文學與美術者。主人出示有正書局印售之中國畫冊。又出示其所收藏之善本書，如Wordsworth, Keats, Tennyson, Swinburne 等之詩集 First Edition。又導觀其先德理雅各博士（Dr.James Legge, 1815-1897）之畫像並遺物，中有王韜於癸酉年（當係一八七三年）為香港人民代撰書寫送Dr.Legge 回國序，刻鐫大門內壁間。宓由主人處假得 Dr.Legge 傳一冊。歸而翻讀。」

相較於與艾略特的約見的一再推延，吳宓拜訪理雅各之子宅邸，當屬意外，否則日記中不會沒有明示。與艾略特這樣的時賢相比，理雅各已經算是過氣名人。即便如此，當時的吳宓似乎對理雅各生平事蹟也不甚瞭解，否則以理雅各在晚清中國三十餘年的收藏，其後人不會引導吳宓去參觀自己收藏的一些英國詩人的初版本詩集。這大概也是因為話不投機的緣故。

有趣的是，無論是見艾略特，還是見理雅各，吳宓在有心無意之間，倒是沒有忘記提及艾略特門口的女書記和理雅各之子在牛津大學攻讀文學的女兒。

魯迅開列的書單

魯迅討厭「選文」文化，也反對隨隨便便給年輕人開書單，對於「五四」時期一些暴得大名的學界新銳熱衷於給青年人開書單，魯迅就很不以為然。不過，魯迅與人往來，尤其是與交誼深厚者往來，並非不作辨析地一概排斥「選文」文化，也並不是絕對地反對開書單。許壽裳〈亡友魯迅印象記•和我的交誼〉一文中，就記載了一份魯迅開列的書單，書單是應許壽裳之請，開給他在清華大學中國文學系讀書的長子許世瑛的。原文不長，抄錄如下：

吾越鄉風，兒子上學，必定替他挑選一位品學兼優的做開蒙先生，給他認方塊字，把筆寫字，並在教本面上替他寫姓名，希望他能夠得到這位老師品學的薰陶和傳授。一九一四年，我的長兒世瑛年五歲，我便替他買了《文字蒙求》，敦請魯迅做開蒙先生。魯迅只給他認識二個方塊字：一個是「天」字，一個是「人」字，和在書面上寫的「許世瑛」三個字。我們想一想，這天人兩個字的含義實在廣大得很，舉凡一切現象（自然和人文），一切道德（天道和人道）都包括無遺了。後來，世瑛考入國立清華大學——本來是打算讀化學系，因為眼太近視，只得改讀中國文學系，請教魯迅先生應該看些什麼書，他便開示了一張書單，現在抄錄如下：

計有功　宋人《唐詩紀事》四部叢刊本又有單行本
辛文房　元人《唐才子傳》（今有木活字單行本）
嚴可均《全上古……隋文》（今有石印本，其中零碎不全之文甚多，可不看）
丁福保《全上古……隋詩》（排印本）
吳榮光《歷代名人年譜》（可知名人一生中之社會大事，因其書為表格之式也。可惜的是作者所認為歷史上的大事者，未必真是「大事」，最好是參考日本三省堂出版之《模範最新世界年表》）
胡應麟　明人《少室山房筆叢》（廣雅書局本，亦有石印本）
《四庫全書簡明目錄》（其實是現有的較好的書籍之批評，但須注意其批評是「欽定」的）
《世說新語》　劉義慶（晉人清談之狀）
《唐摭言》　五代王定保（唐文人取科名之狀態）
《抱樸子外篇》　葛洪（有單行本，內論及晉末社會狀態）
《論衡》　王充（內可見漢末之風俗迷信等）
《今世說》　王晫（明末清初之名士習氣）

有關上述書單，習中國文學者大抵都不陌生，但也未必就已通讀。魯迅之所以開列這樣一份書單，想也有他自己的考慮，殊非信手。一個明顯的證據，就是他在每一書後，均列有該書可供閱讀處。從這些閱讀處，亦可見魯迅自己是如何閱讀這些書籍的。這本身，就與那些洋洋灑灑地開列一大串古籍文獻書單者迥然有別。

更何況，魯迅這樣的書單，也僅是開列給自己的友好，而且即便是這樣的書單，在魯迅的寫作生涯中也並不多見。

魯迅爲什麼好用毛筆？

魯迅的「偏激」是出了名的，正如他的好罵。不過即使是他的「好罵」，在好友如許壽裳者看來，也「其實不然」。在許眼裡，就「從不見其謾罵，而只見其慎重謹嚴。」、「他所攻擊的，雖間或係對個人，但因其人代表著某一種世態，實為公仇，決非私怨。而且用語有分寸，不肯溢量，彷彿等於稱過似的。要知道倘說良家女子是婊子，才是罵；說婊子是婊子，哪能算是罵呢？」

許壽裳的解釋，多少有助於清洗潑在魯迅身上好謾罵的誣名。其實，如果說魯迅「偏激」，而且又是信仰「進化論」或者「後來者一定好過前者」的，那麼，魯迅本該事事尚新的，可是為什麼他在開始其職業寫作生涯後，一直堅持寫作用毛筆而不用墨水筆，這又該作何解釋呢？

在許壽裳看來，這也確是「很值得注意的一件事」，原因在於「根據他的經驗和理論都是在擁護後者的」。換言之，魯迅在後來漫長的寫作生涯中，總該用墨水筆才對，至少大多如此。其實又不然。

事實上，魯迅學生時代是用墨水筆的，「他在學生時代記講義都是用後者，而且記得很清晰純熟，又很美觀；對於禁用後者又曾反對，以為學生用後者寫字當然比前者來得便當而且省時間。」魯迅在自己的文章《准風月談・禁用和自造》中，確實說過使用墨水筆的好處，「據報上說，因為鉛筆和墨水筆進口之多，有些地方而在禁用，改用毛筆了……倘若安硯磨墨，展紙舔筆，則即以學生的抄講義而論，恐怕總要比用墨水筆減少三分之一，他只好不抄，或者要教職員講得慢，也就是大家的時間，被白費了三分之一了。所謂『便當』，並不是偷懶，是說在同一時間，也就是使一個人的有限的生命，更加有效，而也即等於延長了人的生命。古人說，『非人磨墨墨磨人』，就在悲憤人生之消磨於紙筆中，而墨水筆之製成，是正可以彌補這缺憾的。」

不過，話雖如此，但魯迅終究沒有選用墨水筆而是中國傳統的毛筆作為自己一生文字生涯的「利器」。據查，《魯迅全集》的原稿可說是全文用毛筆寫；其餘未印的二十五年間的日記和已印未印的幾千通的書簡也是用毛筆寫的。怎麼解釋魯迅的這種「違心之論」呢？許壽裳解釋說，用毛筆的原因，大概不外乎（一）可以不擇紙張的厚薄好壞；（二）寫字「小大由之」，別有風趣吧。

這樣的解釋，當然不失為其道理，尤其是對於那些對毛筆情有獨鍾者。這就跟用慣了墨水筆之後，突然有朝一日墨水筆改電腦了，作家們在電腦前苦坐而無一字出大抵相當。問題是，魯迅原本是使用過墨水筆的，而且又使用得很純熟，並沒有因為墨水筆而影響到他的運思、落筆和行文。這種「捨棄進步」而改「保守」的行為，確實與魯迅的思想行事風格不大相符。其實，魯迅的「偏激」從來就不是一般之人所能理解的，他的「謾罵」是如此，他的好用毛筆，又何嘗不是如此。

魯迅的稿費及其他

一段時間，有好事者一度熱衷於給名人算帳，於是魯迅的稿費也難以倖免。不過算來算去，好像終究也還是沒有弄清楚魯迅一生到底掙了多少稿費，這當然並非是因為魯迅稿費太多而難以算計。算帳者顯然不是真心關心魯迅的經濟狀況，否則魯迅既然能夠掙如此多的鈔票，為什麼不能夠早一點去醫治自己的肺病，以致延誤而早逝呢？

最近讀許壽裳《亡友魯迅印象記》，其中一則〈病死〉，關乎魯迅的肺病和經濟狀況，讀後聯想到魯迅的稿費問題，不妨將其中一段抄錄如下，或可供那些關心魯迅稿費者參考：

十月十九日上午，我在北平便得了電傳噩報，知道上午五時二十五分，魯迅竟爾去世了。我沒法想，不能趕去執紼送葬，只打了一個電，略云：上海施高塔路大陸新村九號，許景宋夫人，豫才兄逝世，青年失其導師，民族喪其鬥士，萬分哀痛，豈僅為私，尚望善視遺孤，勉承先志……。魯迅的壽僅五十歲，其致死之由，我在拙著〈懷亡友魯迅〉文中，舉出三點：（一）心境的寂寞，（二）精力的剝削，（三）經濟的壓迫，而以這第（三）為最大的致命傷。他大病中所以不請D醫並方，大病後之不能轉地療養，「何時行何處去」，始終躊躇著，就是為了這經濟的壓迫。魯迅畢生為反帝反封建而奮鬥，淡泊自甘，痛惡權勢，受禁錮而不悔，受圍攻而不屈，受污蔑不知若干次。翻譯幾本科學的文藝理論，就污他得了日本萬金，意在賣國，稱為漢奸；愛羅先珂從中國到德國，說了些中國的黑暗，北洋軍閥的黑暗，就說這些宣傳，受之於他，因為他的女人是日本人，所以給日本人出力；給一個毫不相干的女士做了一篇〈《淑姿的信》序〉，就說她是他的小姨子；「一二八」戰事驟起，寓所突陷火線中，得日本人內山完造設法，才避居於其英租界支店的樓上幾天，就說他託庇於日本間諜……

對於魯迅的經濟情況，作為與魯迅有「三十五年交情」的友人，許壽裳回憶文章中還有多處涉及，不妨再摘錄幾處：

他愛吃辣椒。我當初曾問他何時學會吃辣，他只答道在南京讀書時，後來才告訴我：因為夾褲過冬，不得已吃辣椒以禦寒氣，漸漸成為嗜好，因而害及胃的健康，為畢生之累。他發胃病的時候，我常見他把腹部頂住方桌的角上而把上身伏在桌上，這可想見他胃痛的厲害呀！

關於他的衣著，他在南京讀書時，沒有餘錢製衣服，以致夾褲過冬，棉袍破舊得可憐，兩肩部已經沒有一點棉絮了。這是他逝世以後，母太夫人才告訴我的。

他在杭州教書時，仍舊著學生制服，夏天只做了一件白羽紗長衫，記得一直穿到十月天冷為止。

許壽裳關於魯迅的《日常生活》中，原本還有一件魯迅在日本留學時從東京回仙台，因為「火車上讓座給老婦人，弄得後來口渴想買茶而無錢」的「趣事」，如果真有人將此視為「趣事」，那麼，許壽裳這裡所謂魯迅的「日常生活」的「日常」，他也就算是讀出了真意了。

或許會有人說，這些不過是魯迅早年讀書期間的「清貧」，與其後來的「發達」不可同日而語。既如此，這世上真有為財而不惜命者在乎？真有如魯迅者在乎？

魯迅踏死過小雞嗎？

夏承燾《天風閣學詞日記》一九四七年七月二十九日日記中有這樣一則記載：

嘉儀來，談魯迅遺事，謂其與作人失和，由踏死其弟婦家小雞。作人日婦甚不滿魯迅，謂其不潔，又生活起居無度，且虛構魯迅相戲之辭告作人，致兄弟不能相見。

這裡所提到的「嘉儀」，稍微了解一點張愛玲的人大概都不陌生——儘管胡蘭成一直在努力讓自己的思想意義呈現出來，而不是在張愛玲的語境中才被提及，但對於大多數張迷來說，胡蘭成的意義不過如此。

胡蘭成的意義當然不僅如此，但是否就在胡蘭成自己所設想的語境中方向上生發出他所期待的意義來，倒也未必。譬如在亡命溫州期間，儘管他在《今生今世》中將自己的亡命生涯描述得跟一次前無古人的鄉土之旅似的從容與富有情味，但他真實的心理處境，譬如惶恐緊張與朝不保夕式的警惕等，在他的春秋筆法之下，就被抹得乾乾淨淨。

而上述夏承燾日記中一段記載，亦恰可拿來為上述斷語作一註釋說明。

化名張嘉儀的胡蘭成，在夏承燾等人面前數次提到他的紹興同鄉魯迅——胡蘭成家鄉的地理位置和區域文化上的關聯性，讓他對魯迅這個名人老鄉多懷景慕。在周氏兄弟中，胡蘭成顯然更接近魯迅。當然，這裡所謂的「接近」，也還需要進一步去細讀分析，而不是一種簡單的情感與思想意義上的認同。

於是，胡蘭成提到了周氏兄弟的「失和」這一現代知識界不無好奇同時又不明就裡的「事件」。對於亡命中的胡蘭成來說，要提到魯迅，沒有比提到周氏兄弟失和這一事件的具體細節，更能夠證明他與魯迅之間關係的不同一般的了。於是，胡蘭成提到了魯迅踏死過弟媳婦餵養的「小雞」——周氏兄弟失和，是從魯迅的暴力開始的。而魯迅施暴的對象，不是他所憎惡的強權和惡勢力，而是一隻或若干隻無辜而可憐的小雞！

從暴力行為，再蔓延到不健康不衛生的生活方式——魯迅可能長期不剪頭髮、不理鬍鬚、不換衣服、不洗腳，或者隨地吐痰，像他紹興會館房間外的圍牆下的路人一樣隨地小便……如此等等。

當然不能不提到魯迅的「輕薄」——這是好奇者好事者大多會沿著追想的方向，大伯子與弟媳婦之間的「好事」，在中國古代大書小書中似亦並不鮮見。

沒有人知道那個名叫張嘉儀的男人這樣編織魯迅故事時候的真實想法或者全部想法，但那個名叫魯迅的現代文人，在這樣的故事中卻顯然處於一種越發不堪的尷尬境地，更何況聽話者還是幾位對新文學原本就不無非議的浙中士紳。

好在夏承燾日記中並沒有進一步記載聽話者事後的議論，這或許是與胡蘭成編織的故事不怎麼有說服力有關，不過筆者倒更願意相信這是因為夏承燾的厚道——對於這樣的背後議論，左耳進右耳出，姑妄聽之而已。

想也是如此。之所以這樣說，是因為在夏承燾此則日記之前，還有另一則日記中亦曾提到「張說魯迅」：閱嘉儀所著書，論阿瑙與蘇撒古文明，此前所未聞者。午後與天五同過賣婦橋訪之，頗直率謙下，謂曾肄業北京大學，從梁漱溟、魯迅遊，與漱溟時時通信。

胡蘭成不以胡蘭成的名字說魯迅，而用張嘉儀的名字說。這樣的張說，也就不用被冠以「胡說」的罪名了。而在夏承燾們耳朵裡，踏死小雞的魯迅，跟從張嘉儀那裡聽到的阿瑙與蘇撒古文明一樣，都是「前所未聞者」。

魯迅的「點句」工夫

在「五四」新文學的倡導者中，魯迅在反文學復古的態度上應該是最堅決也最持久的。大概也因此，人們一般注意到的，是魯迅在新文學建設方面的貢獻，而對他在中國傳統文化整理方面的成績，認識則往往比較模糊。

其實，魯迅不僅是現代中國的偉大作家，也是一位卓有貢獻的學者，這不僅有他的《中國小說史略》這樣的開山之作為證，他在相關古籍的校勘、輯錄、整理方面所做的工作，亦絕非一般意義上的愛好者甚至專家所可企及。關於這一點，人民文學出版社一九九九年出版的《魯迅輯錄古籍叢編》，應該足以說明。

魯迅在成為一個職業作家之前，在蒐集整理古代文獻方面的工作，主要集中在辛亥革命前後。一個有意思的現象是，魯迅在後來反擊文學復古者們的言論時，往往不是正面宣揚自己的新文學主張，而是屢屢採取「以子之矛，攻子之盾」的方式——他直接對那些復古者們在古代文獻整理方面所暴露出來的古文修養或者工夫欠缺進行冷嘲熱諷，其中最有代表性的，一是他批評二〇年代初期的《學衡》雜誌，二是他批評三〇年代初期的《人間世》雜誌。

在批評《學衡》雜誌的〈估《學衡》〉一文中，魯迅開篇即點出，所謂的「學衡派」，不過是些「假古董」所放出的「假毫光」。他說：

諸公掊擊新文化而張皇舊學問，倘不自相矛盾，倒也不失其為一種主張。可惜的是於舊學並無門徑，並主張也還不配。倘使字句未通的人也算在國粹的知己，則國粹更要慚惶煞人！「衡」了一頓，僅僅「衡」出了自己的銖兩來，於新文化無傷，於國粹也差得遠。

魯迅所謂的「差得遠」，究竟指的是什麼呢？文中列舉了《學衡》創刊號中幾篇文章，從語法角度一一予以點評，尤其是他就〈國學摭譚〉、〈記白鹿洞談虎〉、〈漁丈人行〉、〈浙江採集植物遊記〉幾篇文章而作的「挑剔」，事後就連《學衡》編輯吳宓也不能不檢討歎服。

如果說魯迅對「學衡派」絲毫也不客氣，語言極盡辛辣，稍微對「五四」新文學和新文化運動的背景過程有所了解的人，並不會感到多少奇怪。因為當時雙方在文化立場與主張上，確實針鋒相對，大有你死我活的味道。倒是值得注意的是，在《學衡》創刊十餘年後，魯迅會對應該算在新文學陣營內的一個刊物、《論語》雜誌之後的《人間世》，也提出了嚴厲批評，認為它所張揚的傳統文化主張，與當年的《學衡》差不多，同樣是一種思想文化上的倒退，甚至比直接大張旗鼓地宣揚傳統文化或者中國本土文化經驗的現代意義的「學衡派」更有欺騙性，更容易讓一些對傳統文化思想的「保守」與「反動」缺乏警惕與辨析的年輕人上當。

而且，魯迅這一次同樣沒有直接批評《人間世》的這種或明或暗的思想「倒退」，依然採用了當年反擊「學衡派」時所使用過的方法，「以子之矛，攻子之盾」，抓住《人間世》中所發表的〈袁中郎全集校勘記〉中所暴露出來的在古文斷句方面的一些紕漏，進行了犀利的批評。

有意思的是，魯迅批評的「興」，是從前清時期民間鄉下對一位塾師的經典學問功夫的評判標準的「討論」開始的。不過，那種鄉下塾師由於功夫不到家，將一本書標點斷句繼續不下去，只能中途而廢，而對於一個買書人來說，倘若遇到這樣被曾經點校斷句過的書，不僅讓人感覺不舒服，甚至還不如一本不曾有過此種「破筆」塗污的「潔本」。

魯迅言說的興趣，當然不會是在這裡。他其實是想說，既然那些「昌明國粹」的人，屢屢攻擊那些主張新文學者的國學功夫的淺薄或者知識修養上的缺陷，那麼，那些國粹者自己的國學功夫，又當如何呢？就比新文學倡導者高明嗎？

其實不然。

不過倘使是調子有定的詞曲，句子相對的駢文，或並不艱深的明人小品，標點者又是名人學士，還要鬧出一些破句，可未免令人不遭蚊子叮，也要起疙瘩了。嘴裡是白話怎麼壞，古文怎麼好，一動手，對古文就點了破句，而這古文又是他正在竭力表揚的古文。破句，不就是看不懂的分明的標記麼？說好說壞，又從哪裡來的？

標點古文真是一種試金石，只消幾點幾圈，就把真顏色顯出來了。當然我們可以說，即便是昌明國粹者，亦有知識上功夫上的差別。問題是魯迅想說明的也正是這些——既然如此，又何必那麼咄咄逼人地盯住新文學倡導者的國學功夫呢？

爲什麼要有法海？

法海的出現，完成了「白蛇傳」故事文本的兩個關鍵性的過渡，一個是這個故事的主題歸屬問題，另外一個是怎樣將白蛇青魚和雷峰塔與許仙、白素貞的故事敷衍在一起並成為一個完整的故事整體。無論是《雙魚扇墜》，還是《義妖白蛇傳》以及《劉漢卿白蛇記》，基本上都將故事的主題歸依到一個世俗倫理語境之中，這反映了佛教在杭州市民生活中真正產生顯著影響之前的民間故事的主題歸依的一般狀況。而且，這種簡單的歸依，也是民間文學處於最初創作階段的尚不成熟的雛形。只有法海的出現，才將這樣一個人妖故事主題，擴展到妖、人、神（佛）三界的廣闊空間之中，進一步彰顯了天理、人情之間的矛盾衝突的緊張。而法海和尚的出現以及他對許仙、白素貞愛情故事的干涉，實際上是民間自由與愛情對一種過度干涉的威權力量和威權體制的不滿、反抗與控訴批判。

但是，法海最初的形象卻並非一個和尚法師，而是有幾種不同的身分。《大唐西域記》卷七中有這樣一個類似的故事原型：

度迦葉兄弟西北堵波，是如來伏迦葉波所事火龍處。如來將化其人，先伏所宗，乃止梵志火龍之室。夜分已後，龍吐煙焰：佛既入定，亦起火光。其室洞然，猛焰炎熾。諸梵志師恐火害佛，莫不奔赴，悲號湣惜，憂樓頻螺，迦葉波謂其徒曰：「以今觀之，未必火也。當是沙門伏火龍耳。」如來乃以火龍盛置缽中，清旦持示外道門人。

在這則佛經故事中，降伏火龍的是如來，不過如來降伏火龍所用方法，卻是將其「缽貯」起來，這與後來有關法師「缽貯」白蛇並覆於雷峰塔下的方式是一致的。這是佛經故事原型，而這個故事原型無疑為後來將「白蛇」的故事擴展為一個神（佛）間、人間和妖孽間相互交叉轉換的故事提供了原型基礎或者靈感引發。

不過，在《小窗日記》中，將白蛇鎮壓於雷峰塔下的是「法師」，究竟這是怎樣一個法師，沒有更多的鋪陳，自然也就無案可稽。在《湖雜記》中，那個警告杭州市民「塔倒湖乾」的人，為一出世的「大士」。從如來降伏火龍的故事原型，到鉢貯白蛇的法海，中間經過了出世的大士。其實還不止大士。清錢泳（一七五九至一八四四年）所著《履園叢話》中，這個能夠降妖伏魔的「大士」、「法師」，一變又成了一個儒家的塾師：

清乾隆初年，湖州歸安縣菱湖鎮某姓者，以賣為業。納一妻甚美，而持家勤儉，異於常人。一日，謂其夫曰：「子作此生涯，飢寒如舊，非計。子如信吾言，自有利益。」其夫聽之，遂棄舊業，買賣負販，一如妻言。不及十年，遂至大富；生二子，俱聰慧，延師上學。惟每年端午輒病，且拒人入房，其夫不覺也。長子方九歲，偶至母所，見大青蛇盤結於床，驚叫反走；回視則其母也，因告於師。師固村學究，以禍福聳動其夫。妻已知之，漫罵曰：「吾家家事，何預先生！」是夕忽不見。

這則故事令人驚訝之處有三，其一是其中出現了蛇化為美貌女子嫁入尋常人家，幫助夫家脫貧致富的故事情節；其二是大蛇每年端午不得與家人歡聚；其三是大蛇隱瞞之事實為家人發現，且有塾師一旁聳勸。塾師與大蛇因此結有恩怨矛盾。後大蛇因真相敗露而遁跡。

這則記錄清乾隆年間的湖州故事，竟然與現今「白蛇傳」故事有著如此驚人一致，而作為著名金石學家和學者的錢泳，似乎對杭州地區流傳的「白蛇」傳說竟然毫無所知。這似乎也從另一個角度證實了現今所見到的完整的「白蛇傳」故事形成時間可能比一般想像的要晚得多。

而「法海」的原型甚至曾經為一塾師的事實，似乎也應證了這一點，那就是原型故事在傳播過程中，傳播者和受眾總是會按照自己所處環境和需要，對故事原型中的某些細節和要素進行符合自己需要的修改。這種修改，不僅見諸如來、法師、大士、塾師演變為「法海和尚」的過程，也見諸於「法海和尚」最終為杭州人所接受的事實。

白蛇故事怎麼牽扯上雷峰塔？

直到雷峰塔的出現，才開始將原本在民間流傳的一個漢文化倫理色彩濃厚的故事，與佛教倫理語境關聯起來。而雷峰塔在杭州歷史甚為久遠，但將白蛇與雷峰塔關聯起來的，並不是「白蛇」的傳說本身，而是杭州地區民間一直流傳著西湖中有青魚白蛇的說法。

錢塘陸次雲在《湖雜記》中說：

> 雷峰塔五代時所建。塔下舊有雷峰寺，今廢久矣。嘉靖時東倭入寇，疑塔中有伏，縱火焚塔；故其簷級皆去，赤立童然，反成異致。俗傳湖中有青魚白蛇之妖，建塔相鎮，大士囑之曰「塔倒湖乾」方許出世。
>
> 崇禎辛巳，旱魃久虐，水澤乾枯，湖底泥龜裂，塔頂煙焰熏天。居民競相告曰：「白蛇出矣！」互相警告，遂有假怪以惑人者。後得雨，湖水重波，塔煙頓息，人心始定。

上述文字記載中有兩點頗為關鍵，一是雷峰塔始建於五代，並非是在有了「白蛇」故事時候所建。其次當初建此塔的動機，文中說是為了鎮壓西湖中傳說的青魚白蛇。而在《西湖遊覽志》中，亦有類似說法：

塔建七級後，以風水家言，止存五級。俗傳湖中有白蛇青魚兩怪，鎮壓塔下。

而在洪妨思《書湖雜記》後中，也提到了傳說中杭州地區的「三怪」：

杭州舊傳有三怪：金沙灘有三足蟾，流福溝有大鰲，西湖有白蛇。隆慶時，鰲已為魚家釣起，蟾已為方士捕得。惟白蛇尚存與否，不可得而知。

這說明，杭州地區有關白蛇的傳說，歷史甚為久遠，而且似還在雷峰塔建塔之前。但是，上述將雷峰塔與湖中白蛇聯繫起來，卻並非始於建塔。據史記載，雷峰塔始建於西元九七五年，為吳越王錢俶為慶賀其寵妃黃氏得子而建，又名黃妃塔，亦稱黃皮塔。但在吳越王錢俶的黃妃塔碑記上，並沒有關於建塔鎮妖（青魚白蛇）的記載。而有關當時西湖時常氾濫、給民生帶來疾苦，以及吳越王及其後人祭西湖水神以求風調雨順、波瀾不興、五穀豐登一類的記載，卻是屢見不鮮。浙江博物館至今收藏有古吳越王祭祀西湖水神、鑑湖水神和太湖水神所用之銀簡鐵簡。可見西湖中有所謂青魚白蛇的民間傳說，與當時西湖時常氾濫禍及民生的事實是密不可分的。

但是，似乎一直到宋代，有關雷峰塔、法師、鎮白蛇這三者同時出現在一個完整的故事中的說法還甚為簡略。徐逢吉《清波小志》中引《小窗日記》僅一句話：宋時法師鉢貯白蛇，覆于雷峰塔下。但對於民間文學的創作者們來說，只有這一句話似乎已足矣。他們已經足以根據這樣一句話，演繹出法海介入許仙、白素貞的愛情故事並最終將白素貞捉拿收伏於法器金鉢之中，覆於雷峰塔下的峰迴路轉、蕩人心魄的故事。

於是，原本與祈福信仰有關的一座王家出資修建的塔，在民間被傅會到王家幾乎每年都要主辦的祭水神和投寄鐵簡，並由此傅會到西湖中的青魚白蛇，最終定位於雷峰塔的修建是為了鎮壓西湖中的青魚白蛇二妖。更關鍵的，這裡出現的青魚、白蛇，與後來的《白蛇傳》故事中的小青、白素貞之間遙相呼應，儼然已經解決了從孔淑芳及其小丫鬟、白素英及小青的稱呼到白素貞、小青之間的過渡難題。而在這種過渡中，我們也再一次清楚地發現那種口口相傳的民間文學是如何在不同的時代語境中，根據傳播者的傳播需要而進行集體文學加工的。

但是，僅僅有雷峰塔、白蛇青魚還不夠，還是不能將白蛇青魚以及雷峰塔與許仙、白素貞的故事關聯在一起。在這裡，就出現了一個關鍵性的人物，那就是法海。

「戒尺」與「殺威棒」

為了寫這篇文章，專門上網查閱了一下有關「戒尺」和「殺威棒」的解釋。「戒尺」找到兩種解釋，其一是指佛教的一種法器：

「戒尺」也叫做「尺」，它是用兩隻木塊製成的。兩木一仰一俯。仰者在下，長七寸六分、厚六分、闊一寸分餘，下面四邊有縷面。俯者在上，長七寸四分、厚五分餘、闊一寸，上面四邊有縷面。上木正中豎安木鈕一隻，鈕長二寸五分、高七分，捉鈕敲擊下木。這種「尺」，是在「皈依、剃度、傳戒、說法」、以及「瑜伽焰口施食」等等的儀節中使用的。近些年來，僧伽們所用的「尺」，已大有改變。比較常見的，多半是用一條木塊，敲擊几案而已。其木塊長約台尺四五寸、寬厚各約一寸一分。

這自然不是我所說的那種「戒尺」。我所說的，應是「戒尺」的另一種解釋：「舊時私塾先生對學生施行體罰所用的木板。」晚清以來，隨著西學、新學的興起，傳統學問在新式學堂裡逐漸式微，尤其是隨著一九〇五年廢除已有千年歷史的科舉制度，私塾制度以及塾師亦退出了歷史舞台，隨之而去的，自然還有莘莘學子們無法忘懷的「戒尺」。「桌上放著一根兩指闊的竹板，一想不起來就要挨一下打，半本書背下來，『右手掌被打得發腫，有半寸高，偷向燈光中一照，通亮，好像滿肚子裝著已成熟的絲的蠶身一樣』，陪在一旁的母親還要哭著說『打得好』。」這樣的「創傷記憶」，定然不會只是一兩位少年學子的求學經歷。

關於「殺威棒」，亦找到兩種解釋：一是指舊時犯人收監前，常先施以棒打，使其懾服，稱「殺威棒」；二是泛指逼人懾服的毆打。前者僅限於針對犯事收監者，所以奉公守法不作奸犯科之人，應該不會遭遇到這種「待遇」。至於「殺威棒」的第二種解釋，則泛指一切暴力，無論是公共場所下的暴力還是家庭暴力。

無論是作為一種牢獄裡的「潛規則」，還是前朝皇帝留下的什麼「舊制」，「殺威棒」指的都是強勢威權對於弱勢的淫虐，或者以暴力方式，通過對另一方肉體之打擊，以摧毀其精神意志，使其降服。在這裡，一切所謂人道主義的、溫情主義的、婆婆媽媽的「婦人之仁」，都顯多餘而且遭到奚落鄙棄，只有暴力威權才是唯一真理。

我之所以想到寫這篇文章，既不是因為平白無故地挨了「戒尺」，更不是受了一般人絕對無法承受的「殺威棒」的打壓，而是因為近來常常在傳媒上隱約聽到「戒尺」劈啪、「殺威棒」的

「威武」之聲。所不同者，舊時的「戒尺」、「殺威棒」，當下都有了各自合法或者半合法的「替身」：「戒尺」沒有了，因為這不僅直接觸犯相關法制法規，還需要成本投資，現實生活中我們見到更多的，是「戒尺」的現代版或者當代版——爆栗、巴掌，或者鞋子、棍子、刀子等；「殺威棒」沒有了，但常見一些莫名其妙地「犯事」的人，健康走進拘留所，後來卻不能完身出來的消息報導。至於在裡面遭遇了什麼「對待」，外人應該是永遠無法得知的。

沒有「戒尺」的教育與沒有「殺威棒」的監管，被認為是現代文明的基礎，也是現代文明的標誌。也正因為如此，我們常常以為，既然「戒尺」、「殺威棒」已經成為歷史陳跡，我們也就自然進入到了「文明生活」時代。殊不知「戒尺」、「殺威棒」都可以轉世附體，在現代社會找到它們的傳承。我們要消除的，不只是「戒尺」與「殺威棒」，更關鍵的是，我們要根除「戒尺」、「殺威棒」背後的「強權」、「暴力」崇拜。只有這樣，平等、人權這些文明價值，才會真正在我們的生活與時代扎根。

維新從辮子開始

德齡的《御苑蘭馨記‧有心無力的維新》中，談到光緒帝應師傅翁同龢之薦，召見當時還人微言輕的康有為，垂詢變革維新之舉。據說這位被視為當時中國飽讀詩書同時又通曉西洋政務的廣東人，向急於圖新自強的年輕皇帝提出的第一條變法主張，竟然是「剪掉頭上的辮子」。書中原文如下：

光緒一見到康有為，就將他心裡所想著的坦白地說出來。他對他說出心裡的意見，他希望為中國做的事，以及他打算在中國進行的改革。康有為立刻就提出猛一看覺得是奇怪甚至於愚蠢的條陳，然而卻正是對準了政府的癥結而下的針砭。康有為說：「陛下，第一點，我們必須剪掉辮子！在全世界各國中我們是最古怪的人民！我們就好像一群畜生似的，人人拖了一條尾巴！我們應該下令，叫全國人民通通將辮子剪掉！」

「那很難吧？中國人民要聽說剪辮子一定會弄得舉國譁然的。數百年來辮子都一直是忠於皇室的一種象徵。這種留辮子的風俗，差不多已經變成了中國宗教的一部分了。」

「無論如何，我們最開頭必須是將辮子剪掉！否則，各國還要繼續笑我們是最奇怪的畜生。」

圍繞著剪辮子這個話題，年輕的皇帝與他正準備倚重的言臣之間還有一番往來對話，此不贅錄。光緒當年召見康有為之時，是否一見面康有為就提出了這樣一條無論從哪個角度來看都覺得不免「魯莽滅裂」的建議，這只要查一查《清史稿》或者皇帝實錄一類的文獻，甚至於推薦康有為面聖的翁同龢的日記，都可以弄得一清二楚。與《御香縹緲錄》相比，德齡的《御苑蘭馨記》寫得簡略得多，不少地方甚至失之粗疏。所以康有為有關剪辮子的議論，在被證實之前，亦姑且存疑為是。

不過說到剪辮子，倒確實如光緒所言，辮子早已經成為一種象徵。什麼象徵呢？在該書中，光緒皇帝說是「忠實於皇室」的象徵。當然封建時代君國一體，忠實於皇室，自然也就是忠實於大清，忠實於國家。

換言之，如果剪掉辮子，那就是背叛皇室，背叛大清，甚至於背叛了中國的國教。康有為當時提這樣一條建議的時候，究竟是將留辮子看成是「忠實於皇室大清」的象徵呢？還是看成是一種「保守」或者「故步自封」的象徵呢？再進一步，誠如他所言，留辮子被西洋人看成是「畜生」？或許在最高統治者那裡，留著辮子的臣民，不過都是自己的奴才。奴才是否可等同於畜生，也不見有一套明晰的話語體系，多少還需要一番轉換。不過奴才即便不直接等同於「畜生」，在現實語境中，在一些權貴者眼裡，估計距離畜生也不太遠。

於是，就出現了這樣一個問題。如果誠如上述推論，那麼，康有為的「維新」第一條，無疑於解放奴隸宣言——將蓄辮子的奴隸頭上的辮子剪掉，讓他們從辮子的束縛中解脫出來，成為自由的人！說到辮子，在魯迅的作品中，曾多次提到這條對中國人來說具有複雜象徵寓意的「豬尾巴」。晚清中國人與西洋人互罵，他們罵中國人頭上留的是「豬尾巴」（pigtail），中國人罵他們是「鬼佬」、「番鬼」。「豬」與「鬼」在中國人的輪迴觀念裡孰高孰低，明眼人自然不用多費口舌。

在魯迅筆下，這條辮子究竟又寓意如何呢？

〈風波〉中的盲動的一群，辮子似乎正與光緒皇帝所言相一致，象徵著民眾對於皇室的忠誠。至於那盲動的民眾，是否真如年輕的皇帝所言，忠實於皇室，也實在不那麼容易辨析清楚。不過至少有一點，那就是辮子在還是不在，對於那些盲動的民眾而言，卻是性命攸關的。

說到「辮子」與性命，我記得好像看到過《浙江潮》還是《民報》的一份增刊，其中有「反滿義士」頭顱被生生砍下來立在磚頭上的血淋淋的照片，血肉模糊的頸項上，竟然還纏著那根「豬尾巴」。

那還不是在「反清義士」中流行剪辮子以示革命的年月，所以一個掉了腦袋的革命黨，頭上的辮子還在。至於這位依然蓄著辮子的革命黨人，是否忠實於皇室或者大清朝，應該是一清二楚的了。

所以說，從剪辮子開始的維新，也只能是一種象徵。

數學家與風塵女子

清末數學家李善蘭，早年即顯露出在算學方面的天賦，咸豐初年流落滬上，與一幫科場失意的書生為伍，甚至一度在由來華傳教士主辦的墨海書館寄生。儘管他協助翻譯的，多為當時中國急需之西學著述，包括他自己感興趣的算學，但這種末路人生，畢竟不是士子人生之正途大道。對此，李善蘭自己亦心知肚明。但茫茫人海，實在找尋不到人生晉級的門徑，所以不免就會有自我放縱的時刻，歸根結柢，也不過是發洩與紓緩內心的焦灼與困窘而已。

在《歷史文獻》第十二輯中所刊發的《王韜未刊日記‧雜錄》中，記錄有清咸豐二年（一八五二年）六月十九、二十兩日李善蘭與王韜的「業餘生活」。與李善蘭一樣，王韜當時也在墨海書館協助傳教士翻譯西學著述，其中最為後人所關注者，乃其協助《聖經》中譯。王、李二人，雖然出身不同，但均科場失意，求進無門，落魄海上，敷衍度時。當時王韜不過二十出頭，李善蘭年稍長，無家室在側，無仕場羈絆，行為隨心所欲，有時不免有率性出格之舉。

是年十九日日記中，王韜記載二人同去看望一個名叫寶兒的風塵女子。李善蘭去，顯然是因為王韜的介紹（王韜曾在此前雜錄中對該女子讚美不迭），也因此，到了該女子房中，基本上是王韜與她的「話舊」，李善蘭不過作「燈泡」而已。對此，王韜在是日日記中記載說：「時將薄暮，余辭而出。寶兒以纖手攜余，送至唐梯，囑余復至，意依依若不忍捨者。」壬叔笑曰：「予從壁上觀，尤代君魂銷。況身歷其境者。」

或許是因為初次見面，再加上有風塵女子的相好在場，數學家李善蘭自然無法有自由表現，只能作壁上觀。但這並不妨礙一個數學家對於異性的好奇與衝動。就在次日日記中，王韜有如下記載：「壬叔屢欲訪寶兒，輒以事阻。是日慫余再四，遂與攜往。」

如果上述記載屬實，而不是王韜個人捏造，那麼李善蘭慫恿王韜重訪風塵女子處，不是出於空虛無聊，就是那女子確有吸引人之處，能夠讓滬上當時兩位青年才俊魂不守舍、坐臥不寧。

或許因為有了昨日之經驗，數學家已經不再拘謹，面對異性女子，此時表現絕對不輸於在做幾何難題時候的鎮定從容。「壬叔微笑視寶兒，目不轉睫。寶兒微覺，含羞俯首……」

其實，王韜日記中有關風塵女子的記載不勝枚舉，其中與李善蘭有關且同訪風塵女子者，亦非上述兩處。後來李善蘭離開墨海書館和滬上，到攻佔了南京的曾國藩幕府中，與張文虎一道，在金陵書局整理出版算學著述。與當年滬上放浪生活有所不同的是，南京朝日所見，多為晚清政壇重臣或者恂恂然、道貌岸然的士大夫，一天到晚謹言慎行，哪裡還敢到青樓妓寮去訪什麼風塵女子！再後來，李善蘭得到廣東巡撫郭嵩燾的薦舉，到北京京師同文館出任算學總教習，據說也是當時京師同文館中教授新學的唯一一位由中國人出任的「系主任」。

當然當時負責總理事務衙門的恭親王也罷，其他總理大臣也罷，不會知道這位數學家當年在海上還有如此一段「狼藉不堪」的生活。當然即便知道，他們大概也不會去過分追究，這樣的一點「八卦」，哪位大臣身上沒有點呢？雖說入仕之後謹慎，誰青年之時就沒有一時糊塗過？

這倒讓我想到張愛玲一個驚世觀點。在《海上花》譯後記中，張愛玲放言高論：那些到青樓妓寮中去胡混的男子，實在是去尋找從未體驗過的「愛情」——原因很簡單，他們都是「父母之命、媒妁之言」的犧牲者。也只有在青樓妓院裡，他們那從來未曾體驗過的情感自由才得以釋放！

於是乎，王韜也罷，數學家李善蘭也罷，他們偶爾涉足風月場所是情有可原，而對於在自由戀愛、自由婚姻的當代人來說，再有此類風月八卦，就屬於違規犯法了。

陳衡哲的「不婚」與胡適的「無後」

據說，現代中國開女子留學美國之風氣的陳衡哲，有「不為生活而結婚，不為寂寞而結婚，不為結婚而結婚」的「不婚」誓言。這樣的誓言，跟她毅然赴美留學的舉動一樣，都有敢為天下先的豪邁與膽識在——清末民初的留學生，無論是留學東洋還是留學西洋，都有一種「改變」的衝動或者豪情；所不同者，留學東洋者，似更關注於社會與政權的「革命」，而留學歐美者，則似更傾向於個人主義或者非個人主義的新生活。陳衡哲的上述誓言，似亦可為一證。

有意思的是，與陳衡哲夫婦均為好友、且同期留美的胡適，亦有與陳衡哲的「不婚」誓言相呼應的「無後主義」。仔細觀察，胡適有關「無後」的思想，實在談不上什麼主義。儘管這一思想，後來在他〈不朽〉以及〈非個人主義的新生活〉等文章中得到了進一步的理論闡釋，但總體上看，胡適的這一主義，說起來「理不怎麼直，氣也不那麼壯」，更何況結婚一年左右，「無後」主張的胡適，其「後」也跟著來了。

說到這裡，或許有人會問，為什麼主張「不婚」的陳衡哲，戀愛不久也就「婚了」，而鼓吹「無後」的胡適，婚後不久也就「有後」了。他們的「不婚」與「無後」招牌，都被自己砸了，該如何看待他們的那些譁動天下的口號？用今天的網路思維和網路語言來說，陳、胡當年的那些主張，不過是「自我作秀」或者「自我炒作」而已，為自己贏得了社會關注之後，趕緊偃旗息鼓，該幹嘛還是幹嘛，一切照舊。

真實的情況是這樣的嗎？該如何看待陳衡哲、胡適等人在「五四」時期所提出並初步實踐的那些個人生活與社會生活方面的變革思想與主張呢？

撇開「不婚」主張不說，但就胡適所提出的「無後」主張而言。這種主張的「反傳統主義」，主要體現在對於一種習俗化的生活方式與生活態度的質疑與挑戰——用魯迅作品中的話說：從來如此便對麼？中國人的生活邏輯是，從來就如此生活，既然從來就如此，我或者我們還有什麼好懷疑、好遲疑、好難為的呢？人云亦云、人為亦為就是了。

胡適的「無後」思想，首先是對上述缺乏自我反思、自我判斷與自我選擇的傳統思維方式與生活方式的質疑與挑戰。古諺謂：不孝有三，無後為大。而傳統孝道思想，在「五四」啟蒙思想者眼裡，恰恰是壓制磨滅個人意志、個人自由與人生選擇權力的最大障礙，所謂胡適的「無後」思想的提出，也是用一種疑問的方式提出來的，「為什麼一定要兒子？」坦率地講，這種問題意識，如果僅就其問題方式而言，實在不過是童稚時期提給家長們的生活疑問而已，其中或許更多表達的，不過是生活的好奇與疑惑。

當然，胡適對於「為什麼一定要兒子」的質問，不會僅止於此。胡適無後思想的最大貢獻，是將一個中國人的生命意義，從家族血脈傳承的宗族論中解脫出來，將個體生命的社會意義與不朽觀重新闡明，將個體生命的價值與意義，與網路銜接、生生不息的大社會的存在、發展與進步關聯在一起。也就是從一個狹隘的、家庭與家族功利思想的局限中解脫出來，在一種不朽的社會中獲得個體生命的價值與意義認定與滿足。

如果說胡適自己很快就放棄甚至背叛了自己的「無後」思想，這種說法其實過於表面化，至少是只注意到了現象，而沒有進一步去追問本質。胡適「無後」思想的核心，是對傳統「傳後」思想的懷疑與挑戰，這種懷疑當然需要用具體的行動來實踐，譬如自己「無後」或者「斷後」，不過這只是實踐行為的一種方式，實踐行為還有若干種方式，其中就包括持續不斷的「為什麼一定要兒子？」追問本身，儘管這種追問或許不如自己親身去實踐的意義大，但這種懷疑與追問本身，並非全無意義——啟蒙思想者的貢獻，很大一部分正在於此。

不要只關注去做一個孝順的兒子，更要甚至首先要去關注的，是怎樣做一個堂堂正正的人。這正如陳衡哲的「不婚」宣誓——不是我們反對結婚，而是我們在稀裡糊塗地結婚之前，有權力同時也有責任先去問一問自己：我為什麼一定要結婚？如果後來自己給出的答案還是結婚，這也並沒有抹去先前追問的意義，因為後來的行為選擇，是在「我」的追問之後所作出的「我」的選擇。這或許才是陳衡哲的「不婚」和胡適的「無後」思想的意義所在。

如此靠近馬禮遜

我到澳門來，最想看的地方之一，就是晚清新教來華傳教士馬禮遜的墓地。

儘管澳門本身就是一個活生生的不大的各種宗教信仰的博物館，但終歸是以本土宗教信仰和天主教信仰的力量為主，新教不僅在時間上晚來，最終影響，似乎也略占下風。但說到馬禮遜墓地，基本上本地導遊亦都知道。

一八四二年，近代史上第一個與西方列強簽定的不平等條約《南京條約》簽字，蒞年正式生效。而作為英方代表團成員之一的，就有擔任代表團中英文翻譯的馬禮遜的兒子馬儒翰。就在該條約簽定後不久，馬儒翰激動地寫信告訴遠在麻六甲，時正擔任由其父創建的英華書院院長的倫敦會傳教士理雅各，他父親輩夢寐以求的夢想就要實現了：傳教士們終於可以在中國沿海開埠城市登岸了！不遠的將來，傳教士們一定可以在口岸城市名正言順地宣教佈道了。

馬儒翰信中所描述的那一幕，後來不久確實變成了現實，但這一幕他早已靜靜地躺在澳門地下的父親馬禮遜，是永遠無法看到了。留在馬禮遜記憶中的廣州、澳門，是一個對新教排斥拒絕的異教徒的城市，他也只能帶著種種遺憾，到天國去覆命報到了。

但澳門這座城市顯然並沒有遺忘他，如果將新教傳教士墓地或者馬禮遜墓地作為這座城市的一座旅遊景點不算輕慢他的話。

但讓我沒有想到的是，我此次「三天澳門」之行，雖然如此接近馬禮遜，竟然無法到他墓前拜謁！而其間我又曾如此接近馬禮遜，卻又兩次不得到其墓前。至今想來，不知冥冥之中，是否真有什麼天意。

我們到澳門的第二天下午，專門抽了點時間去看街市。我跟同行的友人說，想去看看新教傳教士墓地，當時我心裡所想者，即為馬禮遜，而其時我們已經到了澳門著名的「大三巴」牌坊不遠處。儘管當時佔據著我內心的，並不是馬禮遜，而是明末一個名叫吳漁山的江南讀書人，是如何不遠千山萬水，來到這聖保羅神學院清修的，但我腦子裡，不時還是會浮現出馬禮遜矗立在一張中式小圓桌前，身邊是幾位中國年輕的讀書人仰望著的臉的那幅油畫。遺憾的是，同行的友人說會議方已經安排，最後一天城市文化遺產觀光計畫中，已經將此納入，屆時當可好好拜謁。我一想也在理，當時遂沒有堅持。一過其「門」而不入，無論是作為一位研究者，還是作為一位對馬禮遜的事蹟人生懷有景仰之人，這種過門不入的行為，似都當為大不敬。

於是期待著會議結束，期待著會議方安排的城市文化遺產觀光。先是觀光了媽閣——這無疑是值得一到的；其次是觀光了港務局大樓，也就是最初的印度兵營——這無疑也是值得一到的；再其次，旅遊車終於把我們拉到了「大三巴牌坊」——這座在明末天主教來華宣教時期曾經如此重要的一座教堂及其附屬設施，如今早已經只剩下一片殘跡。不過，在牌坊下面，幾處現在傳教士們擺設的送出《聖經》及相關宣教小冊子的攤位，倒讓我再次想起了馬禮遜，因為在馬禮遜以及後來的倫敦會幾位知名來華傳教士麥都思、理雅各等寫給差會的報告中，無數次地提到他們如何在華人的街道上擺攤設點或者臨街宣教佈道的。這種情景，在今天的內地，自然是難以再見到了，但在「大三巴」旁，卻是天天都可領略的一道風景。或許今天那些傳教士們，在向熙來攘往的遊客們送發宣教材料時，腦子裡並不曾出現一百多年前馬禮遜們是忍受著「異教徒們」怎樣的冷漠歧視而散發材料宣經佈道的場面，但他們今天這種行為本身，卻無疑是當年那些先行者所開創的事業的一部分。當歷史以這種方式呈現在今天人的面前的時候，你會感覺到歷史的神秘氣息鋪天蓋地而來，將你包裹其中，心裡生出的，只是今昔何昔一類的疑問和感歎。

但我這次依然沒有能夠前往馬禮遜墓地拜謁！會議方安排的行程中，並沒有新教傳教士墓地，而當時天又徒降大雨，密密的雨幕，迅速籠罩了眼前的一切。僅僅只有五分鐘路程的馬禮遜墓地，再次擦肩而過。

我坐在臨窗座位邊，透過窗玻璃，眺望並想像著五分鐘步行路程之外的馬禮遜墓地……

辜鴻銘說「夷」

近代中西之間的「對罵」，以互罵對方為「夷」為其標誌，直到後來在條約中明確規定禁止使用這個字。但這僅限於官方往來公文，無論是在知識分子當中，還是在民間，「西夷」、「洋夷」一類的說法並未因之廢止。

從詞源學意義上看，「夷」字至少包括四層含義。一是地理民族意義上的非中原民族或外國人，初為對於古代東方和南方各族的蔑稱；二是指野蠻人，即文化上的落後者；三是指粗野的人，即在品味、風格或舉止方面粗俗的或不加節制的不雅行為方式；四是指不信上帝者（無信仰或者不信仰基督教者）、異教徒（宗教信仰不同者）。

無論是《說文》中「夷，東方之人也」，還是《後漢書東夷傳》中「夷有九種」，或者《周禮職方式》中的「四夷八蠻」，其主要所指，均在地理和民族方面。顯然，近代中國知識分子所謂的「夷」，已經失去了這個字最初所指地理和民族意義上的含義，而是強調了這個字的文化和宗教含義。魏源的《師夷長技以制夷》中的「夷」，與梁廷枏的《夷氛聞記》中的「夷」，顯然已經不是指環列中原四周的「四夷八蠻」，而是一種文化宗教上的迥然不同者。

晚清中國具有西方知識背景同時又瞭解中國傳統思想中的道統觀和正統觀的辜鴻銘，將「尊王攘夷」中的「夷」，翻譯成 heathen 而不是 barbarian。這種翻譯所強調的，首先是中西在文化宗教上的差別。他甚至認為「義和團」所提出的「扶清滅洋」口號，實際上就是「尊王攘夷」思想的時代變體或者意譯。

而在其《論語》英譯本中，辜鴻銘將「子曰：夷狄之有君，不如諸夏之亡也」一句翻譯成：Confucius remarked, The Heathen hordes of the North and East, even, acknowledge the authority of their chiefs, whereas now in China respect for authority no longer exists anywhere。而在對譯文所作的注釋中，辜鴻銘這樣寫道：The watchword of Chinese chivalry is 尊王攘夷（Honor the king and break the heathen）。辜鴻銘「尊王攘夷」一詞的英譯，直接借用了英國詩人丁尼生（Alfred Tennyson, 1809-1892）這樣一句詩 To reverence the king as if he were their conscience, and their conscience as their king, To break the heathen and uphold the Christ。在這裡，「夷」的宗教文化色彩十分強烈。比較之下，倒是楊伯峻譯注的《論語》對「子曰：夷狄之有君，不如諸夏之亡也」一句的白話翻譯中，將「夷」的闡釋限定於世俗話語，譯文為「孔子說：文化落後國家雖然有個君主，還不如中國沒有君主哩！」（《論語譯注》，頁二四，中華書局，一九八〇年十二月二版）。

不過，辜鴻銘也有將「夷」理解成非宗教寓意的時候。在〈日俄戰爭的道德原因〉一文中，他這樣說道：「我要指出的是，從中國和日本所使用的『夷』字本意來看，不僅不像傳教士所說的那樣，所有的日本人和中國人都是夷，而且也不是所有的英國人都是夷。那些在中國人和日本人需要的時候給予他們幫助的尊貴的歐洲人；那些奉獻出一生中最美好的年華、使得日本民族獲得今日地位的歐洲人；那些不久前死於日本運輸船的勇敢而高貴的英國人；所有這些歐洲人都不是夷。」那麼，什麼樣的西方人，才是上述意義上的「夷」呢，辜鴻銘以下面這樣一個事例作了說明：「我要在此指出的是，所謂的夷，指的就是像美國駐福州領事那樣的人。當一個美國船長槍擊中國人的背部，使中國人幾乎喪命，他卻僅僅給了二十美元作為補償，而在這個時候，那位美國領事竟然責罵這位船長不該給中國人那麼多錢，罵他是個傻瓜蛋，並責問道：『為什麼給他那麼多錢，只不過是一個中國人嘛！』」（《辜鴻銘文集》，下卷，頁二〇五至二〇八，海南出版社，一九九六年八月）。這樣的「夷」，其實不過是一個違背人性與人類基本文明準則的「暴徒」。

能說朱自清剽竊了聞一多麼？

依稀還記得很久前讀過的一份學術批評期刊（《社會科學論壇》二〇〇五年第一期，總第八十五期）上，連篇累牘地發表了兩位當事人為對方是否剽竊抄襲了自己的博士論文而聲辯的文章。而在刊發的這些聲辯文稿的前面，還威威赫赫地刊發著某些權威人物的申飭學術紀律的文稿。驚堂木之聲隱約可聞，但當事人依然在一邊爭吵得不亦樂乎。讀了半天，似乎已經明白了個大概，但又感到惶惑：不是已經很清楚了麼？為什麼還要在那裡爭執聲辯不休呢？

惶惑之餘，猛然記起曾經看過的一本教材，這是由朱自清、葉聖陶、呂叔湘先生主編的一部「高級中學國文讀本」，一九四八年由上海開明書店出版。讀本是舊讀本，是一次無意間在地攤上碰到買回的。中間選有郭沫若的〈地球，我的母親！〉一詩，注釋解讀文字是朱自清先生寫的。在就該詩所表現的時代精神的注釋中，朱自清先生說：這部作品表現了二十世紀的時代精神，也就是一種動的、叛逆的精神。注釋中並沒有寫明上述對於二十世紀的時代精神的概括究竟出自何處。最近查閱朱自清先生的《中國新文學研究綱要》（《朱自清全集》，卷八，頁八十九，江蘇教育出版社，一九九三年五月），在第四章「詩」中，發現朱自清先生早在三〇年代已經涉及到二十世紀的時代精神這一主題。原文如下：

「時代的精神——二十世紀底時代的精神」

1)「動的世紀」；　2)「反抗」的精神；　3)「絕望與消極」。

不同於上述高級國文讀本的是，朱自清先生在「時代的精神——二十世紀底時代的精神」後面加了一個注釋，寫明「參看聞一多〈《女神》之時代精神〉，載一九二三年六月《創造週報》第四號」。

《中國新文學研究綱要》，據王瑤先生介紹，是朱自清先生在清華大學講授「中國新文學研究」課程的講義，而這門課程，始於一九二九年春季。也就是說，朱自清先生無論是在他的課堂講義中，還是在為後來高中學生編寫的課外國文讀本中，在介紹到《女神》以及〈地球，我的母親！〉的時代精神時，他都引用了聞一多先生當初對於《女神》時代精神的概括評價。所不同者，在《中國新文學研究綱要》中，寫明了對於這一時代精神的概括最初不是出自於他，而在高級國文讀本中，朱自清先生並沒有對此作出相應明確說明。

再查聞一多先生〈《女神》之時代精神〉（《聞一多全集》，卷二，頁一一〇，湖北人民出版社，一九九三年十二月），其中對於開宗明義地提出的「時代精神」是這樣概括描述的：

1)二十世紀是個動的世紀； 2)二十世紀是個反抗的世紀；…… 5)物質文明底結果便是絕望與消極。

清清楚楚，朱自清先生有關《女神》的時代精神的概括，確實直接引用了聞一多先生的觀點，而且不止一次地引用，也不止一年地引用，從聞一多先生這篇論述《女神》的時代精神的評論文章發表，一直到朱自清先生臨去世之前編寫的國文讀本中，他都在直接地引用聞一多先生的觀點，而且引用了二十多年。但是，我們是否能夠因此說，朱自清先生剽竊了聞一多先生呢——特別是在他編寫的國文讀本中根本就沒有注明這些觀點的出處來源的情況之下？

其實，對於上述疑問的回答是不辯自明的。朱自清先生與聞一多先生不僅是「五四」新文學史上可以齊名的有貢獻者，而且又有長期在一起共事的共同經歷。在聞一多先生不幸罹難之後，朱自清先生又擔負起負責整理出版聞一多先生全集的工作，還有沉痛哀悼聞一多先生的文稿〈中國學術界的大損失——悼聞一多先生〉（《朱自清全集》，卷三，頁一一九，江蘇教育出版社，一九九三年五月）昭示後人。

回頭再查現代漢語詞典，其中對於「剽竊」的解釋是這樣的：把別人的文章竊為己有（《現代漢語規範詞典》，李行健主編，外語教學與研究出版社　語文出版社，二〇〇四年一月）。這顯然是一個過於寬泛的解釋：倘若剽竊者剽竊的不是文章，而只是觀點呢？倘若我們對於怎樣的剽竊才算剽竊別人的觀點，怎樣又不算剽竊別人的觀點還存有疑慮，對於前者，筆者不敢置喙，但對於後者，筆者可以毫不猶豫地建議：不妨去看一看朱自清先生之於聞一多先生吧。

王韜通曉西語考略

王韜（一八二八至一八九七）與墨海書館（London Missionary Society Press）主持麥都思（Walter Henry Medhurst, 1796-1857）初識於一八四八年的上海，次年應麥都思之邀，從家鄉甫裡來上海協助後者翻譯聖經及其他宣教資料，後又參入譯校西洋近代科技書籍，盤桓墨海書館十有餘年。一八六二年，因為官府追逼索拿，王韜亡命香港，羈旅英華書院並協助傳教士、漢學家理雅各翻譯「中國經典」。一八六七年底，王韜又應已回國的理雅各函邀赴英，協助後者繼續翻譯尚未完成的《十三經》，在英倫羈旅二年有餘，直至一八七〇年返回香港。

在墨海書館期間，王韜除了協助筆削校譯聖經及相關宣教資料外，還協助翻譯了《格致新學提綱》、《光學圖說》、《重學淺說》、《華英通商事略》、《西國天學源流》，並有《泰西著述考》一冊，記述早期來華傳教士的來華時間、在華主要活動地點、卒年墓址及其所著各書。王韜的上述經歷，很容易導致這樣的錯覺，那就是王韜是一個通曉西語、熟諳西學的近代儒士。胡道靜先生

《王韜一生事略》（載「近代史料研究叢刊」第四一二卷之《上海研究資料正集》）中即有王韜「生時文名極著，兼識英字」。只是胡先生這裡並未指明王韜是僅識英字而不通英語，還是兩者皆識。

從一八四九年開始就一直與在華西人打交道的王韜，究竟是否通曉西語呢？其實很清楚，最初與王韜一同在墨海書館工作的李善蘭、張福僖、蔣劍人、管嗣復等華人知識分子，主要就是擔任抄錄、校對、文字潤色加工的工作，也就是將西方傳教士們口譯的粗俚口語內容，轉換成為雅馴的中文（其中李善蘭可能屬於例外）。當然，在一個國門尚未完全打開、只是實行口岸通商的時代，王韜們所從事的工作及其意義，當然不能簡單地等同於今天一般意義上的文字編輯所擔任的修飾潤色工作。但有一點本來一直就很清楚，那就是王韜對於自己所交結的英美傳教士們的語言並不通曉。王韜自己相關於此的文字，最早見於他來墨海書館工作十年後寫給友人的一封信。信中這樣寫到：「予在西館十年矣，於格致之學，略有所聞，有終身不能明者：一為曆算，其心最細密，予心蓊氣浮，必不能入；一為西國語言文字，隨學隨忘，心所不喜，且以舌音不強，不能驟變，字則更難剖別矣。」顯然，王韜不是沒有學過英語，但學習效果顯然不理想。不僅不能說，亦不能識認英字。最清楚地反映出這一點的，就是他初抵香港之時，當日與理雅各見面，萬里投奔的王韜，見面時竟然不能與理雅各用英語進行交流。「余來港一人未識，貿貿然至。初入門，即見屈煙翁，把臂欣然，喜舊識之可恃。蒙其導見，理君特為位置。理君僅解粵音，與余不能通一語，非屈翁幾將索我於枯魚之肆矣。」

王韜遊歷英法期間，參加過許多應酬交往活動，這些活動有些屬於正式的文化交往，更多則是個人生活方面的應酬。期間自然也涉及到語言問題。對此，王韜又是如何處理應付的呢？

王韜第一次與法國漢學家儒蓮會見，儒蓮能識讀和書寫漢字，卻不能口語。「儒蓮通中國文字，能作筆談。」所以，王韜與儒蓮的交流，一方面是通過「導者代為傳言」，另一方面就是兩人筆談，「今有導者代為傳言，故無煩管城子為介紹也。」而在王韜遊歷完法國，回到倫敦之後，王韜又參觀遊覽了許多地方。在參觀之時，每有詢問，也是多由導者傳言。「間有所問，導者輒譯余意以對，應答如響，隨有辯論，主者歎為明慧淵博。」

王韜第一次在牛津大學講學，就是應邀「以華言講學」，由理雅各代為翻譯。而他在理雅各的出生地哈德利所作的演講，也是用的中文，同樣由理雅各翻譯，「以華言論事，理君代為譯英語。」在由愛丁堡至倫敦途經一小鎮時，王韜曾在該鎮會堂貧家女子午餐會上吟唐人〈貧女〉一詩，也是「理君為之略譯大意，諸女皆相顧微笑」。不過，儘管英語學習效果不理想，因為沒有導者傳言便難以與西人交流，王韜似乎也並沒有完全放棄英語學習。就在他旅居英國一友人家時，其小女就曾經教授王韜西國字母，「並授余以西國字母，辨其音聲，娓娓不倦。」

在英國友人家中或者公共聚會上，王韜常有應邀吟唱朗誦中國古典詩詞之舉。《漫遊隨錄》當中記載，每當他吟誦完畢，坐者莫不拊掌讚歎。每逢此時，不知是疏忽，還是出於故意，王韜大多沒有交代那些拊掌讚歎的坐者是如何聽懂他所吟誦的那些中國詩詞的。不僅如此，《漫遊隨錄》中還有不少有關王韜羈旅英倫期間，與英女或彼此打趣調侃，或二人世界情話綿綿的記載。而每逢此時，本來對西語笨舌拙言的王韜，卻似乎有神靈附體，妙語連珠，深得西方佳麗芳心。至於個中緣由，則不免讓人費解。

陳紀瀅與《大公報》副刊

一般人都知道，當初《大公報》邀請吳宓主持「文學副刊」，與長期主持《大公報》社評的張季鸞有關。而在吳宓的老師、哈佛大學教授白璧德（一八六五至一九三三）去世後，「文學副刊」亦隨之停刊。取而代之的，是《大公報》在現代文學史上更有影響力的文學副刊——文藝副刊。《大公報》的文藝副刊是由沈從文、楊振聲和蕭乾合作主持的，這也是一般人所熟知的。但為什麼《大公報》在吳宓支持的「文學副刊」以及「小公園」之外，還要另闢一個「文藝副刊」？這其中除了新文藝的勢力在一般讀者中越來越有影響之外，是否還有其他因素？或許更深刻的原由，還需要去認真考察分析當時《大公報》幾位當政者的考量。礙於文獻，此路似多有不便之處。近讀曾經與《大公報》副刊有著相當長淵源關係的老報人陳紀瀅的文存，對其中一些細節，倒有了進一步的瞭解認識。

《陳紀瀅文存》（華齡出版社，二〇一一年一月北京）中〈偽滿建國周年祕密採訪記〉一文中，曾有數語提及陳紀瀅當年主持《小公園》的經歷，但語焉不詳，尤其是對其開始主持的時間經過等，沒有具體交代說明。另對主持期間「小公園」的發稿情況、作者情況等，亦無文字敘述。倒是在〈記王芸生〉和〈記沈從文〉二文中，對當年「小公園」以及「文藝副刊」的情況，尤其是作者隊伍和發稿情況等，有了稍微詳細一些的介紹說明。

在〈記王芸生〉一文中，有這樣一段文字：

> 發完了附刊版，我即開始發「小公園」的稿件。「小公園」每天占九欄地位，每欄一千二百字，差不多每天須發一萬多字的稿件，分為四篇或五篇編排，好在那時《大公報》的稿源充足，除平津外，京、滬、穗、漢，以及濟南、青島、開封等地均有作品寄來。著名作家如朱光潛、朱自清、沈從文、老舍、張天翼、李同愈及巴金、靳以等都是「小公園」的投稿人。我發完了「小公園」，再回復若干信件後，這時候就快到夜裡十一點了。我看完了「附刊」大樣，這一天的工作，就算完畢。

陳紀瀅這裡所說的，是「小公園」，還不是「文藝副刊」，似亦不是「小公園」與「文藝副刊」合併之後的副刊。而其時間，據文中推測，似在一九三三年九、十月間直至舊曆年底。就時間上來看，應該與沈從文等接手另闢《大公報》文學副刊基本一致，但不知道是事實，還是另有他因，陳紀瀅這裡只提到了刊發文學作品的「小公園」，而沒有提到當時及後來在文學史上影響更大的「文藝副刊」。

這種「疏忽」在陳紀瀅文存中另一篇文章〈記沈從文〉中有了一定程度上的彌補。文中先是提到了《大公報》邀請沈從文參與支持「文藝副刊」的經過：

季鸞、政之二位先生透過王芸生的先期介紹，當張、胡二氏提出請求時，沈氏慨然答應。這是一九三三年夏天的事。籌備了兩、三個月，於是於一九三三年十月間發行創刊號。報楣是沈從文自己寫的，甚有體式。下邊並沒標明何人主編及何處發行等字樣。

這樣的說法，當然與所謂沈從文通過楊振聲而與張、胡二人得以認識的說法不大一樣。而且，在解釋《大公報》之所以要終止「文學副刊」，並在「小公園」之外另開闢一個文藝副刊的原因，作了這樣的解釋：

除一部分文稿刊登於館方兼辦的《國聞週報》外，「小公園」實無法容納更多的作品。因此，遂決定再創辦一個週刊，一方面為了容納日積月累的稿件，一方面也為了擴大文藝的效果，爭取全國文藝作家的合作。

這種解釋，基本上符合當時新文藝在全國的處境以及吳宓所主持的「文學副刊」遭遇到的窘境。

而此文對沈從文當時主持「文藝副刊」的編輯工作的說明，似更有參考價值些。文中說：

其後，沈氏寄來的稿件，由趙恩源代為編排。因沈在北平彙集了稿件，除了大體上標明哪篇排什麼位置外，還需要報館內部有人替他做詳細的作業，才能發排；尤其標明題目字的大小及加花邊、水線等等編輯上的技巧，甚至於看大樣等等瑣事，均需有人在內部替他負責，才能完成一個版面的最後樣式。

至於蕭乾後來如何進了《大公報》，接替沈從文編輯「文藝副刊」，知道者就多了，此不贅述。

乾隆年間的皇家晚會

乾隆年間的皇家晚會盛況，今天的讀者只能夠通過一些文字記載「遙想」了。其實，好的文字記載，不僅能夠幫助我們「遙想」，甚至還能夠幫助我們「重返」當年盛會現場，與那些在場的人物一道恭逢其盛、同喜共樂。

一七九三年九月，抵達熱河覲見乾隆皇帝的英國使臣喬治・馬戛爾尼勳爵及其隨員，有幸於當年九月十八日受邀與乾隆皇帝及滿朝文武官員一起，在承德避暑山莊行宮中觀賞了一場中國式的演藝盛典。這場盛典並非是專門為歡迎遠道而來的英女王的使臣而準備的，實際上乾隆皇帝並沒有格外看重這些不邀自來的洋人，也因此對於洋人們提出來的要求在北京設置公使一事反應亦甚冷淡。

事實是，這場盛典是專門為慶祝乾隆皇帝壽辰的。據記載壽辰慶賀盛會從當天上午八點就開始了。上午是戲劇表演，下午和晚上是各種娛樂節目。對於白天的戲劇表演，尤其是對於乾隆帝看戲的皇家劇場環境，馬戛爾尼出使記中曾這樣描述：演時，乾隆帝坐在戲台前的寶座上，劇場較地面略低，其兩旁則為廂坐，但既無座位，也沒有格開。廂座之上是婦女的席次，座前裝有紗簾，裡面的人可以看見戲台上表演的戲劇，而外面的人卻看不見簾後的人。

馬戛爾尼的觀察顯然是仔細的——他注意到了皇家女眷也前來一同觀賞戲劇表演，但她們坐在裝有紗簾的廂座裡，無論是演員還是受邀而來的文武官員們是無法真正一睹這些皇家女眷的容顏的。這多少還是勾起了這位使臣對於英國皇家社交禮儀的聯想。不過，乾隆皇帝的召見很快打斷了他的聯想。

從出使日記記載看，很顯然馬戛爾尼對上午的戲劇表演既不甚懂，也沒有多少興趣，僅僅是出於外交禮儀而在那裡敷衍時間而已。不過可以肯定的是，馬戛爾尼應該是第一位榮幸受到中國皇帝邀請而陪觀日後被譽為中國國粹的「京劇」的英國使臣。日記中對戲劇表演的具體情況語焉不詳，只是說：「劇場中所演的戲劇，時時變更，演完一曲又一曲，有喜劇，有悲劇，雖然是連接演下去不停，但情節並不連串，所演的戲，有屬於歷史的，有屬於神怪的，技術上則有歌有舞，配以音樂，亦有不用歌舞，而純用表情科白的，劇中情節無非演男女的愛情，或兩國戰爭，以及陰謀暗殺等，皆為通常戲劇中常見的故事。」這大概也是一個英國貴族對於「北京歌劇」（Beijing Opera）首次最直觀描寫。

與「京劇」的無趣相比，馬戛爾尼對從下午四點鐘開始的晚間遊藝會顯然興趣更隆，而他的文字讀起來似乎也更具體生動：

晚會地點在一廣場之上，這個地方就在我們初次謁見皇帝那一座大幄之前。我們到後不久，皇帝御駕即到。他坐上寶座後，舉手一揮，作出一個開始表演的記號，於是廣場上就百戲雜陳，有摔跤、舞蹈、走繩以及種種有趣的武藝，陸續獻技。表演的技師都穿起中國寬大的衣服，又穿著一雙寸多高的厚底大靴，而演技時仍純熟活潑，絕不受衣服的阻礙，真不能不令人歎賞了。

表演的百戲中，有一種是很有趣的。一個小童爬上一支三十至四十英尺高的竹竿，表演各種姿勢，另一人又爬上去，這個小童仰臥，將一對腳承著這個人的背，這個人雙腳朝天，他的一對鞋跟上放著一個大罈子，高約四英尺，口徑約二英尺半至三英尺之間。這個人做好姿勢，使雙腳及身體平衡後，雙腳就把罈子轉動，越轉越快，忽見一人將一個小孩子放進罈裡，小孩子半個身體伸出來，做出種種逗人笑的姿勢，然後又走出來坐在罈口上，忽而站起身來，忽然又仰臥下去。如是表演良久，突然跳下來，完結了這一幕。

跟聽不懂的戲劇相比，看得懂的百戲表演，尤其是雜技表演顯然更沒有語言文化障礙，而馬戛爾尼也看得更認真投入，文字描述也更有趣。相比之下，他對稍後進行的另外一項慶典活動「放煙花」的描述更是有聲有色、引人入勝。

「最後的一項節目是放煙花。這種煙花，光怪陸離，變幻莫測，我到中國後所見的各種娛樂中，自以此為第一，以前我在巴達維亞所見的雖是火力雄大，變化多端，較勝於此，但以趣味而言，則今日所見實遠較巴達維亞的為勝。又有一幕煙花最為我所激賞的，就是顏色的千變萬化，令人拍案叫絕。只見一個青色的木箱，約長五方尺，以滑輪懸於半空，離地面約五六十英尺，箱底依次忽然傾陷，瀉出二三十條繩子，每一條繩子降下，爆出一個很美麗的燈籠。最後這些燈籠合攏起來，為數約五百之多，每一燈籠裡面自動地燃著蠟燭，射出悅目的光彩。這些依次降下來的燈籠裡作打筋斗狀翻覆騰躍，而每一跳躍則轉換一顏色及形狀。在各燈籠旁邊懸有一小盒子，其大小與燈籠相等，當燈籠在翻騰之時，它也打開了盒蓋，瀉出一個很大的煙花網，漸而變成各種形狀，有三角形的，六角形的，八角形的，菱形的，不一而足，既而爆裂，射出各種美麗的顏色火焰，悅人心目。」

如此精巧絕妙的構思與設計，顯然已經讓這位見多識廣的洋使臣歎為觀止了，並禁不住發出了由衷讚歎：「中國人對於製造彩色煙花，真有特殊技能，可說是他們的光榮了。」

不過，即便是在如此投入地欣賞煙花表演的時候，洋使臣還是沒有忘記仔細觀察整場晚會所奉行的皇家宮廷禮儀。除了上文中已經提及的皇室女眷們賞戲的廂座外，馬戛爾尼還注意到了那些應邀前來與皇帝一同慶賀的大臣們的一些情況：

中國宮廷禮節之嚴肅，也值得一說。今晚之會，皇帝高坐於御座之上，所有王公大臣，及執事官員都穿起朝服，分在兩旁伺候，有些站著，有些坐著，有些跪著，而站在眾人後面的侍衛與執旗持節之人為數之多，難以計算。人數雖然有這麼多，但自始至終沒有一些兒聲音，甚至咳嗽聲也沒有，至於談笑聲則更不會有了。

其實，這場皇帝壽慶盛典一連舉辦了幾天，上述摘錄只是馬戛爾尼對一天中觀賞到的遊藝節目的介紹。正如他在出使記中所寫的那樣：慶祝一共進行了幾天。皇帝在廷臣侍奉之下親自參加了若干遊藝節目。觀眾本身就是一個偉大壯觀。不過就西方人的習慣來說，它缺乏男女兩性俱都參加的那種場合的燦爛光彩歡樂情緒。中國的觀眾裡只有男而沒有女，按西方的眼光看，這好像是辦公事而不是娛樂。

這當然是一個西方人對於如此類型的社交活動的標準。不過，在這種標準背後，並沒有需要我們所警惕的那種民族文化偏見，事實上，馬戛爾尼的上述記載，基本上客觀屬實，而且對於中國民間雜技表演藝術的精湛以及焰火之類想像力的豐富和設計之精巧的讚歎，也都反映出這個初來中土的西方人也沒有後來那些西方人中常見的傲慢與偏見。換言之，馬戛爾尼不僅通過他的眼睛，讓我們看到了一場十九世紀末期中國皇室宮廷裡的皇家晚會的盛況，而且也讓我們看到了一個初次使華的外交使臣應有的平和心態和禮儀風采。

「幼童」故事還在延續

幾天前，與一位來自大洋彼岸美國理海大學的學者聚談，讓我對當年「幼童」赴美留學的故事再次產生了興趣。其實，在此之前，我曾讀過一些與近代留學相關的文獻，其中就有高宗魯編撰的一些文獻。這位理海大學來的學者，名叫吉瑞德，治學範圍極廣，猶以比較宗教學研究著稱，其有關道教和近代來華傳教士研究的相關著作，均有中譯本。而因為翻譯了他那部理雅各評傳，我與吉瑞德教授一直保持有通信聯繫。此次他帶領理海大學「中國橋」項目的理海學生來中國考察訪問，我也就有了請他吃飯的機會。

讓我沒有想到的是，飯間吉瑞德教授提到，理海大學與中國之間的「關係」，一直可以追溯到晚清的「幼童」赴美。據說，當時至少有三位幼童，曾在理海大學求學。遺憾的是，由於我對「幼童」歷史並沒有專門研究，並不知道吉瑞德所提到的這幾位曾在理海大學求學的中國留學生。聽吉瑞德教授介紹，這幾位幼童都選擇的是該校最知名的建築工程專業，其中有一位幼童歸國之後還曾以鐵路建造成績而出名。但我知道這肯定不是詹天佑，因為詹天佑畢業於耶魯大學。

回來後查閱文獻資料，才知道當年曾留學理海大學的「幼童」，有一位名叫黃仲良（一八五七至一九三〇），廣東番禺人，是一八七二年第一批赴美留學的幼童之一。當時他年僅十五歲，但顯然並非是年齡最小者。黃先後在理海大學土木工程和採礦專業學習——這也是幼童們歸國之後實際貢獻最突出的領域：鐵路、電報、採礦等。據查，黃曾協助詹天佑，領導修建了粵漢鐵路。不過，黃的貢獻，並不僅限於具體的工程技術方面，他還曾先後擔任多個技術與工程管理方面的總負責人，應該說對晚清中國的技術與工程的近代化做出了自己的貢獻。

不過，吉瑞德教授並不是簡單地提一提這幾個早已消逝在歷史當中的名字，而是告訴我，理海大學很重視自己與中國歷史曾經有過的這一段「故事」，並試圖延續這種兩國青年學生之間的學術與情感交流的歷史。據說，該校不僅開展了與中國上海同濟大學之間的「中國橋」項目，而且，在該校任教的華裔學者，還在創建一個與理海大學的中國幼童有關的網站，希望將幼童們的故事繼續傳承下去。

作為「中國橋」項目的一部分，吉瑞德教授送給我的一本小冊子上，完整記錄了理海大學的師生們，全盤借用中國古代的無釘卯榫建築技術，在理海大學校園裡的一個山林裡的溪流上，建造一座木製人行拱橋的全部經過。而且他還告訴我，在與同濟大學、南京大學等學校的交流之後，他們還將到蘇州、杭州去參觀考察。最讓我感到驚訝的是，他們還將乘坐五個小時左右的長途車，前往浙江慶元，去考察那裡的古代建橋術。一百多年前，中國的「幼童」們離別父母家人，不遠萬里，到美國去學習西方當時最先進的實用技術，希望能夠全面改變中國在此方面落後的局面。一百多年之後，他們的美國師友們的後代，來到幼童們的祖國，參觀考察中國古代工程技術的獨特創造。歷史在這一去一來之間，似乎清晰地呈現在我們面前，而那一個個原本已經消逝在歷史塵埃當中的名字，亦由此而變得鮮活起來。

世說新語

《儒林外史》中有這樣一段文字：

又坐了一會，唐二棒椎道：「老華，我正有一件事要來請教你這通古學的。」虞華軒道：「我通什麼古學！你拿這話來笑我。」唐二棒椎道：「不是笑話，真要請教你。就是我前科僥倖，我有一個嫡侄，他在鳳陽府裡住，也和我同榜中了，又是同榜，又是同門。他自從中了，不曾到縣裡來，而今來祭祖。他昨日來拜我，是『門年愚侄』的帖子，我如今回拜他，可該用個『門年愚叔』？」虞華軒道：「怎麼說？」唐二棒椎道：「你難道不曾聽見？我舍侄同我同榜同門，是出在一個房師房裡中的了，他寫『門年愚侄』的帖子拜我，我可該照樣還他？」虞華軒道：「我難道不曉得同著一個房師叫做同門！但你方才說的『門年愚侄』四個字，是鬼話，是夢話？」唐二棒椎道：「怎的是夢話？」虞華軒仰天大笑道：「從古至今也沒有這樣奇事。」唐二棒椎變著臉道：「老華，你莫怪我說。你雖世家大族，你家發過的老先生們離的遠了，你又不曾中過，這些官場上來往的儀制，你想是未必知道。我舍侄他在京裡不知見過多少大老，他這帖子的樣式必有個來歷，難道是混寫的？」虞華軒道：「你長兄既說是該這樣寫，就這樣寫罷了，何必問我！」唐二棒椎道，「你不曉得，等余大先生出來吃飯我問他。」

這段文字中的「門年愚叔」和「門年愚侄」兩個新造語，讀起來雖顯怪僻，卻有滑稽諷刺之效。那些裝著面孔的讀書人的假道學與假斯文，大概從這裡可以窺見一、二斑。

說到這種「濫造語」，有時不免覺得有些好笑。之所以說好笑，是因為我自己就碰到若干次類似經歷。

有一次回覆一個自重慶發來的電子郵件，我在名字落款後照例寫上了「滬上」二字，意思是說郵件書寫地點是在上海，別無他意。我原在杭州謀生時，所有往來回覆郵件，落款處都會寫上「華家池」三字，意思是我當時寄住於此。現在遷來滬上，住所周圍別無所長，倒是有一條地鐵線不遠，總不能說：「於地鐵線附近」吧，所以就只好寫上「滬上」，這既是自己的一種習慣，多少也算是一種古風吧。

讓我沒有想到的是，回覆郵件中在寫者名字後面，亦署上「渝上」，大概是照葫蘆畫瓢，看到我的郵件中有這麼一「滬上」，回覆中自然不能少了「渝上」。一來一往，這「渝上」、「滬上」

倒亦有些君住江之頭、我住江之尾的意思在，還不算多離譜。只是這「滬上」、「渝上」算不算語文家們所謂的「濫造新詞」，就管不了那麼多了。

說到這裡，倒想起女兒小時候製造的一個類似笑話。那時候女兒還小，有時候在回覆友人的問候中不免屢屢提到她。每次提到，總說是「小女孟姝」。女兒問為什麼是「小女」，我答：「此處之『小』，有情感上親密愛暱之意，並不完全是指實際年齡。」女兒一聽，馬上說那我以後可以跟別人稱呼你為「小爸懷清了」。我和妻子在一邊聽了不禁噴飯。

戲說

魯迅的〈社戲〉，以京中戲園子裡不堪經驗開篇，不知者，以為文章中的那個「我」，就是魯迅本人。於是便有人很為魯迅惋惜，覺得他不曾有真正享受京戲國粹的「緣分」。其實，只要翻一翻魯迅日記，便可知〈社戲〉中的那個「我」，實非魯迅本人也，因為真實的魯迅，在客居北京的十多年中，斷非觀戲一兩次，而且其看戲的經歷，也定然不像〈社戲〉中所述那麼不堪。

不過，因為〈社戲〉所青睞者，不是京中的戲園子，而是故鄉的民間戲，所以對於前者，便有了情感上的不合在先，於是便難投入，對於戲園子裡的看客跟戲台子上的角，都覺得隔膜，於是便提前離場……

說到上個世紀一〇年代北京的戲園子，本人亦無實際的經驗，但魯迅文字中戲園子裡的那種嘈雜喧嚷憋悶，實在不是一種讓人心胸開闊釋然的所在，卻是很多人讀後應有的感受。於是受到影響，便不大再興得起去考察當年京中戲園子的興致了。

讀包天笑《釧影樓回憶錄》，其中一節談梅蘭芳，借便介紹了當年京中戲園子的一些掌故，對於不大了解熟悉戲園子真實景況的讀者，或許是知識上的一種補充。這裡不妨做一次文抄公，將其中相關文字摘錄如下。

先說當時京中戲園子的擺設。

那時上海的戲台，已經改了新式的了，北京還是老樣子，四方形的，三面都可以看得真切。主要的是正廳（他們喚作「池子」），捧角的大概都坐正廳。他們所訂的二、三排座位，就是正廳。什麼是座位呢？原只有一條條加闊的長凳。不要說現在的戲園子裡裝著舒適的沙發座位，就是要一張靠背的椅子也沒有的。中間只有小小的一張半桌，兩邊都沒有桌子。在上海看戲有一種叫作「案目」，招待殷勤，伺候周到，北京是沒有的。你定了座位，只有一種看座的。你沒有來時，代你看座，來了時把一個火茶壺擱在長凳上走了。這種長板凳坐了真不舒服，然而在當時，無論你是什麼士大夫階級，他們都處之泰然。

其實，上文中所提這種加闊的長板凳，似乎並不僅限於舊時京中戲園子裡。我曾在時下京中一仿古菜館裡吃過一次地方小吃。聽當地懂吃且熟悉舊京風物掌故的朋友介紹，當年不少本地菜館子裡所用座椅，就是這種加闊了的板凳，坐者需要自我腰背挺直。如此說來，如果說看戲和用餐是飽了耳目與口舌之享受，臀下之苦，卻是真實存在的。

再說：「喝彩」。聽戲不喝彩，不僅說明你不懂戲，大概也等於白來。《釧影樓回憶錄》中有這樣一段文字：

至於喝彩，北京戲園子裡是不禁的，而且是有些提倡的，如果一位新角兒登台，沒有彩聲，那是很失色的。可是喝彩卻有關於知識與學問，要真賞他的藝術，恰到好處，喝一聲彩，那是最有價值。不懂戲的人亂喝一陣，那是令人憎厭的。北方聽戲的人，還有故意提尖了嗓子，怪聲怪氣的喝起來，引人發笑。如果說戲園子裡的座位是貴賤一律，那麼「喝彩」則多少是有些門道的。聽掌故說：「喝彩」者多少與唱戲者之間有些關係，用當年的話說是所謂「梅黨」之類，用今天的話說叫「粉絲」——「梅黨」與「粉絲」們大概總歸是要喝彩的，而且還要熱烈。至於其他人，那就看你自己是否入戲且懂戲了。

《社戲》裡的「我」，一不滿於戲園子裡的座位且為看客，二不滿於戲園子裡粉絲們捧角兒的做派，三不滿於戲園子的喧囂嘈雜以致於壓抑憋悶，遂中途退場以圖清淨舒暢。這樣的看客，過去有，今天大概亦還不少。

曾國藩與晚清官場一瞥

有關晚清官場，早有《官場現形記》、《孽海花》、《二十年目睹之怪現狀》等小說在先。其中維妙維肖之描寫敘述，也讓讀者對晚近官場士大夫階級的墮落虛偽，有不少瞭解。近讀清人張文虎日記，其中從同治四年到同治十一年間在南京，進出入曾國藩、李鴻章等督府衙門，所往來結交者，多為咸同間名臣雅士。所記文字雅正，不流於荒誕滑稽，更近於信。其中一些涉及官場風氣之文字，讀後令人屢屢默然。

《張文虎日記》同治四年六月初九日（七月三十一日）日記中有這樣一段記載：

曾劼剛公子向來儉樸，其在安慶，出只步行，隨一僕。及來金陵，出必肩輿，以城大地遠故爾。近乃聞其輿前頂馬，四健丁持刀前導，後從僕亦騎，此節相未北征時所未有。然則平日儉樸特強制耳，識力猶未定也。

上文中的「劼剛」，乃晚清中興名臣曾國藩之長子曾紀澤，此時年二十五歲，尚未有出身，直到同治九年（一八七〇年），曾紀澤才由蔭生補戶部員外郎。一個還沒有正式「出身」的年輕人，僅僅因為父叔輩功業，在剛剛攻打下來的南京城裡擺這樣的排場，這跟我們印象中所知的曾家家教苛嚴似乎有一定距離。當然張文虎也對此感到「狐疑」——因為此前所知曾紀澤，向以儉樸聞名。或許是因為其父曾國藩此時奉調北征，無人管束，長期被強制壓抑的虛榮心得以爆發表現，這當然是張文虎的推測。以張文虎的修養個性，以及他與曾國藩的關係，斷不至於流言非議。不過，鑑於當時南京被攻打下來不久，城內不是還有所謂尚未肅清之「長毛賊」的傳言，作為攻陷南京城最高統帥之公子，外出之時為安全計，有此排場亦未可知。無論如何，這不過是官場裡再尋常不過的一種「虛榮」而已。

曾國藩或許真有失於管教之過失，但他苛己之嚴，管束部下之嚴，以致於部下甚至連基本的官場場面也不知道如何應對。張文虎日記中亦曾記載這樣一事。同治六年三月四日（四月七日），曾國藩「北征」回返南京，官員們依例到馬頭恭迎。場面雖然不說張燈結綵，也至少有基本的規制禮儀吧，但張文虎在迎接現場所見到的，又是怎樣的呢？

與緩老、壬叔出水西門，見馬頭接官亭、鼓吹亭用蘆席圈蔽，合計不值三百文，甚不堪。凡上官風裁過峻，屬員往往承事不給，然過於坦易，亦草率不成體裁，且轉為鄙吝者口實，此得中之難。

一大群官員趕到江邊馬頭接官亭，迎接即將到來的督撫。不過因為督撫向來儉樸，以致於接待官員們不知道如何是好，最終有此幾乎不成體統的場面——整個接待儀式花費不過區區三百文！「三百文」在當時是一個什麼概念呢？同在《張文虎日記》中記載，有一次他買了一把面上灑金粉的扇子，花費已近三百文！也就是說，兩江督撫衙門大小官員到江邊碼頭迎接曾國藩歸來，接待費花了一把扇子的錢！

同樣是場面，前面有曾國藩之公子乘坐肩輿、前後馬弁的「排場」，後面是曾國藩自山東、江蘇「剿撚」返回南京，不過蘆席遮塵的「排場」。兩種排場比對，都讓人不知如何說才是。

較之於同時期那些貪贓枉法者，上述曾家父子兩種「排場」，都不過是苛己嚴者的偶爾釋放或者一種表現而已。無論是比之於當時亦或當下，這種「排場」，大概都算不得什麼吧。

李鴻章雜事二則

近讀《張文虎日記》，中有雜事二則，關涉李鴻章，讀時捧腹，讀後意猶未盡，特將相關文字摘錄如下，以饗同好。

訪孫徵之，言李宮保初至，有法蘭西武官自稱法國提督，挾一神甫至城內，欲造天主堂。勢甚橫。

既而請見宮保，宮保視其名帖曰：「法國提督乃某名，今豈易耶，抑有兩提督耶？何無文書來？我當行文法國及英、彌兩國問之。」

夷失色，乃曰：「我兵頭，實非提督也。」

曰：「若誠兵頭，何為來此？豈提督令汝來耶？我將行文問某提督。」

夷益戰慄，曰：「明日即去，幸勿行文。」

曰：「然則汝宜速去，明日不去，我即行文往上海矣。」

夷曰「不敢。」

神甫者乃前曰：「某意欲於城內立一天主堂。」

宮保曰：「爾教勸人為善，即大皇帝亦不禁。立天主堂可勿問我，往問百姓可耳。百姓曰可，我何能禁止？百姓曰不可，我不能強也。」

曰：「百姓有齟齬者。」

曰：「然則百姓不肯，問我何為？汝誠道高，百姓悅服，無不可行。今百姓未能說服，此汝道未至，抑或教不善，誠不能化。教不善，誠不能化，微獨不能說服，且恐凡眾怒，犯眾怒則大可畏。金陵人向頑狠，一旦群起擊汝致死，我不能為汝料理，奈何？」

神甫色沮。宮保徐曰：「我意汝欲立堂，且擇城外閑地。他日教化大行，或者城內人諒汝，未可知也。」

張文虎當日受曾國藩邀，在金陵書局校勘《史記》等書。時曾國藩離開金陵，前往山東督剿「撚匪」，李鴻章接署督印。不想到任不久，即遇西人兵、教夾擊。晚清涉及泰西事，素來難辦。此時倘若曾國藩不曾離去，如何應付，定然是另外一副景觀。以李鴻章之「得夷情，善於處置」如此，實在是不能不讓人稱善。

俗話說：「弱國無外交。」亦因為此，當事者只能以一己之敏銳才智，來補救一國之難。因為久涉外事，關於李鴻章與洋人的掌故笑談也就特別多，譬如人盡皆知的「宮保雞丁」等，每聞之，在捧腹之餘，亦笑國人之心態。

不過，上述兩則逸事，斷非小道，實出有據。以李鴻章之機敏，化洋人之無理要脅於談笑之間。此等風流，雖然於國力一項，實在不堪多言，但僅就個人風範言之，似不在「談笑間，檣櫓灰飛煙滅」之下。此言信乎？

父母官

儒家政治理想中，將官民關係，想像為一種父母子女之間的關係。對於這種政治倫理的想像，簡單地用現代民主政治的官民關係語言去解讀闡釋，似乎亦並不適宜。更值得嘗試努力的，是去仔細完整地清理這種政治倫理語言生成的思想環境與社會政治文化環境，以及這種語言在歷史中的演變與現實存在中的變異。《論語・為政》篇第三章云：「子曰：『道之以政，齊之以刑，民免而無恥；道之以德，齊之以禮，有恥且格。』」這裡的動詞「道」與「齊」的前面，都免去了施動詞的主語，想來應該是孔夫子在回答有關官與民的關係時的答覆，自然不需要多作說明。

今本《禮記・緇衣》中，將夫子的上述論述略作改動闡釋：「夫民，教之以德，齊之以禮，則民有格心。教之以政，齊之以刑，則民有遯心。」郭店楚簡《緇衣》簡二三至二四中：「子曰：長民者，教之以德，齊之以禮，則民有歡心。教之以政，齊之以刑，則民有免心。」儘管個別字詞略有不同，但意思相近。

執政者用「德」與「禮」來教化民眾，民眾不僅聽話，而且對執政者和執政秩序懷有敬畏之心，整個社會也處於一種崇禮尚德的社會文化氛圍之中；反之，如果不教而僅憑藉「政律」和「刑罰」的方式來管理百姓，那麼民眾不僅會遠離官府，而且還與官府離心離德。這樣一種官民秩序，自然是緊張的。

所以《禮記・緇衣》中進一步闡述官民關係時這樣說道：「故君民者，子以愛之，則民親之；信以結之，則民不倍；恭以蒞之，則民有孫心。」

無論是哪種說法，所言皆關涉後來的父母官這樣一種稱謂——這種官民關係的描述語詞，恐怕舉世不多見。

其實，有關官民關係，孔子言論甚多，《禮記・孔子閒居》中有一段文字，論述孔子在回答子夏的提問時就所謂父母官的問題所作的闡述：

> 孔子閒居。子夏侍。子夏曰：「敢問詩云：凱弟君子，民之父母。何如斯可謂民之父母矣？」孔子曰：「夫民之父母乎！必達於禮樂之原，以致五至而行三無，以橫於天下。四方有敗，必先知之。此之謂民之父母矣。」
>
> 子夏曰：「民之父母，既得而聞之矣。」

如果從上述論述看，孔子實際上並不贊同不作任何辨析地將官民關係定位在所謂的「父母官」

上——在孔子這裡，其實「父母官」是一種「官」與「民」關係的理想，更確切地說，是孔子對於官的理想。推而言之，並非所有的官都可以做民之父母，也不是所有的官與民的關係，都可以用「父母官」這種稱謂來概括描述。

那麼，什麼樣的官，才可以稱為百姓的「父母官」呢？夫子眼裡，只有那些真正理解禮樂精神並身體力行的官員，而且還要達到「五至」且行「三無」的官員，才算有資格為民之父母官。

什麼是「五至」呢？

孔子說：「志之所至，詩亦至焉。詩之所至，禮亦至焉。禮之所至，樂亦至焉。樂之所至，哀亦至焉。哀樂相生，是故正明目而視之，不可得而見也。傾耳而聽之，不可得而聞也。志氣塞乎天地，此之謂五至。」

這樣一種對於儒家禮樂詩教文化的精神內核有完整準確的把握還不夠，要成為百姓的父母官，還需要身體力行「三無」。

究竟是哪「三無」呢？

孔子曰：「無聲之樂，無體之禮，無服之喪，此之謂三無。」

概言之，就是要真心實意地去分擔百姓的疾苦憂樂。也只有這樣，百姓也才會發自肺腑地稱呼父母官。

這樣的政治理想與政治倫理，在今天的官場，不僅聽起來感到陌生，恐怕更將為人訕笑。

《我與地壇》中的「我」走了

今天是二〇一〇年的最後一日。昨天，趕在新年到來之前，寫了篇〈談虎說兔〉的短文，聊作新年試筆。晚上友人餐敘，有飲酒，但今晨還是在六點就起床了——一年不勤快，至少在一年中的最後一天早起一下，心理上多少亦是點寬慰。

就在打開電腦、瀏覽新聞的時候，注意到「著名作家史鐵生今晨病逝」的消息，心裡便有些沉重。這段時間，華北大地天氣變化劇烈，尤其是風雪天氣頻繁，這對那些常年受高血壓、心臟病等疾病困擾的人來說，無疑是麻煩與考驗。而新聞中說史鐵生，就是因腦溢血突發不治而病逝的。對於一般讀者來說，這則新聞的影響力，遠不及那些娛樂明星們託人故意製造出來、專供吸人眼球的所謂「新聞」有趣。而對於那些有閱讀習慣，尤其是偏好閱讀文學作品的讀者們來說，這則消息，可能會讓他們在二〇一〇年的最後一天，有一些異樣的感受。這可能讓他們產生一些懷舊的感傷，甚至還可能讓他們做連翩之聯想——這是否是一個預兆，一個有關八〇年代以來中國當代文學的預兆？

史鐵生是一個作家，這不僅讀過他的作品的讀者們知道，甚至一些沒有讀過他的作品的人也可能聽說過。後者之所以可能聽說過，不僅因為史鐵生是個作家，更關鍵的是，他是一個在失去了雙腿行走能力之後，成就了自己在文學寫作上的個人輝煌的——史鐵生是一個不能行走、只能在輪椅上觀察與思考、沉浸與寫作的當代作家。

輪椅與作家或者輪椅與文學之間的關係，似乎有多說幾句的必要。當代中國寫作者中，坐在輪椅上且仍寫出了讓讀者的心靈感動、讓讀者的思想開展並深刻的作家，顯然並非史鐵生一人。輪椅的「限制」，是否亦殘酷地意味生命中某些難以超越或者無法超越的「極限」，而對一個身陷其中的個體生命來說，這種極限經驗，又是否在某種意義上成就了他們用另一種方式來超越極限和極限經驗的思考與探索？答案並不清楚，甚至只能說：「不知道。」但史鐵生的文字，似乎可以為上述追問，提供一些思考的空間或線索，其中，就有他廣為閱讀的作品《我與地壇》。

印象中《我與地壇》最初發表在《上海文學》上，而且還是發表在「小說」欄中，而今天該文更傾向被認為是一篇難得的「散文」。《我與地壇》不是說故事——既不是說「我」的故事，也不是說母親的故事，而是一個輪椅上的人，在一座具有漫長歷史歲月的冷清園子裡的獨坐、觀察、冥思甚至苦想。思想什麼呢？或許是生命的意義，有自己的，有母親的，甚至亦有輪椅邊過往者的；或許是感慨於命運，亦或許是一些更神秘亦更無奈的散漫冥想，讓這篇文章，在時間、空間與個體生命之間，形成了一種當代文學與當代人極為需要的觀察與思考視角。那種看似漫不經心的「眼光掃瞄」與「心靈掃瞄」之中，又無不浸漫輪椅上的坐者超越極限的深沉渴望與理性認識到自己當下真實處境之後心境逐漸呈現出來的通透與明澈。文章中偶爾波泛起來的「抱怨」情緒，亦不過是平靜得有些讓人難以置信的自我心境中的縷縷漣漪而已——獨坐者的心，如波心，似明鏡。

有了這樣的超越，輪椅上的坐者也就沒有了來自內心的困擾，至多不過是肉體上、生理上的困擾和痛苦了，儘管這樣的困擾與痛苦，有時候實在難以承受，但這麼多年，在《我與地壇》之後，我們所聞者，也還是輪椅上的坐者淡定而通透的思想者形象。

如今，輪椅上的坐者走了，輪椅空了。肉身的羈絆與痛苦，再也不能限制和折磨一個並沒有失去對於遠方、高邈、深邃以及自由的思考與嚮往者的精神了——他終歸徹底擺脫了所有一切可能的限制與折磨，進入到一個他曾經想像、冥思的神秘之域了。亦或許，那裡對於他來說，已早不再神秘。再說一遍：《我與地壇》中的那個「我」，走了……

瑜伽飛行術・筋斗雲・飛天掃帚

看過《哈利波特》的人，都知道裡面有一種功課，就是霍格華茲魔法學校的學生都要修習的「飛天掃帚」——修習者可以雙腿夾坐一把普通掃帚，自由飛天，全然駕馭著一種極為靈敏的飛行器。騎坐飛天掃帚者，並不受到天空中氣溫等因素的影響，不需要穿上人類為了升天必須解決的缺氧、寒冷甚至輻射等因素，實在是一種高明的功夫。

飛天掃帚的想像，在西方文化中，不知道是否屬於創新。不過在東方讀者這裡，無論是中國還是印度，這一想像則不算什麼新奇。

先說中國。中國古代本土文獻中有關「飛天」的想像與傳說，多得實在不勝枚舉。譬如中國婦孺皆知的「牛郎織女」傳說，其中一個必須解決的技術問題，就是天神如何到人間來，以及人間的凡夫俗子，如何飛升到天庭，與天神對話交流。在不少古代相關文獻中，似乎並不特別在意天神來人間或人間的凡夫俗子升天的技術方式問題，但亦不盡然。在東晉干寶的《搜神記》中有關「毛衣女」的傳說記載中，就特別提到與「牛郎織女」傳說相關的一則民間傳說，即形如白鷺的天神，可以幻化成為穿著毛衣的美貌女子，飛到人間來，嬉戲沐浴之後，又可以穿上毛衣，重新飛回天庭。讓她們在天庭人間之間自由往來的，不是天神一種看不見的神秘法術，而是穿在她們身上的一種具有特殊功能的「毛衣」——一種類似於今天的航空員們所穿的飛行服。其實今天的飛行服是比不得那種有魔法的「毛衣」的。原因很簡單，今天的飛行服並不能夠直接解決飛行的問題，還需要另外借助飛行器。而毛衣女們只要穿上毛衣，就可以在天庭人間自由往來。而一旦她們失去了這種毛衣，就只能留在人間了。那時候，她們的神力似乎亦消失殆盡，跟人間的凡夫俗子並沒有什麼分別。

但讓中國人印象最深刻的，顯然還不是毛衣女一類的傳說，而是在出現時間上要晚得多的孫悟空。孫悟空這一形象之起源，據說與印度有關，真實情況如何，實在沒有興趣去細查。不過有一點，孫悟空讓中國的孩子們最羨慕者，除了他的七十二變化，就是他的那根金箍棒和觔斗雲——金箍棒是他的兵器，不是修煉得來的，是東海龍王迫不得已贈送的，而他那可以上天入地的觔斗雲功夫，確是他勤勉修養得來的。吳承恩從哪裡得到這種啟發，為孫悟空想像出這樣一種功夫的呢？當然可以說「飛天」的夢想古已有之，但問題是為什麼孫悟空不是靠身上穿的虎皮圍裙或某種特殊的鞋子來完成飛天，而是要靠一種觔斗雲功夫？這種飛天想像是否從哪裡得到過啟示呢？

據說印度瑜伽修煉中有一種高超境界或功夫，那就是瑜伽飛行術——修煉到高深的人，可以騰空駕雲般離地飛行，不過一般飛行時要夾著一根木棍。

瑜伽飛行術是否在科學上解釋得通，這不是本人關心的，不過有一點可以肯定。那就是在瑜伽飛行術、觔斗雲與飛天掃帚這三種飛天功夫之中，顯然是瑜伽飛行術在時間上出現得要早——早於孫悟空的觔斗雲，更早於飛天掃帚。既然有一點可以肯定，即孫悟空或《西遊記》是與印度有關係的，無論是孫悟空這一形象，還是他的一身功夫，多少亦與印度有關係，那麼所謂的觔斗雲，也不能說與印度全然無關。或許與瑜伽飛行術有著一星半點的聯繫亦未可知。而飛天掃帚，總是讓人聯想到拿著金箍棒的孫悟空，所不同者，孫悟空的金箍棒是提在手中或夾在耳朵後面，而飛天掃帚，則是夾在雙腿之下。瑜伽飛行術總是要面臨人們的不斷追問，因為它是否真實是一個需要回答的問題。比較之下，孫悟空的觔斗雲和《哈利波特》中的飛天掃帚，則成了娛樂大人小孩的通天法術，沒有人會傻著追問其真實存在否。這種差異本身，亦多少有些意思在其中。

文人的「文」與「行」

因為搬家，有機會讀一讀書架上被隱匿的一些書。先是讀到法國作家都德的《巴黎三十年》中的《來到巴黎》和《我的第一件禮服》，很為作家的坦誠感慨。像巴黎這樣的城市，具有上層社會奢華生活的悠久傳統，一個外省青年，沒有相當定力，是很容易被這種具有極大腐蝕力的喧囂所淹沒的。

又讀到梁實秋寫徐志摩的一篇回憶文章。其中有這樣一段文字：

研究徐志摩者，於其詩文著作之外往往艷談其離婚結婚之事。其中不免捕風捉影傳聞失實之處。我以為婚姻乃個人私事，不宜過分渲染以為談助。這倒不是完全「為賢者諱」的意思，而是事未易明理未易察，男女之間的關係複雜，非局外人所易曉。

梁實秋是個正人君子，話說得也厚道在理。不過，如果徐志摩還在世，未必會如此在意別人議論他的離婚結婚。原因很簡單，一來徐志摩本來就不是一個世俗中人，他的做「中國登報離婚第一人」的志向，已經表明世俗習俗在他眼裡，根本就算不得什麼；二來他是將自己的「離婚結婚」看得很重的，是不馬虎不苟且對己負責對人負責的一種君子坦蕩蕩的行為，因此，他不僅不會在意別人的議論，相反，他甚至還會希望別人多議論，只有這樣，他的行為的社會意義才能夠更加彰顯出來。

這裡所謂的「人事」，還只是限於自我修身範圍的「己事」，頂多擴展到「家事」，而一個現代文人的「人」，還離不開他如何對待「國事」乃至「天下事」。

說到「國事」，倒想起很久前在圖書館查閱到的一本《文化漢奸罪惡史》，作者為司馬文偵——大概是「文學或文化偵察員」之類，顯然是一筆名。此書一九四五年十一月由上海曙光出版社出版，從封面和內容看，都不同於一般粗製濫造的地攤讀物，但稍微細讀一下，又覺得文字多捕風捉影，上綱上線處太多。

一九四五年底的上海，雖然抗戰已經結束，但全國範圍內的清理漢奸的工作尚未大規模展開，而文化領域內的「文化漢奸」的清理工作，更是還沒有拉開序幕。儘管像胡蘭成這樣公開投身所謂「和平運動」的「文人」已經匿身逃亡，但大多數周旋於各派力量之間的投機者，似乎亦尚在觀望之中。也因此，這本書多少就有些「替天行道」、挖掘隱藏著的附逆者的味道，正如作者在書中不無義憤地指責：「文化界的漢奸，正是文壇妖怪，這些妖怪把文壇鬧得烏煙瘴氣，有著三頭六臂的魔王，有著打扮妖艷的女鬼。」在這種指責聲中，明眼人一看就清楚作者寓意何在。在中國歷史上，「文人」失節的故事很多，也因此，正人君子或士大夫階級對於文人，就抱有一種愛惜其才、恨其不守的複雜矛盾心態——文人，在中國歷史上，從來就不是讀書人的替代，而是讀書人中的一種特殊類型，一種在政治事業與人生事業上都顯得有些特別的類型。如果不是清貧自守的話，他們就只有依附於權貴，也因此，不少文人亦就養成了一種售才於權貴的生活方式，人格上亦難獨立。

這種類型的文人，在現代更不應該是知識分子的替代或全稱，而只是其一部分而已，甚至只是很小一部分。抗戰時期文人「落水」或「附逆」的情況比較複雜，一時也難以一一分辨清楚，但有一點似乎可以肯定，那就是，對於這種「文人」，只愛其才顯然是不夠的。

進退之間的文人們

莎士比亞筆下的哈姆雷特，早已為人熟知。哈姆雷特式的人生選擇之「困境」——生存還是毀滅——似乎已成為一個具有一定普遍意義的人生命題。

其實，「生存還是毀滅」式的二元對立與選擇之思維，在中國古代思想傳統中亦甚為普遍。遠的不說，范仲淹的〈岳陽樓記〉中，不是也有「居廟堂之上則憂其民，處江湖之遠則憂其君。是進也憂，退也憂。然則何時而樂耶？其必曰：『先天下之憂而憂，後天下之樂而樂。』」的「進退」之憂嗎？與哈姆雷特式的「生死」之憂所不同的是，范仲淹的「進退」之憂中，其實並沒有排除「進退」之外的第三條道路之存在，不過他排除了這第三條道路作為自己人生選項之可能性。之所以如此，原因很簡單，因為他是一個胸懷「修齊治平」之類人生與社會政治理想和價值取向的儒家知識分子。

說到古代讀書人的「進退」，尤其是說到「退隱」，不免想起明代屢放高論的李卓吾。據說他曾常與侍者論出家事。之所以常討論、議論或辯論出家事，顯然也是一個一度困擾李卓吾的「命題」。在李看來，世間有三等人「宜出家」：

其一，如莊周、梅福之徒，以生為我梏，形為我辱，智為我毒，灼然見身世如贅瘤然，不得不棄官隱者，一也；其二，如嚴光、阮籍、陳摶、邵雍之徒，苟不得比於傳說之遇高宗，太公之遇文王，管仲之遇桓公，孔明之遇先主，則寧隱毋出，亦其一也；又其一者，陶淵明是也，亦愛富貴，亦苦貧窮。苦貧窮，故以乞食為恥，而曰：「扣門拙言辭」；愛富貴，故求為彭澤令，然無奈其不肯折腰何？是以八十日便賦歸去也，此又其一也。

在李卓吾這裡還算客氣的是，儘管他上述「三種人」已經有「等級」之差別，不過他並沒有對等而下者提出苛求批評。他甚至在比較了上述三種人以及自己是否可與之比肩之後，又有如下一番真實之言：

卓哉莊周、梅福之見，我無是也。待知己之主而後出，必具蓋世才，我亦無是也。其陶公乎？夫陶公清風被千古，余何人而敢云庶幾焉！然其一念真實，不欲受世間管束，則偶與之同也。

哈姆雷特式的「生死」之憂，與中國古代文人的「進退」之憂之間，略一比較，其中的差異，其實還是不小。中國式的「退隱」，無論是以生為梏、以形為辱、以智為毒，還是因為世無明主，遂歸隱以待，還是因為愛富貴、苦貧窮而不得不如是之無可奈何，其中所含，儘是中國式的人生喜悅與人生困頓，在喜悅與困頓中，一個中國文人的精神世界悄然呈現於世人前面，古已然，而今是否依然，實在有關懷追問一下的必要。

在堅持與放棄、自清與混世之間，價值自我與理想自我之存在與放棄，或許在一些人看來，並非是非此即彼式的決絕，而還有靈活機變之空間餘地，類似於上海人口語中常說的「倒糨糊」（或「倒江湖」）。一個人在理想與現實之間，是否可以用「倒江湖」的方式來比喻，我不知道，倒是那些堅持以嚴格的宗教理想來修身救世的宗教家們所致力的「服從、貞潔與安貧」之原則，雖無莊周之流自我解放與超越的「大智慧」，亦無借明主而實現治國平天下的大理想，甚至也沒有大膽說出「愛富貴」之類的坦然與矛盾，但在這種自我約束式的「自我犧牲」中，一個人毅然決然式的選擇與堅持，卻可能成就一種獨立而絕對的價值觀與人生社會理想。單就此言，哈姆雷特式的「生死」之憂，以及「服從、貞潔與安貧」式的「自我約束」，還是有不少值得我們去思考的東西在。

燈花

賽珍珠筆下的中國軍閥

賽珍珠的《大地》是一個文學奇蹟——對於一九三一年之前的中國新文學界來說，還沒有真正像樣的長篇小說問世並贏得圈內圈外的一致認可。新文學初期胡適所抱怨並批評的短篇小說的「積弱」局面，已經因為大量的翻譯和創作，尤其是魯迅等人的創作而大大改觀。

也就是說，賽珍珠的《大地》醞釀創作過程中，並無真正意義上的現代中文白話小說文本作為範本。但這並非是說，《大地》不過是一個西方長篇小說文本譜系中的現代樣本——只要看一看《大地》的「大地」、「兒子」和「分家」這三部分的內在秩序結構，就能夠深切感受到它的中國特性。這種特性並不是一種簡單的生活表象，譬如人物、生活等，更關鍵同時也更引人注目的，是《大地》真正深入到中國人的精神靈魂深處，尤其是普通民眾的精神靈魂深處的雄心和堅定不移的毅力。用賽珍珠自己的話說，就是「將自己創造性的能量，投入到時代巨大的、尚未解決的問題中去」。

對於二十世紀初期的中國來說，對於底層普通民眾來說，什麼才是那個時代「巨大的、未曾解決的問題」呢？

貧窮？飢餓？戰亂？貧富不均？社會不公？生活的安全感？個人尊嚴？似乎都是，但究竟是哪些問題，真正進入到賽珍珠的視野，並成為她藝術表現的對象了呢？

《大地》第二部《兒子》著力描寫的，是農民王龍的小兒子王虎，怎樣從一個離家出走的憤怒青年，「成長」為一個獨霸一方和幾方的新軍閥。王虎的故事，即便是對於一個熟悉民初軍閥混戰史的中國讀者來說，也具有多方面的意義和啟發。它所引發的深層次思考與聯想，或許並非是《大地》的敘述者以及賽珍珠所曾預料的，但一定是在賽珍珠的期待之中，因為她對民初中國社會因為軍閥混戰而帶來的民生艱困與痛苦，顯然有著極為深刻的觀察、體會及絕對不缺乏深度的真正思考。

看了《大地》中的第二部，稍微有點文學閱讀積累的讀者，一定會聯想到《江左十年目睹記》這樣一類的中文讀物。與《江左十年目睹記》這種文本所不同的是，賽珍珠的《大地》既深深地植根於中國文學的傳統之中，又深深地植根於西方文學的傳統之中。這種跨文化的文學敘述的魅力，無疑是賽珍珠的《大地》，無論在她的時代，還是在稍後的時代，依然成為西方讀者更深入地體會中國和中國人的情感生活與精神生活的閱讀範本的原因之一。

顯然不僅如此。《兒子》中的軍閥王虎和他的一生，不僅是他的父親王龍所不敢想同時也無法想像的，也是他的兄弟們儘管期待卻未必真能夠完全接受的。賽珍珠在王虎這個人物身上所傾注的文學情感，呈現出超越多重文化隔閡的思想力量和精神力量——它不僅超越了中西文化之間可能存在的隔閡，同時也超越了宗教文化與世俗文化、正統的菁英知識分子文化與民間草莽英雄文化之間的隔閡。幾乎任何一位《大地》第二部《兒子》的讀者，都可以感受到王虎身上濃烈的民間草莽氣息，這種氣息與我們在《水滸》中的英雄們身上所熟悉的氣息如此接近，當然還有《三國演義》中那些獨佔一域或一城的大王們身上那種肆意瀰散的生存力。賽珍珠在王虎這個文學人物身上所調動的文學藝術積累，以及她為塑造這個二十世紀初二十年中國社會中強權力量的一個「典型」所付出的氣力乃至心血，同樣是幾乎每一個閱讀《兒子》的讀者們都可能感受到的。

令人驚訝的是，一個外來者，對於二十世紀前二十年中中國社會權力生態的透徹了解與深切體會。更關鍵的是，不像《江左十年目睹記》這樣的官闈密聞一類的小說的是，《大地》《兒子》將一個小軍閥的成長，置放在一部家族史和一個更廣闊的社會歷史背景之中，甚至置放於中國民間反叛文化的傳統與現代交織的歷史語境之中，一個真實的現代文學人物，帶著他的真切的呼吸和生命的完整氣息，撲面而來。

軍閥王虎超越了他的那個時代不少類似歷史的、文學的片段或完整文字段落中對於他們的標籤式概念化的描述，《兒子》中王虎的離家出走、發跡、膨脹、衰落與衰老直至死亡的一生，在《大地》中得到了完整而藝術的描寫與呈現。

這是一個真實的軍閥，也是一個真實的生命。

也說賽珍珠與徐志摩

有關賽珍珠與徐志摩之間一段莫名其妙的「逸聞」，究其源，似乎是賽珍珠自己臨死之前拿來墊背的一塊絨墊。只是這塊絨墊她墊得未必舒適——直到現在，依然讓後來者在一邊指指點點。賽珍珠是國際主義者，對中國人亦無偏見惡意，與當年在文壇已聲譽鵲起的詩人徐志摩之間，作為大學同事，摩擦出了點情感上的火花，也算不過多出格的事體。更何況還有如梁實秋這樣通情達理之人，在旁敲側擊到當年這段似有若無的感情舊事時，沒有忘了寫上這樣一段文字：「聽說她的婚姻不大美滿，和她的丈夫不大和諧。」這種「春秋筆法」，賽珍珠自然是不懂的——她對中國文化所略知皮毛的，不過是些描寫強盜反賊一類的白話小說，哪裡能弄得清楚中國達官貴人或文人墨士們肚子裡的蛔蟲、嘴巴上的俏皮話呢？

其實賽珍珠並不笨，所以她臨死前並沒有將這段「緋聞」坐實，而是一不留心說漏了嘴，讓一個好事的同胞捅了出來。於是就有翩翩起舞的彩蝶，繞著她飛。而在梁實秋印象中，這並不像是一個招花引蝶的女人——更何況還有另一留美學者的「That woman…」之類的說法——「她是典型的美國中年婦人，肥壯結實，露在外面的一段胳膊相當粗圓，麵團團而端莊。」賽珍珠不知道，中國文人是有對「瘦」的異性之偏好的，直至「瘦馬」。所以，一個「肥壯結實」的女人，自然難以配得上文人雅士的「法眼」。賽珍珠自己送上門去，或者在另一當事人早已成塵之後，自我想像出這麼一段說不清道不明的事，來攪擾逝者，麻煩後人，亦未可知。

更何況她還有這樣一個配不上如此風雅豔事的「大名」——賽珍珠——遍查中國古代文人雅士們喜好的風雅故事，其中的另一當事人，大多有一個足以給如此風雅豔事增色添彩的名字，僻陋如「賽珍珠」者，又如何當得起這樣的風雅與浪漫？

其實，賽珍珠的名字在她父母這裡，是好得不能再好的名字。這是他們將自己的漢學修養用盡之後所能想到的最能表達他們對於這個孩子的情感與期待的名字——「賽」字並不完全如梁實秋所言，是她家姓的譯音，而是沿襲了她父親的漢名中的姓「賽」。至於「珍珠」二字，那是她母親對於這個將在異國的陌生環境中成長起來的孩子全部的感情傾注——可能不大文雅，但卻是一個母親真實情感與期待的流露和表達。配不配得起一段風雅故事是一回事，能不能夠表達一個母親對於自己的女兒的未來的成長期待是另一回事。

眾所周知，賽珍珠在她的《大地》系列第三部《分家》中，確實塑造了一位在異國留學後歸來的中國詩人，生活在大都市中，享受著連賽珍珠這樣的「洋人」都不免羡慕的奢華到奢侈的物質生活。在這個詩人身上，是否有徐志摩的影子，好事者會去捕風捉影，但對於賽珍珠來說，《大地》

時代的中國新文學界，有太多類似的文學青年或文學中年——有誰能說在那個時代，只有徐志摩這樣一個詩人，來作為賽珍珠作品中的人物原型或想像的對象？

既然連賽珍珠的名字都不大符合「純粹中國人的品味」，賽、徐之間的所謂「情事」，也就風雅浪漫不到哪裡去。既然如此，還是不說也罷，免得弄一身灰，討一個沒趣。

《圍城》中的「骯髒」

錢鍾書的《圍城》中，有不少有關「骯髒」的描寫，集中在方鴻漸一行五人從上海經寧波、金華等前往湖南三閭大學途中。

譬如「歐亞大旅社」那讓人一望生疑的據說剛從上海進貨的「牛奶咖啡」，再譬如鷹潭小旅館（「門口桌子上，一疊飯碗，大碟子裡幾塊半生不熟的肥肉，原是紅燒，現在像紅人倒運，又冷又黑。旁邊一碟饅頭，遠看也像玷污了清白的大閨女，全是黑斑點，走近了，這些黑點飛升而消散於周遭的陰暗之中，原來是蒼蠅」）。

關於這家小旅館的「衛生狀況」，最讓人觸目驚心的，當然要算那段「風肉」描寫：夥計取下壁上掛的一塊烏黑油膩的東西，請他們賞鑑，嘴裡連說：「好味道！」引得自己口水要流，生怕經這幾位客人的饞眼睛一看，肥肉會減瘦了。肉上一條蛆蟲從膩睡裡驚醒，載蠕載蝢……夥計忙伸指頭按莛。肥嫩軟白的東西，輕輕一捺，在肉面的塵垢上劃了一條烏光油潤的痕跡，像新澆的柏油路。《圍城》中還有不少地方寫到「不潔」。這些描寫當然都是寫實，初一讀，也很容易以為，這些描寫，不過是幾位都市裡的洋派人，不諳民生疾苦和鄉土風情，再加上有些矯揉造作一類的「潔癖」，於是有此類「驚訝」甚至「驚嚇」。這些在他們眼中極度的不衛生，在小店夥計乃至店主那裡，再正常不過了，就像小店夥計看到風肉裡驚醒爬出來的「蛆蟲」說：「沒什麼呀！」一樣，或者正如其言：「你們不吃，有人要吃——我吃給你們看。」這些描寫似乎不過是突出當時中國已經讓人觸目驚心的城鄉差別，或者鄉下令人極度擔憂的衛生環境和生活條件。所引起的，也不過是對於生活在城市裡的自慰，以及對於鄉下的嫌棄，全然沒有沈從文筆下的《邊城》中那種鄉土生活的清潔與單純自然。《圍城》中還多處寫到了「嘔吐」——那些「嘔吐」似乎也與一路上艱難的旅行條件密不可分，且亦多寫實。不過，如果細讀，你又會發現，小說中那些有關「骯髒」、「嘔吐」的描寫，在寫實的表像之下，似乎又不儘然。換言之，《圍城》裡的「骯髒」與「嘔吐」，具有超越具體的感官經驗的文化寓意，它也應該具有超越具體的感官經驗的文化寓意，否則就多少有些矯情，或者有堆積重複描寫之嫌疑。

那麼這些「骯髒」、「嘔吐」的描寫試圖傳達的是怎樣一種生活與生存感受呢？難道僅僅只是想讓讀者注意到作者對於現實生活敏銳驚人的觀察和一絲不苟的生活態度？在那些「油膩」、「齷齪」的感覺經驗中，除了讓讀者瞭解到當時物質生活極度貧瘠落後的鄉下這些資訊之外，還想讓讀者讀出什麼呢？

這不能不讓人聯想到T・S・艾略特的《荒原》裡那油膩的倫敦河水，當然更容易讓人聯想到的，是薩特的《噁心》以及之類的作品。《圍城》似乎在它的中國文學文本譜系之外，還有一個西方文學、尤其是西方現代文學的文本譜系——它在這裡，顯然可以找到屬於它自己的一個位置。而當這些關聯性或者互文性被發現或者注意到的時候，《圍城》裡那些有關「骯髒」、「齷齪」、「油膩」以及「嘔吐」的描寫，就開始呈現具體的感官經驗和生活寫實之外的意義了。

當生活與現實以如此生動和突兀的方式呈現出來的時候，存在的那些抽象經驗，在這種生活突兀的現實存在的逼壓之下瞬間就被解體了，眨眼之間消逝了。這種讓人膽戰心驚的直逼現實存在的境況，讓方鴻漸在不知不覺之中陷入到一個他從來不曾預料也未有任何準備的生活的深淵之中——歸國海船上「漂泊」的感覺，轉換成為一種「進入」其中之後轉瞬被「淹沒」、「污染」感覺，直至最後因為無法擺脫而「乏力」。讓方鴻漸比他的那些存在主義的西洋兄弟更可憐的是，他沒有藝術與美的搭救，他一直陷入到這種生活的無邊不際的「包裹」之中。如果你的聯想再豐富點，卡夫卡筆下那陷入到「一叢荊棘」之中而無法全身而出的困境中的那個人。或許，我們可以從這裡，找到解讀《圍城》中的「骯髒」的一條途徑：那是一種被寓言化了的普遍的現代文化體驗。在這個意義上，《圍城》的現代性意義與文學思想價值，亦得以突顯。

我讀《一頭豬在普羅旺斯》

我女兒過生日，我的師兄張業松送給她一本新買的書《一頭豬在普羅旺斯》。女兒喜歡這種類型的讀物，一則緣於天性，二則跟她幼稚園時候就讀過E·B·懷特的《夏洛的網》不無關係。但《一頭豬在普羅旺斯》跟《夏洛的網》並不是同一類型的書——《夏洛的網》有一種原初的質樸，這種質樸不只是在語言修辭風格上，而《一頭豬在普羅旺斯》，則是對於這種原初的質樸風格的嚮往與努力回歸，它的風格，是在學習與模仿中呈現出來的。

這一點在《一頭豬在普羅旺斯》的「序言」中就已經顯示出來了。譬如：

普羅旺斯告訴了我食物的意義，不僅僅在於烹飪或享用，而是具有更深、更廣的內涵。我體會到聚會、狩獵和種植食物是某種生命的一部分，這種生命印上了季節的記號，並將人們互相連接，緊緊地繫於土地之上。

這種類型的「造句法」，儘管在這種類型的讀物中已經屬於鳳毛麟角，但還是多少顯露出一些「做」的痕跡，而失去了原始的自然風格——其實這種差別只要去讀一讀《夏洛的網》就清楚了。《夏洛的網》是牧羊人講給牧羊們聽的故事，而《一頭豬在普羅旺斯》，則是一個牧場的遊客，回去後寫給對牧場有好奇心的外人們看的故事。

但這並不是貶低《一頭豬在普羅旺斯》或這一類型的圖書的思想意義和藝術價值——它裡面一再環繞的「回歸」意識，與深入到真正的生活之中以達到物我兩忘境界的追求，並非全無肯定之意義。譬如生活是否可以簡單到不能再簡單的地步，然後從這裡開始體驗真正的新生活——那也可能就是所理想所追求的真正的生活？再譬如，我們已經在紛擾複雜快節奏或者奢華的生活道路上走得太遠了，以致於我們已經失去了與最初的聯繫，我們已經不可能去實踐以及有別的其他可能，更別提所謂慢節奏的嘗試了。

而《一頭豬在普羅旺斯》似乎試圖超越這些障礙。它試圖告訴我們，我們與羊群、牧場、食物之間的關係，並非只是食者與被食者，後者也並非僅僅作為我們的食物物件而存在。我們與這些「食物」之間，還應該有另一種更深刻同時也更密切的關係在——它們其實就是我們生活的一部分，或者就是「我們」的一部分。它們之所以成為了我們的食物，僅僅以我們的食物的名義而存在，那不是因為它們，而是因為我們失去了體察到我們與它們之間那種更高更深也更密切的關係（用《一頭豬在普羅旺斯》作者的話說，就是「更深、更廣的內涵」）的能力與耐心。

那樣的能力與耐心，並不是在書本上或者遠離物件的城市裡重新找尋回來的。唯一的可能，就是心靈深處真正意義上的萌動與覺醒——一種新的真切的感動，一種親切感，一種共同生活的依存感，也就是一種基於新的感動與覺悟的相互發現。

對於這種相互發現，普羅旺斯只不過是一種「機緣」，而不是新的生活的全部。在現代生活語境中，普羅旺斯也只可能作為都市生活的他者而存在，而不可能作為都市生活的未來而呈現在我們的前面。更何況，即便是這樣一個位於法國內陸的「都市邊緣」，也不知道還能夠如此存在多久——這不是普羅旺斯的過錯，而是都市生活巨大的包裹力，將一切邊緣的、非中心化的存在裹挾進來，旋轉同化的巨大力量。《一頭豬在普羅旺斯》記述了一個人的情感復甦體驗——這種體驗是一種實驗的結果，實驗者對於這種復甦的可能性，既滿懷期待，又忐忑不安。因為在現代生活中，要作出並真正實現「這一個」存在的價值與意義，所需要的，並不僅僅只是最初的衝動與好奇。

文學時代

中國歷史上是否有過「文學時代」，因為標準不明，又乏統計材料，故難有定說。不過，「文學時代」大概是作為「科學時代」或者「工業時代」等之對應，而中國歷史上又不曾實有過「科學時代」或「工業時代」，遂稱中國漢唐以來為「文學時代」，似亦非不可。

這種狀況在現代中國，則在一點點生發變化，一是近代以來西方的實學不斷傳入，中國古代以文史之學統領一切的局面漸被打破；二是近代機器工業的逐漸發展，也在一點點改變中國人耽於文學虛幻想像而缺乏實證與實踐生產的文化特性。但這一進程卻是相當緩慢的，一直到二十世紀三〇年代中期，這種「文學時代」依然以其現代轉型的方式存在著，亦並未根本退出或改變中國文化的存在形態與性質結構。近讀《竺可楨日記》，發現其一九三六年一月二日的日記中有這樣一則記載，覺得頗為有趣，摘錄如下：

《申報》元旦「讀書俱樂部」有一平著〈民國二十四年出版界回顧〉文，謂民國二十四年全國出版的書，教科書重版書不在內，僅得新書二千二百六十一本，其中尚有大部頭之古書十七種。價值不過三千八百四十餘元，其中古書之價占百分之四三。各類書中，社會科學六〇二，以文學為最多三六四，史地次之二八二，應用技術次之二七三，自然科學又次之一七〇。德國的出版品近年雖減少，然尚在二萬種以上。

以今天中國出版界年出版情況來看，一九三六年中國一年出版的成績實在可憐。其中一年出版總量，似乎尚不及今天一家大的出版社之出版量。這倒是其次，我覺得值得一說的，倒是竺可楨似乎特意提到的一個數字，即在所有出版物中，各類書分別所占之比例，尤其是社會科學及史地兩類，即占去百分之四十以上，而其中又以文學類為最多。對此，竺可楨雖無細說評論，但其中隱意，不必明說已甚為清楚。

這似乎可以說明，現代以來中國文化的轉型依然不徹底，或者說依然是以「文學時代」的形式，沿襲著古已有之的夢幻。這不僅又讓人聯想到抗戰時期竺可楨日記中的另一則記錄。當時物資匱乏，民生艱困，大學裡的教授們，日常生活狀況甚至還不如耕田種地之農民，原因很簡單，在一個僅能果腹的時代，最接近糧食的人，顯然要比食物鏈上距離糧食遠者更能先得到食物。於是涵養良好如竺可楨者，亦不免牢騷，至少在日記中是可以發洩點情緒的。其中有一則日記就毫不客氣地批評中國現狀，認為科學和科學家在中國未能夠得到應有之尊重，而一切不那麼重要的人文社會科學者，竟然還能夠享有全社會之青睞尊重，實在讓人心寒。竺可楨特別提到了他原本很是尊重的留美同學胡適，認為在中國，像胡適、郭沫若這樣的人卻能暴得大名，而一天到晚、一年四季默默工作研究的科學家們，卻只能在清苦之中度日。科學家們的美德固然值得讚歎，但他們的生活，也實在有關注改善之必要。

竺可楨一九三六年一月二日的日記中沒有說明的「隱語」，在這則日記中得到了「挑明」。一個在相對和平正常狀態之下不大會被計較的「專業」與「行業」利益，在一個利益窘困的時代，就沒有那麼多的顧忌了。當現代的步伐在二十世紀已經走過了差不過一半的時候，當「文學時代」依然顯示著其咄咄逼人的存在而又大不能救國、小無以家為的時代，當舉國陷入到艱難度日而根本沒有一點心情做種種虛幻之想像的時候，「文學」無法避免地承擔起被「埋怨」甚至「詛咒」的對象——文學誤國。

其實，當時代艱難、眾生皆苦的時候，文學並沒有全然失去其對於人生與人心的意義——對於相當一部分國民來說，在家中火籠邊的絮語與對於未來生活已經被擠壓得喘不過氣來的丁點想像，依然關聯著文學——由此而言，說那個時代依然是「文學時代」，顯然亦不過分，不過要讓文學承擔國運不濟的責任，就未免過分了。

小說病

看小說而為病，多半是指因嗜讀小說而荒廢正當營生者。至於因讀小說而悲其所悲、喜其所喜，以致於廢寢忘食甚至滋生心病者，大概也只有看《西廂》的林黛玉了。黛玉之病，關乎《西廂》，卻又並非全得之於《西廂》。大觀園亦為一「迷你」社會，所謂世態炎涼、人心冷暖，這裡自然亦不能倖免。敏感如黛玉者，置身其間，固然有賈母慈愛呵護，終究是寄人籬下，哀歎寄託，終日不歇，時間一長，又怎能不身心憔悴，以致成疾！

這當然是指小說中人物及其命運了。倘若在現實生活中，亦得一黛玉式人物、性格或者喜好命運者，又當如何呢？

近讀《竺可楨日記》，發現其三〇年代中期日記中有一希文者，種種行事方式概與黛玉同，讀之唏噓不已。

單不說希文在校讀書成績——國文英文均常不及格。卻說其英文在竺可楨有計劃的輔導之下，仍不能通過學校組織的正常考試。原因何在呢？關於此，《竺可楨日記》中有這樣一則記載：

希文發熱雖愈，而脾氣怪僻，終日鬱悶不樂。……謂其神經衰弱確為事實，渠對於英文國文均乏興趣，但英文不及格即須開除，因此不能不強迫使之讀英文，此於其神經亦不能有所補益。又渠極愛看小說，幾於他事可不做而小說不可不看。此亦為幼年時通病，其人實具一種abnormal psychology變態心理也。

日記中提到這樣幾條資訊，一是一個年輕人不喜國文英文，且國文英文均不及格；二是因為種種不及格，而對人生亦無多少熱情興趣，鬱悶不樂；三是在這種種不樂之中，還要被強迫補習英文；四是作為逃避現實生活種種之不堪，年輕人找到了大概唯一一種可以逃避之方法：看小說。因為看小說，年輕人可以諸事不做。而這種作為，在正經如竺可楨者看來，此無疑與一兒童相差無幾。因為讀小說而廢諸事，或不務本事，這只是一種幼年病而已，成年人倘仍如此，則屬於一種不正常之心理，或謂心理疾病。

於是黛玉患有一種心理疾病。

人可以好讀書，但所好必須與你的年齡閱歷等相當。譬如「蘇老泉，二十七，始發奮，讀書籍」，這裡的「書籍」，顯然不會是小說；反之，對於一個兒童來說，顯然「門前磨蜆殼，巷口撥泥沙」之類的遊戲，更能讓他們留戀往返。至於《射鵰英雄傳》中那位心智不長的周伯通，便只能落下一個「老頑童」的綽號，其實，在心理學家那裡，那大概也算是一種「疾病」吧。

還是說到小說病上來。

小說有種種類型，也不是所有小說都淺顯幼稚，在一個過於老成持重、一本正經的文化氛圍中，小說式的想像與浪漫，其實不止是一種思想上反叛力量之表現，甚至亦可作為一種思想之深刻與成熟之反映。那無異於用一種童年時代的「四兩」，來撥成人世界裡的「千斤」。倘若用另一種成人世界的沉重話語來替代，未必就能讓那些陳腐的東西煥發出青春與活力來。這當然是就其積極的一面而言。不過小說終究不能成為主流文化的表達方式與存在方式，原因其實很簡單，生活需要更直接、更專門、更科學而且更現實的語言方式與表達方式，而小說，也就只能作為這種方式的一種補充或調劑。於是，小說病也就永遠不會絕跡，只不過是患者多寡而已。主流文化有病，小說病亦多，主流文化健康，小說病亦鮮有。如是而已。

也說「而今成長大，心事亂如麻」

《羊城晚報》「晚會」二〇〇九年九月二日刊「而今人長大，心事亂如麻」一文，錄一文人體之民謠：「記得兒時好，跟隨阿娘去吃茶。門前磨螺殼，巷口弄泥沙。而今人長大，心事亂如麻。」並言此歌謠出自明代廣東新會人陳獻章（白沙，一四二八至五〇〇年）。

有意思的是，筆者在與陳獻章生活之時代相隔四百年的新會後進陳榮袞編纂的一本啟蒙讀物裡面，也見到了這首口語體、朗朗上口又淺白易懂的〈兒童樂〉：記得細時好，跟娘去飲茶。門前磨蜆殼，巷口撥泥沙。只腳騎獅狗，屈針釣魚蝦。而今成長大，心事亂如麻。收錄這首〈兒童樂〉的啟蒙讀物名《改良繪圖五字書》（清光緒二十六年初版，清光緒二十七年蒙學書塾編輯再版）。前有「婦孺五字書序」一篇，全文如下：

坊間紅皮五字書陋劣不堪，且書中金玉花街紅粉等語猥瑣賤俗，正如阿鼻地獄一般。童子入塾即以此書授之，為他下一惡種，異日品嗇心術惡胥萌芽於是矣。今仿其體而另立方針，語惟淺白，學惟有用，有數段足補三字書之未備者，是亦史家互見之法也。光緒二十六年，新會陳榮衮識。

可見《改良繪圖五字書》寄託有陳榮衮改良社會風俗的理想在其中，綜觀其中所收錄的十四首白話詩（包括「兒童樂」、「讀書」、「勸孝」、「治身」、「勸潔」、「沐浴」、「體操」、「認錯」、「戒大話」、「戒煙」、「戒賭」、「勸相愛」、「勸恤族」、「勸遊」），可以明顯感覺到陳榮衮這樣的清末啟蒙知識分子，是在用這種普通民眾易識易懂的語言形式，來傳達對於一種城市平民的新生活方式的呼喚，其中最核心的內容，其實是對一種「新民」的公共素質的宣導：自然、健康、清潔、衛生、陽光、仁愛、溫柔、進取。

人們習慣於引用〈兒童樂〉，是因為這首詩在自然清新的語言風格與思想情感風格之外，所表達出來的文學理想與生命觀感，是對傳統禮教規範與成人生活方式的一種自我「解放」。其實，《改良繪圖五字書》中還有不少類似妙句箴言。譬如，在〈讀書〉中就簡單明瞭地說清楚了人與書之間的關係：「飲茶能解渴，食飯能止饑。若欲曉道理，如何不讀書。」而我們更為熟悉的俗語，卻是「書中自有黃金屋，書中自有顏如玉」。與陳榮衮的讀書觀相比，後者確實顯得「猥瑣賤俗」，更關鍵的是，這種「猥瑣賤俗」的價值觀或讀書觀，通過這種傳播方式，種下「惡種」，對於後來讀書人品性之影響，實在惡劣不堪。

其實陳榮袞並不一味趨新，也沒有刻意迴避一些在他的時代那些新派知識分子中多少已經有些不怎麼討好的話題，譬如孝道。而在《改良繪圖五字書》中，就有一首勸孝詩，內容雖不怎麼新，但卻用一種通情之方式來達理，其情感語言細膩體貼：

細時不能食，我親乳養之。細時不能行，我親又扶持。我今已長大，正是讀書時。如何合親意，常得笑開眉。

陳榮袞並沒有將他的「新民」理想，簡單地等同於《三字經》文化所培育出來的「良民」身上，對於晚清中國社會民弱、民衰與民墮落的社會現實，身在廣東的陳榮袞比內地的知識分子們清楚得多，也更多直接感受體會，因此他的「新民」理想中，多了強身健體以及清潔衛生生活的時代內容：「沐浴身乾淨，從今病可除。衣裳勤洗換，泥垢莫成堆。」「身體常操練，操練能養生。筋骸多運動，血氣亦流行。日落踢皮燕，朝來舞啞鈴。不妨學排隊，長大即為兵。」

吸食鴉片菸與嗜賭，乃中國民間社會之兩大頑疾，前者不是靠一個抵制鴉片貿易就能解決，而後者也不是一朝一夕之功。陳榮袞式的啟蒙知識分子，並沒有將根除上述兩大頑疾的希望，寄託在體制性的力量上，而是寄託在新民的心志與意志力上，「莫食鴉片菸，一食魔鬼纏。菸癮忽然起，眼鼻水漣漣。面如鍋底黑，還聳一字肩。須戒第一口，菸床總莫眠。」「賭錢真下賤，無日得光鮮。當衫亦當褲，賣屋又賣田。父母常愁悶，親朋孰恤憐？人生有正業，不賭是贏錢。」而個人對於社會以及公共事務的冷漠，「自掃門前雪」式的國人心態，也是現代公民社會理想必須超越的狹隘與自私。陳榮袞的「新民」理想建設中，對此亦有期待。「汝看天邊雁，一隊同齊飛。汝看地上羊，一群不相離。汝等有朋友，相愛亦如斯。大家莫爭論，見面笑嘻嘻。」這是對個人與群體之間彼此倚賴、相互幫助的一種勸勉，而「海闊縱魚躍，天空任鳥飛。束裝遊外國，眼界異前時。山水處處別，禽魚種種奇。丈夫有遠志，切勿作鄉愚」的〈勸遊〉詩，則是對志向遠大、心懷天下的新國民的讚頌了。

一張照片　幾本舊書

旅美文史學者唐德剛教授仙逝了。我是從網路上獲悉這一不幸消息的。

我沒有見過唐德剛。有次本來有機會當面請教，又陰差陽錯地錯過了。不過這並不影響我對唐教授的研究文章的敬重。唐教授治學興趣廣博，尤其是在現代人物口述傳記方面用力尤深，成就斐然，素為學界倚重。他的《胡適口述自傳》，是我案頭上常擺常翻的書。

說起唐教授，倒讓我想起自己收藏的一張照片。照片上是兩位面貌慈和的長者，比肩而立，看上去照相的地方，是在一家旅館房間裡。這兩位長者，一位是文史專家鄧雲鄉，另一位就是唐德剛。

大概十餘年前，我在滬上讀書，在復旦九舍賈植芳教授的會客室裡，偶爾會碰到一來就坐在賈先生書房門口一把椅子裡且並不多話的鄧先生。鄧先生是賈先生的山西老鄉，不過鄧先生在北京出生長大，賈先生直到高中，才從家鄉到北京求學。

因為我也湊數算是賈先生府上一個常來常往的人，也就有緣且榮幸地與鄧先生結識。有幾次鄧先生說歡迎到他家裡去聊天，後來我還真去拜訪過鄧先生一次。記得臨行之時，鄧先生送我一張照片作紀念。因為手邊一時沒有他單獨的照片，遂將手邊這張他與唐德剛的合影照送給了我。那次與鄧先生見面後兩年，老先生就去世了。那時我在杭州謀生，聞此不幸消息，望著書桌上的這張照片，寫過一篇懷念文章。

鄧先生在《紅樓夢》方面的興趣愛好以及研究所得，讀書界學術界都有了解。上世紀八〇年代內地曾拍過一部電視連續劇《紅樓夢》，鄧先生是該劇民俗顧問。這說明鄧先生對《紅樓夢》的研究，不僅限於這部作品本身，連同它所描寫表現的那個時代社會以及民生風俗等，他無不浸潤涉獵且卓然有成。他多部以「舊京風物」為題材內容的著述，我都很喜歡讀。

唐德剛是史者，但他的研究文章中亦有個人情趣興味在，不像那種刻板的學術論文，有的地方，竟然覺得與鄧先生的文字異曲同工，難怪兩人會有比肩而立的緣分。

早幾年張學良在世，常讀到唐德剛整理張學良口述傳記的一些文章，其中不少涉及到現代民國史上一些敏感而又複雜的話題。唐德剛的文章，大多舉重若輕，縱橫捭闔之間，已讓人對曾經的風雲變幻了然於心，實在是大家文章。

當然唐德剛的文章我讀得更多的，還是他關於胡適的那些敘述議論。或許是因為同鄉、同學甚至同研究興趣等，唐德剛對畢業於哥倫比亞大學的這位同鄉先賢，應該是懷有不容懷疑的敬仰的。所以無論是他議論胡適的博士學位的文章，還是議論胡適情感糾葛的文字，哪怕其間不無揶揄，讀後不少地方令人啞然甚至噴飯，但其文章立意端正，並未有損於胡適聲名。

聽說唐德剛去世之前，將自己的藏書全部贈送給了他家鄉的安徽大學。這實在是一個值得去探尋的「寶藏」。唐德剛一生興趣廣博，涉獵領域眾多，再加上他讀書治學的時期，大陸正逢亂世。唐德剛在中西兩個世界中打拚，收藏一定不菲。相信安徽大學圖書館一定會專闢一個「唐德剛先生藏書」專室，便於研究者使用。

望著書架上唐德剛與鄧先生的合影照片，還有唐德剛的幾部著作，寫了這篇文字，聊表心中哀悼與紀念。

張季鸞與《大公報》

我讀徐鑄成《報海舊聞》，為其評述前輩學人、《大公報》創報三大元老之一的張季鸞的文字所吸引。這些文字，在我看來，不僅是知言，亦為至情至性之言。對於作為前輩長者的張季鸞的才、識、德、情、行等，均有深入得體的描述評價。

前不久，一次偶聚。席中有四〇年代末一度出任《大公報》編輯的郭根之哲嗣、浙江大學教授郭汾陽在座。談到二十、三〇年代的《大公報》，尤其是談到《季鸞文存》，大家無不唏嘘不已，連說現在出書不如印書——把民國時期那些有知識學問的根源來歷、思想上確有真知灼見的好書翻印出來，讓今天的讀書人好好讀讀民國文存，要比現在一些出版機構爭搶著出一些文字泡沫甚至思想垃圾的書強多了。其中就提到了是否可翻印張季鸞的《季鸞文存》。

我注意張季鸞及其文章，時間上大概是在上個十年的中期。因為要做二〇年代初的「學衡派」知識分子群體的考察研究，通過吳宓，需要瞭解二〇年代末到三〇年代初《大公報・文學副刊》的那段歷史。當時主要依靠的文獻，一是那三百餘期的《大公報·文學副刊》，再就是稍後出版的《吳宓日記》。

同樣為陝人，吳宓在日記中，對張季鸞這位鄉黨前賢如何扶持自己及所主持的「文學副刊」，有相當詳細的記錄，當亦可為對張季鸞這位對二〇年代至四〇年代中國的公共輿論頗有影響的言論者的文獻記載之一。不過，在《吳宓日記》中，或者限於時間上的「局促」，或者因為沒有見到三〇年代中後期直至四〇年代起初時期的張季鸞的文字風采以及思想驚雷，所以不得不從一種前置式的視角來觀察他，也就是在晚清到民國初期那些相對傾向於「保守」的思想陣營或者強調突出本土思想文化傳統的知識分子群體中，來打量揣摩張季鸞的思想來源與言論趨向。印象中他應該是一個身著青藍布長衫的長者——之所以是青藍布長衫，而不是當時學人中似乎更常見的灰布長衫，是因為覺得張季鸞的文字中，有一種發自肺腑至情的力量與風采，不沉悶，不滯澀，也不呆笨重拙，不像我們對黃土地的一般印象或想像。張季鸞的文字中，有一種特別的為思想、情感所推動著的行走感，不拘泥，亦不艱澀。如果不注意，還以為出自一個南方學人之手。

這並不是說張季鸞的文字中缺少北方學人文章中特有的大氣、大方與大度，而是說張季鸞的文字，有北方山水之澤的溫潤與靈性，不為塵蔽，亦不為拘牽，行走自如而歸屬明晰，是一種有根源、有路數和有歸依的思想與情感。

這種印象，在讀《季鸞文存》時很快就得到了進一步印證。

說來奇怪。一次極為常態的逛舊書店，在一排上個世紀八〇年代出版的舊書中，注意到一本印刷紙張極為粗糙、紙面早已經發黃剝落的書，不厚的一冊，書領上已經看不出書名。抽出來一看，是《季鸞文存》，題名人就是張季鸞的同鄉先賢、詩人書法家、後來以一首「葬我於高山兮」為海峽兩岸讀書人唏噓緬懷的于右任。

這真是讓我驚喜。因為我一直在注意上個世紀四〇年代由《大公報》館編輯出版的《季鸞文存》，但一直不遇。也曾託舊書店方面代為尋覓關注，但終未聞消息。不想如今竟然讓自己無意當中遇見了！

從《季鸞文存》封底版權頁文字可以看到，當時所出《季鸞文存》「全部兩冊」。我得到的是第二冊，第一冊未見。《季鸞文存》一九四四年出版之後，分別於四五年、四六年和四七年再版過。我所偶遇的這一本，當為一九四七年版，上面還標注著「版權所有，翻印必究」的字樣。出版者為「大公報館」。著明的地點，是天津第一區羅斯福路二四一號。但這一本發黃紙頁不少剝落的《季鸞文存》，卻成了我一段時間裡桌案上的「常客」。

我在舊書店所偶遇購得的《季鸞文存》，為全二冊中之第二冊。這冊所收文章，基本上都是抗戰時期寫成，首篇為〈本報在漢出版的聲明〉，刊登於一九三七年九月十八日在漢口出版的《大公報》，結尾為〈政治團結與軍事統一〉，發表時間為一九四〇年十二月二十四日，一共六十四篇社論或者時評。另附七篇隨筆雜感。

說不清楚什麼原因，我翻開書目之後，首先注意到的，不是那些讓張季鸞在現代社會公共言論史上贏得聲名的社論或時評，而是附錄中的〈歸鄉記〉。我一直有一種認識，就是真正具有感人力量的文字，首先必須發自寫作者自己的真性情，所寫所評所論，雖然為公共事件或者公共話題，但其中還是要有「我」。而〈歸鄉記〉，是張季鸞於一九三四年秋季，因其父百年紀念，並其母三十周忌辰，遂有回籍「謁墓」膜拜之行，為此而成的一篇報告文字，刊一九三四年十二月二十五日《國聞週報》。

在張季鸞看來，這篇文字既是對自己歸鄉謁拜父母的記錄，也是對那些關注他此行的「海內外親友」的一個報告，是一封「家書」。

文章中首先談到的，不是回鄉見聞。關於這類見聞，正如作者在前面已經介紹過了的，已經刊發《大公報》。作者在這篇〈歸鄉記〉中所寫的，不是沿途見聞，更多是關涉自己的思想情感，用他自己的話說，是「還鄉所經歷及感觸者」。

什麼是張季鸞「還鄉所經歷及感觸者」呢？

他談到了自己的家世與思想。這種在家庭或者乃至家族的背景上談論自己思想的來源的方式，一方面當然是事實，因為像張季鸞這種有家學淵源的讀書人，將自己的思想與家族的歷史結合在一起來論述，是再正常不過的了。但是，在這樣一個話題中，張季鸞並沒有如想像當中那樣，大談特談思想的家庭和家學來歷，恰恰相反，他談得更多的，是小家與大家，是一家之私與天下之公，並特別提出：

所以我的思想，是贊成維持中國的家族主義，但是要把它擴大起來。擴大對父母對子弟的感情，愛大家的父母與子弟。從報答恩情，擴大而為報共同的民族祖先之恩。這種思想，是很對很需要的。同時，應該排斥只知自私的錯誤的家族主義，不要只求自家繁榮，甚至於不惜損人利己。

這段文字，是一個回籍謁墓者極為理性而超越的心聲。如此心聲，是對傳統家族主義，尤其是在中國某些偏遠地區依然盛隆的家族主義或者宗族主義的一種新解讀，其中既有古代儒家「老吾老以及人之老，幼吾幼以及人之幼」思想的保留，亦有對歷史傳統中的家族主義偏狹局促觀念的很克制的批評。這種批評，滿懷著一種真心的寬容與體諒的溫情，是對族親、鄉親以及地方主義的一種提醒，也是對現代中國的大國家主義的一種昭示。

有意思的是，張季鸞說：「我自己的思想，大概在這一段話中。」也就是上面所引那一段話中。為什麼他要在這樣一個語境中，說這樣一段話呢？作為一個公共言論者，尤其是一個對現代中國懷有理想與期待的學人，對於阻礙中國現代化的文化傳統滯礙，包括傳統家族主義、地方主義以及與之相伴生的自私自利或損人利己的種種思想，在張季鸞看來，都是影響阻礙中國的現代化或者中國從傳統走向現代獲得復興和新生的內在障礙。事實上，張季鸞是在借這次自己表面上依然傳統的回籍謁墓這樣一種形式，來抒發自己對新時代、新思想、新中國的新文化的理解與期待，是在借對於自己個人與家庭命運的敘述，來揭示一個家族、一個地區乃至一個國家，要想興旺發達，走向真正的現代化，所需要經歷的裂變。

這樣的一個張季鸞，與一般人印象中那個形象比較老舊的張季鸞，無疑是有距離的。而事實常常如此：印象總是靠不住，但我們卻又往往依靠印象對人與事產生第一反應。

前文中提到張季鸞在他的〈歸鄉記〉一文中，談到自己的人生觀，並將其概括為「報恩主義」——「就是報親恩，報國恩報一切恩」。在對這種人生觀的進一步補充解讀中，張季鸞又談到了人生的責任與權利問題，並認為，在這樣一種人生觀中，「一切只有責任問題，無權利問題」。他還說，自己這種人生觀，並非來自某種道德倫理，不是被灌輸教育的知識結果，「不是得諸注入的智慧」，而是來自於自己的親身體驗：「是從孤兒的孺慕，感到親恩應報，國恩更不可忘。全社會皆曾對我有恩，都應該報。」

張季鸞為什麼會在這樣一篇〈歸鄉記〉中，大談對民族國家社會的感恩與報恩觀點呢？他如此言說的現實語境究竟如何？其實，在這篇文章中，他自己已經說得很清楚：「現在中國民族的共同祖先，正需要我們報恩報國，免教萬代子孫作奴隸！」並非全然如上文中所提，僅限於「親親而仁民，推廣骨血的至情，涵養愛人愛國的誠摯」。固然這種思想並不違背時代的潮流，也是中華民族忠孝傳統的一種現代延續。但在一篇回鄉記中，大談特談這種報恩思想，除了個人家庭因緣，實在與當時中國所面臨之危急局面，也就是當時中國日趨嚴峻的外交與軍事形勢密切相關。

在「居鄉月餘的感想」一節，張季鸞借瞻仰故鄉舊物景觀，對歷朝歷代保衛邊關的先輩們，表達了後來者的敬仰：

在鎮北台上，四面遠望，但見成列的烽墩，向東西兩方，無限展開。向西一直通寧夏，向東到黃河，看這四百年前軍事上的偉大設備，令人想見祖先們保邊衛國的辛苦。再往上想，從周秦以來，吾族祖先們在這萬里邊塞之間，不知流了多少頸血，受了多少艱苦！一代一代地這樣守衛著，奮鬥著，榮枯興衰之間，不知犧牲了多少仁人志士！

如此感慨，自然不是憑空有感。實際上，《季鸞文存》第二冊，所收文章全部為抗戰時期所寫，文章內容，也集中於談天下興亡。而這些話題，並非拘泥於歷史，而是完全針對當下。譬如，即便是在〈歸鄉記〉這篇文章中，談到邊塞地區的苛政，談到青年人甚至整個社會的無出路，談到如何為大家的大飯碗找出路等等，季鸞先生的思想，其實還是在積極幫政府想辦法，而不是片面發洩一個言論者不負責任的指責批評。這樣的思想來源，當然與上面所提到過的「愛國主義」，或者放大了的家族主義那種親親而仁民的「仁政思想」一脈相承。

就在這樣的文字中，作者沒有忘記對比當時關內關外民眾生活的一般處境，談到了在失去了國家主權之後，關外民眾生活以及工商業所遭遇到的種種打壓，「你看東北的墾民，無端剝奪了墾殖權，華人商業，完全一落千丈，可知現代的亡國，比過去更苦，不但政治上失自由，並且經濟上作奴隸。所以中國的急務，是喚醒並領導青年，共同發願，以維持民族生存為惟一的目標！」這樣的言論，當然早已經超越了一般泛泛議論，而是針對性極強的出謀劃策。張季鸞為當局所提出的一個時代大命題或者大任務，就是「維持大飯碗，尋求總出路」。

這兩句話，既關涉內政民生，又與國家外交密切相關，尤其是當時中日之間日趨緊迫的衝突關係。基於國本主義立場和愛國主義情懷，張季鸞在六十餘篇社論或時評中所宣導的最基本思想主張，其實就是上述兩句話十個字：維持大飯碗，尋求總出路。

這樣的思想，在張季鸞這裡，在他的文字中，早在九一八之後就已經屢屢出現。在〈我們有什麼面子？〉一文中，他就對九一八之後一個中國現代報人的「無動於衷」或者「苟且偷安」的生存哲學，提出了懷疑與批評。這些懷疑與批評，既是對作者自己這樣的報人的，無疑也是說給所有國人尤其是當局聽的，在這樣一個喪權辱國的時代，輿論者還要做「恬不知恥」的輿論引導，在張季鸞看來，實在是報館和記者們的恥辱！歸結為一句話，還是與他歸鄉期間的思想一致，那就是「國家不穩，什麼事業能穩？國家無把握，什麼事業能有把握？」

所以，「不能混了！」——國家現狀就是這樣，中國人不能混了！以四萬萬人的大國，落到這種不能混的地步；而我們這樣，賴國家栽培受過若干教育，仗社會優待，吃過多年飽飯的人，一面束手無策，一面依舊寫些一知半解的文字，號稱做輿論的工作。不細想則已，細想起來，焉能不羞愧欲死！

抗戰之前，《大公報》的總主筆的思想如此，對國家對社會的憂慮和責任意識如此，抗戰期間，《大公報》對抗戰的態度，自然也就可想而知。

如果我們將抗戰前後、包括抗戰期間一些報紙的社論時評文章拿來，做一個主張上的比對，看一看那些言論在抗戰前怎樣，抗戰中又有怎樣的改變，抗戰結束之後又是如何，或許會有一些發現和感慨。

我偶然購得《季鸞文存》第二冊的時候，恰逢正在讀上海抗戰爆發前後胡蘭成主持的《中華日報》上的輿論，以及四〇年代初他離開《中華日報》，主持《國民新聞》的社論與時評。將張季鸞主持的《大公報》上所刊發的抗戰愛國言論，與胡蘭成在抗戰當中先抗戰愛國、後「賣國求榮」式的變節言論拿在一起對讀，實在讓人感慨不已。

譬如，說到救國與勤勉地工作，說到愛國從我做起，做個人做起，張季鸞的言論不可說不「進步」——他甚至連那些組織公演舊戲的學生劇團，也實在看不慣，提出批評說：

今日何時——卻有工夫迷信這些無益之事。哼幾句戲，隨便消遣，尚屬無妨；認真的上台演唱，要費多少腦力與光陰？受高級教育的青年，在今天，還有閒心迷信這些事。要講藝術，應該創造些比職業的舊戲家更藝術的玩意，犧牲嚴重光陰，模仿他們做甚。這種事實本身，可說是一種悲劇了！

將抗戰之前青年們在舞台上表演傳統舊戲，看成是一種與時代無益的行為，甚至是一種時代悲劇！張季鸞的這種認識和觀點，不可說不激烈，不可說不急切！這不禁讓人想起抗戰爆發之後，在全國文藝界，尤其是國統區文藝界當中所爆發的「抗戰文藝」論。與抗戰無關的文藝，尤其是那種傳統文人修心養性、談天說地一類的文字，在這種思維中，恐怕也屬於與抗戰無關亦無益的文字，平時尚可，此時無益；偶爾尚可，宣導無益。這大概也是抗戰中某些文藝觀不為時局所接受的原因之一——抗戰大於一切，一切為了抗戰。

很難說張季鸞就是在宣揚一種抗戰文藝，但是他的上述言論，卻至少顯示出兩點資訊，一是對於傳統舊戲，張季鸞並沒有所謂現代文化保守主義者那樣的傳統情結，並非是一個現代的抱殘守缺者，相反，他對某些傳統藝術形式的現實意義，倒有著極為清醒的認識把握；二是他將文藝與青年、文藝與社會、文藝與現實乃至文藝與民族國家的未來之關係，看得極重。在他看來，當時的中國，娛樂已經無暇，更何況是一種不良的娛樂！「願全國青年們想想：在這嚴重國難之下，受這點教育，時機如何寶貴，意義怎樣莊嚴？常這樣想著，就是知恥之道了！」

其實，沒有讀過二〇到四〇年代《大公報》社論的青年，尤其是今天的青年讀者，包括沒有讀過張季鸞的文字的人，以為這一在當時具有影響力的大報和大報的總主筆，定然不會想到，這份報紙、這一主筆，當年還如此熱血沸騰！在〈九一八紀念日論抗戰前途〉（一九三七年九月十八日《大公報》）中，張季鸞有這樣一句話「今年今日，卻已展開了壯烈的血戰，以清算六年來日本侵略中國的恥辱」。

抗戰前後，國內政界知識界有所謂高調抗戰論，亦有所謂「低調俱樂部」。前者抗戰爆發之後，倒確實成為抗戰抵抗之中堅力量，而後者，那些所謂理想冷靜思考抗戰前途以及國家民族前途的人，大多卻成了落水附逆的急先鋒。其實，當初的「低調俱樂部」中，亦不乏高調抗戰論者，不過這種高調，並非是一種認真的態度，不過是為了個人贏得某些實際的利益而已。這跟張季鸞多年來一慣的愛國力量、抗戰立場和堅信一個現代的民族國家，只有通過這樣一場被強加在自己身上的侵略戰爭，才有可能獲得真正意義上的民族覺悟與解放的思想主張之間，實在不可同日而語。

在這篇鼓動民眾堅持信心、積極抗戰的文章中，張季鸞已經鮮明地提出「中國能持久必能勝利」的觀點。而在隨後若干篇社論中，張季鸞所鼓動的，依然是全社會的總動員、全民族的總抗戰，一切為了抗戰的思想，固然與當時最高當局的抗戰政策一致，但在張季鸞這裡，卻是與他抗戰全面爆發前若干年就已經表達過的民族主義、愛國主義思想一脈相承。

這種思想，是一個真正的愛國者的思想，是一個真正對現代中國抱有期待與理想的言論者的思想，也是一個現代報人，借助於報端輿論，來影響大眾、影響社會，以圖實現民眾覺悟、社會覺悟和社會民族進步者的理想。

這種言論，跟《中華日報》三七、三八年時期的高調抗戰，復刊後的「投降言論」相比，實在是有天壤之別。但不說愛國不愛國，但就現代那些機械的進化論者所堅持的觀點——凡老者就一定反動，凡青年就一定新潮進步——之間，也實在有巨大的反差。其中的原由，亦實在值得我們深思，即便是今天。

關於《爲愛朗讀》

二〇〇九年第八十一屆奧斯卡電影金像獎獲獎影片《為愛朗讀》（《The Reader》），港譯《讀愛》）的原著作者說過，這不是一部一般意義上的有關納粹或者屠猶主題的影片，它所集中探討的，是戰時一代德國人與戰後一代德國人之間的關係。

什麼樣的關係呢？為什麼關係構成了文本關注的中心而不是故事？其實，如果從漢娜法庭上被審、邁克與漢娜在法庭上再次奇異地重逢、漢娜被判入獄開始，《為愛朗讀》就已經將敘述的重點，轉移到了邁克身上，也就是戰後一代德國人身上，因為二戰結束前三年，邁克出生。也正是這戰前三年出生的身分，注定了他與戰時一代之間存在著一種揮之不去又莫名其妙的關係。

某種意義上來講，《為愛朗讀》探討的主題，顯然已經大大超越戰時與戰後一代德國人之間的關係這樣一個過於現實的主題。就故事中的女主角漢娜一方來說，戰時的經歷成為她戰後受審並入獄的原因，這是一條已經被法律化甚至社會道德化的「常識」，絕大多數德國人都自覺或不自覺地遵循著這一常識。所以《為愛朗讀》中漢娜的故事，確實是一條有關納粹或者屠猶主題的故事線索，如果說對這一荷里活影片中常見主題有什麼深化拓展或者突破的話，就在於它直接就戰時無數普通德國人的戰爭罪責問題進行了追問，但也不過僅止於此而已。

《為愛朗讀》引人關注的，在於它通過一段男女主人公之間的「不倫」邂逅故事，將所謂戰時一代與戰後一代奇妙地聯繫了起來，從而使得任何對戰時一代的審判，都不再是一種對於後者來說事不關己的行為，而還可能是一種牽腸掛肚的不忍與不捨。甚至法庭上所追問的歷史真相，也不像影片中所呈現出來的那樣，隨著當事人的被審判，歷史的真相也就隨之而出，並最終定案。真相比法庭上的審判似乎更隱秘更複雜，也更個人化。而那種已經法律化的罪責追問，在這時就顯得粗糙機械甚至教條。但影片並不是要否定納粹的戰爭罪責，也不是為曾經的屠猶行為辯護，而是在為我們提供進入歷史真相的另外一種可能性：這種可能性不是法庭上的義正詞嚴的審判，也不是眾口鑠金式的道德譴責，而是極為個人化的內心深處的觸動，一種類似於揪心的疼痛感，一種與己相聯的切膚之痛。但這種同情，並非是對戰爭罪犯的無原則的同情，而是對生命在具體的時間空間裡的行為的認知、反思與批判，如何進一步推向深入的問題。

很顯然，《為愛朗讀》中的邁克，在審判漢娜的法庭上的遭遇，關乎他的「青春記憶」。而這段記憶，又與他的「童貞」有關。在「純粹記憶」與「個人責任」之間，法庭上的邁克陷入到或許是他人生第一次如此重大而又迫切真實的兩難之境當中。

我們或許可以說，此時的邁克對漢娜，是在「經驗」與「記憶」之間的掙扎，經驗很短暫，兩人接觸的那些時光，或者全部加起來也不過是一個夏天，但邁克對此的記憶卻很漫長，幾乎持續也可以說折磨了他一生。可以想像為什麼他結婚後會離婚，包括他對女兒的冷漠態度，以及他對其他家人的態度等，所有這些，都可以從那個夏天的經驗和對那個夏天的經驗的青春記憶中找尋到答案。他無法超越的，與其說是成人社會的道德律，還不如說是他自己能夠認同的「童貞」——那是一個人最本原、最自然也最純粹的愉悅與快樂，如果他連這樣的「童貞」都可以遺忘，都可以背叛，都可以不負責任，這樣的自我與生命，其實已經無異於行屍走肉。

邁克其實就是在這樣的青春記憶中行走，一生都在如何面對這樣一個自我或者這樣一段記憶中徘徊掙扎。生命的意義與品質，也在這樣的徘徊與掙扎中顯示或者模糊，並最終呈現出一個現實社會能夠認同的朝向。這種朝向，是以邁克當初的「青春記憶」，與後來法庭上的「創傷記憶」相互交織催逼而生成的。

影片中很多人會被漢娜在法庭上的行為以及其他當事人的行為所吸引。其實，邁克對漢娜的態度，更應該被關注，因為後者的現實意義和當下意義，一定程度上甚至超出了前者。影片中的邁克用三個實際行為，來作為自己早年記憶的反饋落實，一是重複給獄中的漢娜朗讀——這是青春記憶甚至青春歡樂的一種復甦；二是接獄滿釋放的漢娜——這是一種已經生活化了的道德感，其中已經沒有多少青年的衝動與激情在其中，這也應該是漢娜自殺的導因之一；三是完成漢娜遺願，將獄中積攢的一筆錢贈送給遠在美國的受害倖存者。這三個行為，其實在現實層面、日常生活層面，也都不是輕而易舉就能夠去做並做到的。

影片中同樣值得關注或者被按上了一個西方式的「光明尾巴」的，就是影片結尾邁克帶著一直關係並不怎麼融洽的女兒，前往漢娜的墓地。在這裡，他或許會講述那段僅僅屬於他自己或者他和漢娜兩人的歷史故事。這種富有象徵意味的結局，似乎預示了一種與歷史之間的和解，或者與下一代與上一代人之間的和解。而這種和解本身，似乎還包含著某種更隱秘的訴說：歷史真相，是否也在這樣的和解當中得到了解答，而我們對歷史真相的態度，是否也可以在這樣的解答當中得到修正。

影片中的邁克與漢娜第一次邂逅時，前者十五歲，後者三十五歲，時間為一九五八年。兩人在法庭上重逢時，是一九六六年，此時的邁克二十三歲，而一九四五年的漢娜犯下將她自己送上法庭的屠猶罪責的時候，也正是二十三歲。同樣的年齡，當年的漢娜在眼見大火時候的「不作為」，與法庭上邁克已經揣測出了歷史真相時候的「不作為」之間，又究竟有著怎樣的不同與相同呢？這是一個更需要去追問與深思的問題。

徐志摩的六封英文信

我並不是專門從事徐志摩研究的，甚至五四以來的白話新詩研究也非我專長。但卻因為一個說不大清楚的因緣，成為了浙江版的《徐志摩全集》編輯委員會中的一員。廁身於一幫專家之中，最老實也最有效的提高自己的辦法，就是趕緊埋頭讀書，少說話以免讓專家們發笑。埋頭讀書不難，但少說話似乎不大符合我的性格。於是，在將陸小曼版、張幼儀版、韓石山版、廣西版等幾個不同的《徐志摩全集》版本翻完後，還是禁不住班門弄斧的慾望，一口氣寫了二十二篇有關徐志摩的千字文，在香港《大公報》「大公園」副刊連續刊載。

閱讀徐志摩全集之餘，也就發現現有幾個版本中所存在著的「欠缺」：在這幾個不同版本的全集中，徐志摩英文書信收集不多，顯然不會是將徐志摩一生與域外之人的文字往來書信全部囊括殆盡了。於是覺得我們既然要編輯一個最新的徐志摩全集，如果說在作品輯錄方面已經難以有多少突破，那麼最可能彌補現有幾個不同版本之不足的，大概就是書信日記了。而書信中最有可能有所突破的，則無疑是徐志摩與泰西諸人的往來信函。

眾所周知，徐志摩曾經在美國和英國留學，尤其是他留學英國期間，與當時倫敦的文人圈子有所往來。關於這段歷史，不僅見諸徐志摩自己的文字，亦有研究者曾專門闡釋過，但從各種闡釋來看，似乎並沒有窮盡徐志摩此間所有英文書信，包括徐志摩此間極有可能發表於英國倫敦的一些報刊上的英文作品。不過，所有這些當然還只能是自己的「感覺」，尚待新發現的書信作品證實。

於是乎，我先後給加拿大 Mc Master 大學，美國克拉克大學（Clark University）和哥倫比亞大學（Columbia University）、英國倫敦大學亞非學院（London University SOAS）等可能藏有徐志摩檔案文獻的大學檔案館發出了尋求幫助的電子郵件。出乎我的預料（當然包括整個編輯委員會成員的預料），我很快先後接到了上述各大學檔案管理人員的回覆，均稱他們那裡收藏有一個名叫 Chang-Hsu, Xu（徐志摩的學名為徐章垿）的中國人的檔案資料，其中最先給我寄來的美國克拉克大學所藏文獻資料中，不僅收錄有徐志摩當初為獲得碩士學位申請資格而提供給學校當局他在上海浸信學院、天津北洋大學以及北京大學預科時期的學習成績，還有他為此而給克拉克大學的專業主課教授所寫之要求予以幫助的便條。這些資料在現有各版本的徐志摩全集中均未曾見過。而加拿大 Mc Master 大學檔案管理人員 Carl Spardino 最為熱心，不僅是上述幾所大學中最早告知我他所任職的檔案館中收藏有關於徐志摩文獻的，而且立即讓我告知郵寄地址，免費將所藏文獻資料複印郵寄給我。遺憾的是，在這批資料發出近兩個月後，我仍然沒有收到。無奈之下，只好再次向 Carl Spardino 去郵件，告知沒有收到的事實。而讓我不能不再次激動不已的是，Carl Spardino將這批資料再次複印一遍給我寄了出來。但沒有想到的是，就在 Carl Spardino 郵件中告訴我已經將重新複印的資料寄出的當日，我卻收到了他此前寄來的文獻資料。

這批資料中有徐志摩寫給英國語言學家 Ogden 的三封信。其中兩封為手寫，一封打印。手寫信分別寫於一九二一年七月十二日和十八日，當時徐志摩尚在倫敦留學，打印信寫於一九二三年的五月十日，地點是北京的 Shih-Hu 胡同七號的松坡圖書館（Sung-Po Library）。手寫信每封均為一頁，而打印信為兩頁。這些信的發現，對於彌補徐志摩二〇年代初期與英國文人圈子的往來文獻所缺，無疑是有益的。

這樣一來，在收到的兩所大學寄來的文獻材料中，已經有徐志摩六封英文書信。而另外兩所大學即將寄來的資料中會有怎樣的發現，我現在還不得而知。但無論如何，因為查詢這些收藏於海外大學中的徐志摩文獻資料而得到海外這些陌生友人的慷慨幫助的事實，卻讓我在意外收穫幾封徐志摩書信的同時，還意外收穫了跨越海洋的異國情誼。這樣的因緣，都是徐志摩所帶來的。

徐志摩的「錯誤」

民間流傳的不少「名人逸聞」，其實都不免有訛傳之嫌，甚至還有不少事實性的「錯誤」。

在現代中國名人中，徐志摩可算是一位「逸聞」多者。某種意義上，民間流傳的「徐志摩」，幾乎就是一個被「逸聞」所包圍和重新塑造的徐志摩，距離那個真實的徐志摩甚遠。而時間一久，「假」早已成真，真的也早已被遺忘，或者人們早已不願意接受那個所謂真實的徐志摩——真的徐志摩，哪裡有假的徐志摩可愛呢？徐志摩超越生活現實的大量「行為藝術」，早已經極大地刺激並滿足了被現實重壓和世俗包圍的普通百姓的好奇心，平凡的生活，確實也需要徐志摩式的「不平凡」的言語行為來破解和點綴塗抹。

不妨說一個例子。汪曾祺的〈沈從文先生在西南聯大〉一文，寫的是他的老師、現代著名作家沈從文抗戰時期在西南聯大的言語事蹟。學生寫老師，且為親歷，可信度自然就高。不過，我這裡要說的，並非是文章中寫沈從文部分，而是文章中引述的沈從文講述徐志摩的一段文字。文字如下：

談徐志摩上課時帶了一個很大的煙台蘋果，一邊吃，一邊講，還說：「中國東西並不都比外國的差，煙台蘋果就很好！」……

沈先生談及的這些人有共同特點。……為人天真到像一個孩子，對生活充滿興趣，不管在什麼環境下永遠不消沉沮喪，無機心，少俗慮。這些人的氣質也正是沈先生的氣質。「聞多素心人，樂與數晨夕」，沈先生談及朋友時總是很有感情的。

徐志摩是沈從文的朋友，沈從文能到當時胡適校長的中國公學任教，據說就得益於徐志摩的引薦。沈從文從三〇年代開始直至四〇年代末，原本僅指望靠一枝筆打出一片天地，其實還在大學的講台上站了十幾年。上述一段引文中，沈從文提到了徐志摩在大學講台上的「風儀」——這是一種今天的大學生只能想像而無法親歷的「名士作派」。今天的大學講台上，不僅不能當學生的面吃蘋果（其實也不大雅觀），連香菸也不能吸了（而當時老師和學生都吸菸的情景，原本在西南聯大時期的聞一多的課堂上也是常見的）。汪曾祺提到的這段「雅事」，出自他的老師沈從文之口，當無編造；沈從文為徐志摩好友，又是現代著名作家，亦無為他人編造此類雅事之需要。但是，這一「故事」中所提到的煙台蘋果一說，卻有誤。

吃蘋果的徐志摩當時不知道的是，他吃的煙台蘋果，並不是中國本土原產，而是經過晚清新教來華傳教士倪維思將自己從美國帶來的蘋果與煙台當地蘋果的嫁接而成的一種新品種。今天一般人所喜歡吃的煙台蘋果，都是這一中、西嫁接的後代。徐志摩是一個詩人，不過他在美國留學時，亦曾接觸過晚清來華傳教士，譬如他就曾數次聽過美國來華傳教士李佳白的演講，甚至為後者傾心力於中國救亡富強事務的行為所感動。

不過，無論是當時學政商的徐志摩，還是後來專心於文學的徐志摩，對於煙台蘋果的來歷，卻實在沒有用過心思。也因此，原本是一件足以豐富這個現代浪漫詩人之生平風儀的「雅事」，卻是建立在一個錯誤的事實判斷基礎之上。

如果說徐志摩當時不知道煙台蘋果的來歷還可原諒，沈從文四〇年代在偏於一隅的昆明「舊事重提」亦屬正常，八〇年代以後的汪曾祺在記述先賢的言行中依然沒有意識到其中可能存在的「問題」，就說明面對名人雅士，要擺脫一般習慣心理，確實不是一件容易的事情。

陳獨秀的《金粉淚》

近因搬家，塞在舊居邊角中的一些「寶貝」也都一一被重新發現並被清理出來，其中有一友人題寫的條幅。條幅上書寫的是陳獨秀的兩句詩：「行無愧怍心常坦，身處艱難氣若虹。」當時為什麼選中了陳獨秀的這兩句詩，具體情形已經記不大起來了，但現今鋪展開來細觀，還是能感覺到詩句背後所蘊積的力量，不絕如縷地撲面而來……

五四時期的啟蒙先行者中，安徽人陳獨秀與胡適，文章有一點相同：清楚明白。但若要論文章的力量，顯然陳獨秀的文字更有力透紙背的勁道，而且比較而言，陳獨秀的文字在文采修辭上，似亦有其獨到處。跟胡適的學者文章相比——尤其是現代歐洲學術訓練背景下的學者——陳獨秀的文字，讀起來似亦更有中文味兒。

一般人印象中，陳獨秀的文章，多在政論時評文化方面。其實，陳獨秀還留下了不少詩作。不僅有舊體詩詞，還有一些譯詩和自作新詩。近讀《陳獨秀詩存》（安慶市陳獨秀學術研究會編注，安徽教育出版社），對其中所收陳獨秀「金粉淚五十六首」印象深刻。在現有《陳獨秀詩存》中，「金粉淚五十六首」無疑佔據極為重要的地位，其實，應該說即便是在陳獨秀一生著述中，「金粉淚」也是了解掌握陳獨秀這一時期思想心理以及他對國民黨當局和當時社會政治等的認識觀點的重要文獻。當然，這些詩作亦可看出陳獨秀在中國傳統詩詞文化方面的修養。從一九三二年十月被國民黨當局逮捕，後判禁南京，陳獨秀在獄中困頓五年，一九三七年八月，全面抗戰爆發之後，方才出獄。但此後直至去世的五年中，陳獨秀生活上困窘交迫，殊少安適，尤其是政治上見不到任何前途未來，人生事業進入到一個絕對的黯淡期。而「金粉淚五十六首」，正是陳獨秀在獄期間所作——這段時間，也正是陳獨秀人生事業的一個大關口或大轉折。

與此相關，當時身陷國民黨囹圄的陳獨秀，念茲在茲的，依然還是政治。詩中所涉及，也多為家國山河，絕少風花雪月兒女情長。依舊殘留在南京這座六朝古都、金粉之地的驕奢淫逸之氣，依然不曾消磨掉陳獨秀身上那種豪邁的英雄氣。「金粉淚」的第一首，就是感慨國破身在、壯志難酬的憤懣、無奈與痛惜之情：

放棄燕雲戰馬豪，胡兒醉夢依天驕。
此身猶未成衰骨，夢裡寒霜夜渡遼。

比較之下，「金粉淚」第二首對於當時國民黨當局官場的批評諷刺更甚，亦讓人聯想到他的

《國民黨四字經》的嬉笑怒罵恣肆汪洋：

要人玩耍新生活，貪吏難招死國魂。
家國興亡都不管，滿城爭看放風箏。

以陳獨秀對現代中國政治、文化、歷史、社會等諸方面之了解與洞悉，南京當局當時所玩的那些愚民欺世的把戲，騙得了一般百姓，但怎能瞞得過陳獨秀這樣的巨眼法眼火眼？所以，輕飄飄的幾句「抽水馬桶少不了，洋房汽車沒有不行。此外摩登齊破壞，長袍騎射慶昇平。」就將那些糊人唬人的面紗扯個精光！對於憲政民主與法制社會的期待，與對於現實社會深刻的體認了解，再加上與現代中國歷史同生死、共命運的特殊個人經歷，讓陳獨秀的「金粉淚」中不少詩篇，讀起來都有超越一般政治諷喻詩的洞察力與思想力。這些詩篇，今天看來，亦並非僅只有歷史文獻之價值，也不只是一種個人心路歷程的文學表達與反映，而是仍有其一定的現實意義在。

夢想家與傳道者

夢想家與傳道者，大概是一體兩面——一個夢想家，總是會急於將自己的「夢想」，變換成別人的現實；而一個傳道者的嘴巴裡，其實無非是自己曾經的「夢想」或者他人接著做或待做的「夢」而已。

這讓我不禁想起俄羅斯作家屠格涅夫的小說《羅亭》中的那個「多餘人」：一個似乎一直耽溺於夢想的傳道者羅亭。無論是在俄羅斯都市貴族們華麗的會客廳裡，還是在廣袤無際的土地上，羅亭像一個幽靈，在俄羅斯的心靈中或土地的上空徘徊。他始終在喋喋不休地說著一個早已經被重複了多少遍、多少代的夢想。在那個夢想中，俄羅斯像一隻色彩斑斕的蝴蝶，或者一台可以組裝在一起、精確而協調一致地高速運轉的機器，或者，一個被徹底解放、獲得了自覺與精神的年輕生命。當然，夢想家羅亭最終實踐了一個夢想家通常不用去認真對待的命題——用自己的生命，去丈量了一個夢想家的夢想，與現實之間的距離到底有多麼遙遠這樣一個其實很簡單的算術題。

周作人在他的自編文集《藝術與生活》中，有這樣一段文字：

一個人在某一時期大抵要成為理想派，對於文藝與人生抱著一種什麼主義。我以前是夢想過烏托邦的，對於新村有極大的憧憬，在文學上也就有些相當的主張。我至今還是尊敬日本新村的朋友，但覺得這種生活在滿足自己的趣味之外恐怕沒有多大的覺世的效力，人道主義的文學也正是如此，雖然滿足自己的趣味，這便已盡有意思，足為經營這些生活或藝術的理由。以前我所愛好的藝術與生活之某種相，現在我大抵仍是愛好，不過目的稍有轉移，以前我似乎多喜歡那邊所隱現的主義，現在所愛的乃是在那藝術與生活自身罷了。

其實，藝術家們對於實際的人生，有一種近於封閉的空想，甚至循著這樣的空想，還要去做實際的實踐，未必一定是要去「啟蒙」別人，不過一幫有著相同夢想的同路人自娛自樂而已，這樣的「故事」，東西方文學史上都不少見，古今亦未見有多少分別或所謂改變進步。十九世紀的歐洲知識分子，似乎特別容易「做夢」——個人容易進入夢境，群體亦然。整個空想社會主義的歷史，都可以作為上述歷史的註腳。更有甚者，這種夢想症還容易傳染，而且傳染力又特別強——可以隔著千萬里之遙的大西洋，從歐洲傳播到美國。十九世紀上半期美國新英格蘭的一幫思想家作家藝術家，不僅在一起談論自己的夢想，甚至還循著夢想組織成了一個「農莊」——一種具體的夢想式的生活方式。當然，這種實踐最後以鳥獸散告終。美國小說家霍桑的《福谷傳奇》中，可以讀到那些夢想家們的當年的心路歷程。

讓二〇年代初期的周作人心動的日本的新村運動，與美國的「幸福農莊」大抵差不多，都是夢想者將自己的夢，拉扯到現實生活中而生成的一種形態。不過，有意思的是，似乎有的夢想家從一開始，就清楚地意識到了自己是在做夢，或者是在夢境之中，而有的夢想家則不然，全然以為人類社會與文明的真理，就在自己的掌握之中，一副人類未來盡在我手中的自滿，其實，不過是一種自我虛妄的放縱而已。

不過，撇開夢就像是霧水，太陽一出就會消散一樣的窘境，在現實生活中，倘若夢僅限於做夢者的夢中，在一個日漸枯乏的時代，這樣的夢，也實在找不出全然清除掉的理由。用周作人的意思，這樣的夢，其實不過是「藝術與生活」——一種僅限於自我趣味的藝術與生活而已。

那些不走出書齋或者自我心境的「夢」與「道」，終歸還是能夠找到適宜其存在的「土壤」的吧，過去如此，當下似亦如此。

中、美雙「進士」陳煥章

晚清自開啟中國學生赴美留學以來，先得西方學位，歸國之後再循例賜給中國「學位」者並不鮮見，辜鴻銘、嚴復等為其中佼佼者。亦有先在中國科舉制度中獲得「學位」，而後申請官派或自費放洋留學者，此類留學生亦不罕見。但先在國內已得最高「學位」，而後出國留學，並在國外亦得最高學位者，絕對屬鳳毛麟角。而陳煥章（一八八〇至一九三三）則屬於這少之又少中之一個。說陳煥章屬於「少之又少」中之一，一是他出國去美之前，已經是大清國的「進士」。光緒三十一年奉派赴美留學，一九一一年獲哥倫比亞大學博士學位。按照當時的說法，陳煥章屬於中美「雙進士」，更難得的是，他是在拿到了中國的「進士」之後申請赴美留學的，無論在當時亦或現在，這樣的求學履歷，都甚為罕見；二是陳煥章師出名門——他是廣州萬木草堂的學生。提到清末廣州的萬木草堂，稍有歷史知識者都清楚，那是康有為在維新變法之前形成並傳播自己的變法思想、培育變法思想種籽和幹部的地方。而大名鼎鼎的梁啟超，自然也就成了陳煥章的同門。

其實，晚清中國正處於傳統與文明大變革的時代，所謂的「第一人」太多了，但陳煥章的這「第一人」，應該是光榮的第一人。而其光榮處，還不僅於此。

一九一一年，也就是辛亥革命爆發之時，大清國的進士陳煥章，獲得美國哥倫比亞大學的博士學位。這在中美教育史上，絕對是值得特別重視的一個個人「事件」。更有意思的是，陳煥章的博士論文，亦顯獨特——The Economic Principles of Confucius and His School，用陳煥章進士自己的翻譯，就是《孔門理財學》。據說此論文在當年即被選入哥倫比亞「歷史、經濟和公共法律研究」叢書出版，這比六年後另一位哥倫比亞大學引為驕傲的中國校友胡適畢業之時享受到的待遇有過之而無不及。

因隔於時代與專業，陳煥章當年的博士論文沒有見過，也就無法閱讀。而且所謂《孔門理財學》，這樣一個書名，聽上去怎麼都有點怪怪的，甚至會聯想到那些只要交點錢就可以買張文憑的「野雞大學」畢業的學生的論文題目。

真實的狀況又如何呢？一九一五年夏，時在美國西北大學求學的梅光迪，在致胡適的至少兩封書信中，提到了陳煥章和他的博士論文。在七月八日寫給胡適的信中，梅光迪說：「近得見陳煥章之書（藏書樓中有之），推闡孔教真理極多，可謂推倒一世，望足下一讀之也。」可見此書並非是想像中的那種糊弄人的「文字垃圾」。料想身為「雙進士」的陳煥章，定當在中西跨文化和文明認識與對話方面有開拓性貢獻，由梅光迪信之文字看，此當不假。再說哥倫比亞大學也不會為了搶一個先機，出版一部糊弄人的著述出來。而在另一封致胡適的書信中，梅光迪是這樣提到這位留學界的前輩陳煥章的：

近者陳煥章出一書名曰 The Economic Principles of Confucius and His School，乃奇書。迪雖未之見，然觀某報評語，其內容可知。足下曾見此書否？陳君真豪傑之士，不愧為孔教功臣，將來「孔教研究會」成立，陳君必能為會中盡力也。梅光迪此處所說的「孔教研究會」，指的是梅光迪、胡適等當時在書信中討論成立的一個研究中國的宗教信仰歷史、現狀，尤其是孔教的「組織」。當然這個「組織」後來不免胎死腹中的命運。

而值得一提的是，梅、胡當時討論的這一「孔教研究會」理想，卻讓「雙進士」、以《孔門理財學》畢業於哥倫比亞大學的陳煥章實現了。陳歸國之後，以兼通中西古今學問的「雙進士」身分，在京滬兩地成立了「孔教會」，甚至還與梁啟超、嚴復等上述民國國會，提出定孔教為國教。後又在香港創辦孔教學院，並病歿於香港。

「口述筆譯」林琴南

林琴南將自己的翻譯，稱之為「口述筆譯」。二百餘部「林譯小說」（包括非小說譯著），也就成了這種「口述筆譯」的成果。不過，晚清中國翻譯史上，這種「口述筆譯」式的翻譯模式，並非林紓首創——早在五口通商不久，就有新教來華傳教士與他們的中文助手合作，先後翻譯完成了《聖經》「舊約」、「新約」的中文翻譯。所不同者，在「林譯小說」翻譯模式中，口述者為中國最早一批學生——譯者，而在傳教士與他們的中文助手這種翻譯模式中，口述者則是傳教士。

或許不少人會好奇地問，林琴南不通外文，何以能承擔西方小說的中文翻譯。上述翻譯模式，應能解釋此疑惑。不過，相信隨之會生發出另外一些疑問，譬如，在這種翻譯模式中，林琴南的作用與貢獻又何在？就像我們在傳教士與其中文助手的翻譯模式中對於中文助手的作用與貢獻感到疑惑一樣。

在「林譯小說」中，幾乎所有的讀者記住的，都是那個不懂外文的林紓，而不是擔任口述工作的學生——譯者，原因不難理解——「林譯小說」最為吸引讀者的，恰恰是它譯文的語言魅力！

這種魅力顯然不是來自於口述者，而是來自於擔任筆譯工作的林琴南。其實，在「林譯小說」中，林琴南的地位與貢獻，遠不止於此。試以一例說明。在翻譯英國小說家狄更斯的一部小說時，作為筆譯者的林琴南，竟然還能在翻譯過程中提醒口述者，原著中隱藏的一條伏線萬不可忽略！而口述者也是在林琴南的提醒之下，才對此予以重視——因為「林譯小說」中刪削現象極為常見。而假若口述者與筆譯者都不留心，就極有可能將原著中隱藏的伏筆給忽略掉或刪削掉，這樣對於理解下文中的人物故事主題等，都會造成麻煩。林琴南為什麼會「細心到」對原著中的隱藏伏線都未放過呢？一個簡單的原因：他的文學修養深厚，能夠很好地理解把握原著作者的心思與安排。

這些都是就文學本身而言的。其實，作為筆譯的林琴南，在「林譯小說」中亦有一些不大為一般人注意的「貢獻」。譬如像《巴黎茶花女遺事》之類的作品，在「林譯小說」中並非僅此一例。對於這樣極有可能為正統派與道統派們斥之為「誨淫誨盜」的「艷情小說」，林琴南能夠做的，除了他自身的古文家身分與立場，多少搪塞一些物議外，還有一點，那就是通過正文前面的續（敘）或後面的跋，對原著主題人物以及預先做一些鋪墊式的說明，算是未雨綢繆類的自我減壓吧。

比較而言，林琴南最初開始「林譯小說」的時代（十九世紀最後幾年），整個精英知識分子階級對於西方文學、尤其是西方小說一無所知。而中國式的自我文化優越感，又恰恰建立在對於中國文學的極度自信上。也因此，「林譯小說」從一開始，就面臨一個「先天不足」：它不可能為中國士大夫階級或新興知識階級輸入一種全新的文學，無論這種文學是以「林譯小說」的面目出現，還是以西方小說的面目出現。換言之，「林譯小說」固然可以像維新派所引進介紹的西方社會科學與政治制度思想一類的那樣，增加一些對於西方的「新知識」，但這種新知識是有限度的——它不可能更不可以動搖傳統文學的絕對權威地位。或許也正是與此相關，「林譯小說」有不少極有可能突破中國正統文學觀念的地方，在沿著西方小說原著引領的方向稍微越出一點之後，隨即又很快退回到原來的文學立場上。這一現象本身，恰好可以說明，「林譯小說」在晚清中西文學交流史上的歷史局限性。

不過，林琴南個人的文學修養，包括他的情感審美與文體審美能力，以及他在語言文字上出色的修養，最終成就了依靠「口述筆譯」的「林譯小說」。

密爾頓的《目盲吟》

上世紀八〇年代初期由湖南人民出版社出版的《外國詩歌選》（湖南省外國文學研究會編，一九八一年）中收有英國詩人約翰・密爾頓（John Milton，一六〇八至一六七四）的〈目盲吟〉：

想到了在這茫茫黑暗的世界裡，／／還未到半生這兩眼就已失明，／／想到了我這個泰倫特，要是埋起來，／／會招致死亡，卻放在我手裡無用，／／雖然我一心想用它服務造物主，／／免得報帳時，／／得不到他的寬容；／／想到這裡，我就愚蠢地自問，／／「神不給我光明，還要我做日工？／／但「忍耐」看我在抱怨，／／立刻止住我：「神並不要你工作，或給他禮物。／／誰最能服從他，／／誰就是忠於職守，／／他君臨萬方，只要他一聲吩咐，／／萬千個天使就趕忙在海陸奔馳，／／但侍立左右的，／／也還是為他服務。」

這種自由體的翻譯詩，自然是五四白話詩的傳統。不過，密爾頓原詩為「十四行體」，在西方詩歌史上，是一種在體例格式上有所規範的詩，與後來自由體英詩在體例格式當有所分別。上述譯詩應該說在體例格式與語言風格等方面，與原詩均有一定差別。至於這種「差別」該如何評價，自新文學以後，類似議論汗牛充棟，亦未見有定論。

其實，密爾頓及其詩作是英國詩人中比較早被介紹到中國來的——當時絕大多數中國文人們甚至連那個將鴉片輸送到中土來的英國究竟在何處尚未弄清楚。而在一八五四年於香港開辦的《遐邇貫珍》第十四號上，即曾專門介紹了密爾頓和他的〈目盲吟〉，原文如下：

附記西國詩人語錄一則

萬曆年間，英國有顯名詩人，名米里頓者崛起，一掃近代蕪穢之習。少時從遊名師，穎悟異常，甫弱冠而學成，一時為人所見重。云母死後，即遨遊異國。曾到意大利，逗留幾載，與諸名士抗衡，後旋歸，值本國大亂，乃設帳授徒，復力於學，多著詩書行世，不勝枚舉。以著書之故，過耗精神，遂獲喪明之慘，時年四十。終無怨天尤人之心。然其目雖已盲，而其著書猶復孜孜不倦，其中有書名曰：《樂園之失者》，誠前無古人後無今之書也。且日事吟詠以自為慰藉。其詩極多，難以悉譯，茲只擇其自詠目盲一首，詳譯於左。

世茫茫兮，我目已盲。靜言思之，尚未半生。天賦兩目，如托千金，今我藏之，其則難任。

嗟我目兮，於我無用。雖則無用，我心鄭重。忠以計會，處以事主。恐主歸時，縱刑無補。

嗟彼上帝，既閉我瞳，愚心自忖，豈責我工。忍耐之心，可生奧義。蒼蒼上帝，不較所賜。

不較所賜，豈較作事。惟與我軛，負之靡暨。上帝惟皇，在彼蒼蒼。一呼其令，萬臣鏗鏘。

駛行水陸，莫敢遑適。彼侍立者，都為其役。

一時很難說上述兩種譯詩孰優孰劣，其實明眼者已一目瞭然。不過想一想這兩首譯詩，彼此在時間上間隔了百餘年，且後譯者極有可能並沒有看到過前面那首譯詩——很多時候，文化的積累，並非是後來人在明瞭前人努力的基礎之上的繼續前行，而是自以為是地以為自己尚未前無古人的拓荒者。

今已難詳查《遐邇貫珍》上密爾頓這首中譯詩的譯者，不過可以肯定的是，譯詩應該是來華傳教士與他們的中文助手之合作產物。相對於將英國文學介紹到中國來的興趣，傳教士們翻譯密爾頓這首帶有明顯宗教情感與心跡的詩歌，應當是自我安慰——異國他鄉漫漫長夜，傳教士們孤燈獨火，密爾頓那數百年前的身影與心聲，或可伴他們長夜寂寞吧。

胡先驌的〈梅庵憶語〉

一九四八年十月二十五日出版的《子曰》雜誌第四輯上，刊登有胡先驌〈梅庵憶語〉一文。文中分別談到「梅庵之風景與歷史」、「郭秉文校長」、「劉伯明與陶知行」、「文史地部幾個教授」、「學衡社與東大精神」、「科學社對於東大之影響」、「鄒秉文與東大農科」七個方面的話題。大體上是就創辦於一九二〇年代初期的東南大學之校史及該校學術傳統而展開，其中著重談到了對這所江南現代名校影響甚巨的幾位學者。有意思的是，就在這篇文章前面，是署名「王壽遐」者在那裡不緊不慢地談〈紅樓內外〉。眾所周知，這個「王壽遐」，就是當時周作人的筆名。

二〇年代初期，北京大學與剛剛在南京高師掛牌的東南大學，並稱為兩大國立綜合性大學，甚至於民間有「北有北大，南有東大」的稱呼，可見當時東南大學在學界及民間之聲譽地位。想來《子曰》此時分別約請兩位在北京大學和東南大學執教有年的知名教授，來就所謂的「北大傳統」與「東南學風」分而論之，大概也是對這種歷史與現實的一種回應吧。

而就〈梅庵憶語〉的書寫風格看，似乎也與一般談論北大的文章類似——談北大，必談蔡元培，也必談北大的名教授，以及北大「兼容並包，思想自由」的辦學風格。而寫到二〇年代初期的東南大學，也就少不了對東南大學的建設發展做出了突出貢獻的前校長、留美教育博士郭秉文。

如果沿著上述思路，胡先驌無疑是一個有資格的當事人和回憶人。早在一九一八年，東南大學尚未成立之時，他就已經是國立南京高師農業專修科的植物學教授，對這所學校的歷史了然於心。梅庵時期沉潛樸實的學風、可遠觀而不可褻玩的精神品格、看花倚樹清言相酬答的師生關係等，也無疑給師生們留下了深刻印象。

值得一說的是，與北大當初急於脫離舊式官學的情況不同，東南大學的校長郭秉文和教務長（副校長）劉伯明，或有教會學校背景，或為基督教徒。儘管兩人的宗教信仰並沒有直接影響到學校辦學，但在胡先驌眼中，卻並非全無意義。譬如一九二四年在東南大學校史上，即是一個重要的「拐點」。是年不僅發生了工字房大火，更關鍵的是，作為學校重要領導者的郭伯明早逝，翌年，學校發生「易長風波」，繼之以北伐，之後東大即改組。

在說了幾位對學校發展建設做出了領導之功的校長之後，胡先驌也提到了當年東南大學一些知名人文學者，譬如王伯沆、柳詒徵、吳梅等，認為這些學者「樹立了南高東南大學文史學之基礎」。其中對柳詒徵對於現代文化史學研究之貢獻評價，尤為中肯，「自來南高，主講中國文化史，三年而成巨著，開斯學之先河。當時北方之學風，以疑古為時髦，遂有顧頡剛所主編古史辨之發行，一般關於史學之研究，亦集中於史料或小問題之探討，於是二十四史資治通鑑等正史可以束之高閣，而洛陽伽藍記一類之書反認為不能不讀，南高東大之史學在柳先生領導之下，則注重在史實之綜合與推論，其精神與新漢學家不同，此則柳先生之功也。」

作為當年東南大學教授中批評新文學與新文化運動之一員，胡先驌自然不會在這樣一篇議論東南學風的文章中遺漏掉學衡社與東大精神這樣的內容。他說：「五四運動乃北京大學一大事，學衡雜誌之刊行則東南大學一大事也。」而對當年《學衡》創刊及社會影響，雖然過去二十餘年，胡先驌依然給予相當高評價：「余曾單獨發表一文論文學改良於南高校刊，不久梅光迪吳宓諸先生連翩來校，與伯明先生皆感五四以後全國之學風，有越常軌，謀有以匡救之，乃編纂發行學衡雜誌，求以大公至正不偏不激之態度以發揚國學介紹西學，刊行之後，大為學術界所稱道，於是北大學派乃遇旗鼓相當之勁敵矣。」

而作為一個自然科學家，胡先驌在討論東大學風與精神之時，沒有簡單地限於人文一域，而是尚能擴展到「科學社對於東大之」影響這類話題，這不僅是他個人的視角觀點之獨特，也是東南大學學風傳統之一事實。

未完成的夢想與光榮

這大概是本書（《風雨流亡路——一位知識女性的抗戰經歷》，范小梵著，山東畫報出版社二〇〇八年二月）作者一生所公開出版的唯一一部著作。據我所知，作者還協助翻譯過都德的《磨房書簡》，但這部譯著是一部合作完成的翻譯作品，譯者至少有四位。就此而言，《風雨流亡路》既可以說是范小梵女士的處女作，也可以說是她一生的絕唱——其實，這部《風雨流亡路》，最初也不是為公開出版而寫作的，而是作者的日記。

日記最初也本是因為新婚燕爾中的戀人一方漂洋過海到法國去留學，另一方不過想以日記的方式，來記錄自己戀人不在身邊的日常生活。沒有想到的是，個人的日常生活史，兩個戀人的分離思念和相聚，竟然與一個民族和一個國家抵抗外族入侵的八年歷史如此高度重疊。

於是乎，個人史、家庭史、時代史、國家史，所有這些，交織糾纏，在范小梵的《風雨流亡路》一書中得以真實、具體、細膩而曲折的記錄反映。也因此，這本個人的情感絮語與吟唱中，便時刻迴盪更廣闊渾厚的時代強音，有時候個人的絮語與吟唱更明澈而清晰，又有時候，時代的聲響與喧囂，猶如催命音符，把生命催逼到角落，折磨得奄奄一息。用作者自己的話說：「我們的生活就是在這種苦痛與飢餓的邊緣掙扎，真是多少血和淚交織出的慘痛的人生經歷和教訓啊。」

僅就本書而言，我大概算得上最早的幾位讀者之一。十多年前，我到杭州謀生，口袋裡揣賈植芳教授幾封親筆介紹信，其中一封，就是寫給范小梵女士和她的先生、當時已經從杭州大學心理學係退休的朱錫侯教授的。一來有了賈先生的介紹，二來我當時初來乍到，人生地不熟，再加上朱教授、范師母所在的杭大新村，距離杭大校門不過百米。所以，我經常上完課，回家之前，會拐到他們兩位老人那裡去說說話。也就在那時候，我知道范師母有一批個人日記，其中最完整的一段，就是抗戰八年期間，她從杭州如何一路流亡，先是浙南山區，後經過福建，再到廣西，最後輾轉到昆明，並在那裡等到了分離八年之久的愛人從法國留學歸來。

其實，朱錫侯教授也有一批有關自己經歷的文獻資料，不過鮮見日記，多數為五〇年代初期「忠誠老實運動」期間的個人思想彙報材料，另外還有他晚年的一些口述回憶。朱錫侯教授早年從吉林毓文中學考進北京的中法大學，畢業後又被選派到法國里昂的中法大學深造，就其留學路線而言，與《圍城》中的蘇文紈頗為相近，出國時候所搭乘的油輪，也跟方鴻漸回國時候與鮑小姐勾搭調情的那條船上的情形差不多。所不同的是，方鴻漸是在西洋轉了一圈，弄了張假文憑回來糊弄父母、資助人和以後供職的單位，而朱錫侯教授不僅在里昂大學讀完了美學專業的碩士，而且還考出了當時里昂大學極為難考的《生理學》，並曾跟隨導師、著名生理學家加爾多教授到位於地中海邊的海洋生物觀測站進行專業實驗。畢業後又去了法國巴黎大學的皮儂研究中心，從事生理心理學的研究。僅就其專業教育背景而言，朱錫侯是一位對西方哲學、美學、生理學與心理學都有專門研究與造詣的「海歸」。而范小梵在其《風雨流亡路》一書中所述流亡路線，一方面是抗戰形勢使然，另一方面，似乎冥冥之中也是在一點點靠近那位去西天取經的心上人。

對於兩位老人的那些個人史料，我當時有一個基本判斷，那就是就史料的本原價值而言，范小梵的日記，尤其是她的抗戰八年日記，實在值得出版或珍藏。恰如該日記出版時副標題所示：一位知識女性的抗戰經歷。不僅如此，如果說全面抗戰從「七七事變」算起的話，《風雨流亡路》的作者，恰恰是在北平淪陷前夕與愛人一道南下，又一路因為抗戰局勢的變化而被迫流亡，其個人顛沛流離、掙扎生存的八年，也正是全民族奮起抵抗、艱難度日的八年。其個人的心靈史、奮鬥史與掙扎史，實在也呼應民族國家的奮鬥史與掙扎史。

令人遺憾的是，後來因為種種原因，范小梵在家人團聚、正可大有所為的時候，卻未能實現自己一生的夢想，也未能成就自己對文學、對事業真摯而熱烈的追求。留下的種種遺憾與未盡之光榮，其實在《風雨流亡路》這本書中是多少有些反映的，相信明眼慧心之人一定能夠明察體會得到。

唱晚何須待漁舟

在舊書攤上淘到周瘦鵑的《花花草草》、《拈花集》之後，又淘到了秦瘦鷗的《晚霞集》。依然是上個世紀八〇年代初期的版本，書的品相也好，唯一美中不足的是中間有部分紙張與其他部分不同色，大概是印刷中間同批同類紙張用完、不得已而為之所留下的缺憾。不過好在自己畢竟是一個讀書人，而不是藏書家，亦斷然不會去做那種「買櫝還珠」一類的傻事。

十九世紀四〇年代以後，尤其是七〇年代以後，開埠以來的上海作為近代中國一個文學和文化發展的特殊區域的地位逐漸突顯，尤其是小說創作和出版得到了空前發展。從《海上花列傳》一路下來，到十九世紀末、二十世紀初的「譴責小說」、「暴露小說」以及「邪狹小說」等，海派小說在「暴露」、「批判」與「適應」、「休閒」、「娛樂」之間迴盪。前一訴求有二十、三〇年代的上海文學中的「左翼文學」為其傳人，後一訴求則有二〇年代至四〇年代的「鴛鴦蝴蝶派」小說為其流緒。作為一種大量借用中國小說要素，結合傳統與本土審美訴求，充分適應新興市民階級的日常生活境況與精神心理審美需要的文學表達形態，「鴛鴦蝴蝶派」的文學成為了這一時期上海文學仲介於知識分子的菁英文學（無論是舊式菁英還是新式菁英）和地攤上的黃色下流讀物之間一個龐大而有影響力的存在。而秦瘦鷗顯然是其中一個代表性的作家。他的《秋海棠》不僅擁有廣大讀者，改編成話劇後，依然曾有連續上演四個月的空前盛舉。據說在看了這部以京劇藝人坎坷悲慘的命運為故事線索的被改編的話劇之後，京劇大師梅蘭芳也不禁潸然淚下——在秦瘦鷗看來，這部小說之所以具有如此能夠打動人心的力量，在於它「比較真實地反映了舊時代京劇藝人的處境」。這是一部通過描寫表現舊式京戲藝人的悲劇命運來折射並批判一個舊時代和舊社會的「社會小說」。

作為一個擁有廣大讀者的作家，秦瘦鷗受到讀者關注和歡迎的作品，除了《秋海棠》，還有他後來翻譯的《御香縹緲錄》和《瀛台泣血記》。這兩部以清宮帝后生活為線索的「小說」，出自曾經在清後宮中陪侍慈禧兩年左右的德齡之手。

而《晚霞集》是一部散文隨筆札記文集，分「志感」、「懷人」、「記遊」和「談藝」四部分。鑑於文集中文章基本上寫於八〇年代初期，「志感」部分自然多以對新社會新時代的肯定讚揚為主，但也不是一味頌揚而缺乏基本的判斷和個性。譬如〈我也說幾句話——關於《秋海棠》這個戲〉一文，就有對自己的作品的辯護在其中。而〈作家不要放鬆責任感——略談我近年的一些感受〉一文，則結合自己創作「梨園世家」三部曲之二《梅寶》所存在著的「結構上比較鬆散，故事不夠完整，缺乏較強的感染力」的缺憾，提出了「從事文學創作的人」、「無論任何時候」、「都不應該放鬆責任感」、「必須盡力避免在沒有做好足夠的準備之前，匆匆進行創作，以減少次品和廢品」的知言。對於一個主要以大眾讀者為對象的文學讀物的作者來說，能夠總結出如此嚴肅甚至有些沉重的經驗教訓，應該說讓我們對常識印象中的大眾通俗文學讀物又有一些新的認知。

作為一個在江湖人海中討生活的人，「鴛鴦蝴蝶派」的作家有一個共同的相近特點，那就是在為人處世上多少有些「海派」——時髦而有些誇張、輕浮而略帶「江湖」（需要說明的是，這裡的幾個形容詞都不帶貶義，而只是中性描述）。這種為人處世的方式特點，多少也反映滲透在他們的文學作品當中，那就有人情練達的一面。不過，《晚霞集》中不少文章，倒沒有這種所謂的「人情練達」，而是一種難得的「真情」，無論是「懷人」集中那些對親朋友故舊的懷念，還是「記遊」、「談藝」的文字，儘管一時還難以脫盡浩劫之後那種「餘驚」，但文字之間的縫縫隙隙中，不乏率性真誠，這是三〇、四〇年代成名的一個老藝術家已經難以改變的「本色」——有了這樣的本色，秦瘦鷗的「晚唱」，自然是不需要等待所謂的「漁舟」的。

畢竟是花花草草

讀周瘦鵑上世紀二〇年代發表在上海《紫蘭花片》上的那些文章，譬如〈悼亡之作〉、〈留聲機片零話〉、〈狀元糕之艷史〉、〈接吻逸話〉、〈一見傾心艷史〉、〈愛修飾的文學家〉等，除了略感有些炫示，亦不覺得有多少矯情，甚至其中也不乏一些趣味。譬如他談到當時上海的百代公司請一些名角藝人錄製唱片，說當時「百代有英曲『迢遙鐵柏來』（It's a Long Long Way to Tipperary）一片，在西方甚普通，婦孺多能上口。馮春航前演『薄漢命』，亦嘗歌此，人多就其原名縮稱為「一次狼威」，細味之，頗可笑。片中所歌，係結尾和唱之句（即多人歌時，至此則當同聲齊唱者）。蓋有少年出而從軍，與其情人話別也，音節和諧，佐以雅樂，滋足動聽。其反面為『哈羅哈羅！孰為君膩友』，亦美妙有致。君子小鵑，頗喜聽些曲，每好學舌唱『哈羅哈羅』焉」。這樣的文字，雖然覺得亦屬無聊之語，但也還算不失幽默，譬如「一次狼威」之類。

作為一個文人，周瘦鵑的寫作生涯顯然並非限於上述一類文字，譬如他早年曾經因為編譯《歐美名家短篇小說叢刊》而受到過民國教育部的表彰及魯迅的贊許，後來他又翻譯並集編《世界名家短篇小說集》，可見「中國的鴛鴦蝴蝶」，也曾經積極主動地呼喚過歐風美雨——將所謂「鴛鴦蝴蝶派」一概斥為現代都市中落後守舊的舊式文人顯然不公平。而周瘦鵑在抗戰爆發之後的作品〈亡國奴日記〉、〈亡國奴家裡的燕子〉、〈賣國奴日記〉等，給人不止是耳目一新的感覺。不過，在一般讀者印象中，周瘦鵑還是那個主持編組《禮拜六》、《紫羅蘭》、《半月》等的周瘦鵑，一個標榜追求文學的「消閒」、「趣味」的現代都市文人，這幾乎像一道已經滲透到皮膚裡血液中的疤痕毒液，建國後的周瘦鵑顯然希望人們淡忘的正是這樣一個周瘦鵑，銘記的是那個曾經為魯迅所贊許的周瘦鵑，那個曾經在文藝界抗戰宣言上簽名的周瘦鵑，那個對新中國表示由衷歡迎的周瘦鵑。

三〇年代的歸隱，成就了周瘦鵑後來的盆景事業。他也從一個虛構的「鴛鴦蝴蝶」的香軟情愛世界，轉入到另一個人工的「花花草草」的「迷你」世界。或許是出於對一般人不能真正理解自己「隱退」行為的顧慮，在〈詩情畫意上盆來〉一文中，周瘦鵑曾借一首舊詩，這樣表白自己退居歸隱的真實心跡，「劫後餘生路未窮，灌園習靜愛芳叢；願君休薄閒花草，萬國衣冠拜下風」。據家書中介紹，這首詩寫於三〇年代末、四〇年代初，當時周瘦鵑培植的盆景花草在上海中西蒔花會上展出，並有三次獲得總錦標杯。詩中的那種意氣風發，被這封寫於建國之後的家書解釋成為一種愛國主義，「藉此表達我這狹隘的愛國主義精神」。不僅如此，在那個特定的時代歷史背景之下，周瘦鵑顯然也樂意將這種樂觀精神進一步延續放大。因為他沒有理由不這樣，一是「解放以來，我的盆景倒像交了運，居然引起廣大群眾的注意，先後刊行了彩色小畫片，拍攝了彩色電影紀錄片，一再在本市和南京、上海園林中展覽」——一個人工的「迷你」世界，如今已經大大地超越了一個落寞文人的趣味世界，成為了能夠為新時代服務的園林。「我的文章未能為工農兵服務，而我的盆景倒真的為工農兵服務了。」、「甚至有二十個國家的貴賓，先後光臨，給予太高的評價。」看來盆景小世界，亦有大幹坤。

曾經有人說（〈舊雨新知周瘦鵑〉，刊《蘇州雜誌》二〇〇二年第二期）「周瘦鵑是一個有鑑賞力的人，可惜他有太多的舊式趣味，這些趣味嚴重地阻礙他在文學上的發展。我頑固地認為，周瘦鵑移情花木叢中，和意識到鴛鴦蝴蝶這一派的小說沒有太大的意思有關。周瘦鵑不繼續寫小說，應該說是一件好事。」這樣的說法，大概一半是真言，另一半是知言。其實，一般印象中的周瘦鵑，或許可用「前半生鴛鴦蝴蝶，後半生花花草草」這樣一句話來概括。在一個享有基本的思想與寫作自由的時代，人們當然會說即使「鴛鴦蝴蝶」、「花花草草」又怎樣。其實，作為當事人的周瘦鵑，一直在為自己文字中的「輕」，尋覓另一種難以承受之重。只是他沒有想到的是，他最終用自己的生命，為上述尋覓畫上了一個句號。在那裡，鴛鴦蝴蝶也罷，花花草草也罷，終歸承受不住他臨終那一「跳」——而一個曾經鴛鴦蝴蝶、花花草草的周瘦鵑，也以這一「跳」，給他那原本花花綠綠的寫作生涯，抹上了一道肅殺與陰沉的冷色。讓人們對那個曾經到處「鶯歌燕舞」的時代，不能不心生一絲半縷的狐疑，感到陣陣透入心扉的寒意。在那裡，曾經的鴛鴦蝴蝶、花花草草，早已是散的散，亡的亡，枯萎的枯萎，凋謝的凋謝了。

編後記

集子中的百餘篇文稿，是過去幾年之中為香港《大公報》副刊寫的。說到與副刊的淵源，還得從一九九五年來復旦念書時說起。記得有一次思和師說平時有些小文章，可以寄給香港《大公報》副刊。後來果然寫了幾篇並寄去，也果然照登了出來。只是當時因為尚未用電腦寫作，速度便不怎麼快，而郵寄在當時也很是費錢，所以寫著寫著就中斷了。

再後來，從滬上到杭城謀生，讀書之餘，有些似是而非的話想說，身邊又沒有人願聽，覺得不妨寫出來，在自己也算是一種解脫，於是便又想到《大公報》副刊。那時候已經開始用電腦，且已經會發電子郵件，又能夠天天從網路上讀到《大公報》副刊。於是，這樣一種寫作，便成了那段時間裡自我吐納的方式之一。讀書人一天到晚坐在書桌前，或可作萬仞八極一類的神遊，但終歸還是要吃飯睡覺的。於是就寫了些跟吃飯睡覺多少也有些關係的文字。有些文字，距離雖然遠些，但也還是在這個時代中的感覺與思想。套用周作人在議論日本人的文化時的一個觀點，這些文字，說不上深廣，但大多還是有一種自然的人情在。至少沒有無病呻吟之類。

文章發表了也就發表了，原本並沒有結集出版的想法。去年到南京開一個與胡適有關的會，與台灣學者、知名出版人蔡登山先生分在一組討論，且由我點評蔡先生的一篇發言論文。由是與蔡先生結識。南京回來之後，想想似可將《大公報》副刊上那些文字彙集成冊，至少可以作為自己一個時間段裡的工作的一個見證吧。更何況這些文章有的還被轉載，其中還有一些文字上的謬誤。趁此機會予以更正，也算是與己與人的一點責任吧。於是遂從中挑選了百餘篇發給蔡先生，並得到積極回應，直至編輯蔡曉雯女士郵件告知書稿已被接受並需要提供序與後記，才想到還需要給這本集子戴個帽穿雙鞋。

需要說明的是，集子裡的每一篇文章，都是經過孫嘉萍女士的手發出來的。我與孫女士從未見過面，有次去香港，曾有過到《大公報》社編輯部去拜訪孫女士的念想，至少當面表達一下自己心中的感謝。但又恐冒昧，且素悉港人工作節奏快，這種內地人之間的人情往來，在香港是一種極為奢侈的行為，打擾了孫女士的工作，那是心中所不能接受的。所以也只能在這本集子付印之前，遙向南天表達對孫女士多年來的抬舉之謝忱。

其實更多想說的話則沒有。此刻的窗外是滬上的春天，社區院子裡的香樟樹濃郁，山茶花和杜鵑花都還在盛花期，就連風，也是溫暖的了。姍姍來遲的春天，畢竟還是來了。

感謝蔡登山先生的慷慨，以及蔡曉雯女士的專業細緻。這本集子，也成了我個人對於海峽那一邊的一個好的念想。

此為記。

二〇一二年四月八日滬上

釀文學105　PG0805

畢竟是花花草草
——段懷清隨筆集

作　　者　段懷清
主　　編　蔡登山
責任編輯　蔡曉雯
圖文排版　姚宜婷
封面設計　蔡瑋中

出版策劃　釀出版
製作發行　秀威資訊科技股份有限公司
114 台北市內湖區瑞光路76巷65號1樓
電話：+886-2-2796-3638　傳真：+886-2-2796-1377
服務信箱：service@showwe.com.tw
http://www.showwe.com.tw
郵政劃撥　19563868　戶名：秀威資訊科技股份有限公司
展售門市　國家書店【松江門市】
104 台北市中山區松江路209號1樓
電話：+886-2-2518-0207　傳真：+886-2-2518-0778
網路訂購　秀威網路書店：http://www.bodbooks.com.tw
國家網路書店：http://www.govbooks.com.tw
法律顧問　毛國樑　律師
總 經 銷　聯合發行股份有限公司
231新北市新店區寶橋路235巷6弄6號4F
電話：+886-2-2917-8022　傳真：+886-2-2915-6275

出版日期　2012年8月　BOD一版
定　　價　420元

國家圖書館出版品預行編目

畢竟是花花草草：段懷清隨筆集/ 段懷清著. -- 初版. --
臺北市：釀出版, 2012. 08
面； 公分. -- (釀文學；PG0805)
ISBN 978-986-5976-51-4 (平裝)

855 101013697

讀者回函卡

感謝您購買本書，為提升服務品質，請填妥以下資料，將讀者回函卡直接寄回或傳真本公司，收到您的寶貴意見後，我們會收藏記錄及檢討，謝謝！

如您需要了解本公司最新出版書目、購書優惠或企劃活動，歡迎您上網查詢或下載相關資料：http:// www.showwe.com.tw

您購買的書名：______________________________

出生日期：________年________月________日

學歷：□高中(含)以下　□大專　□研究所(含)以上

職業：□製造業　□金融業　□資訊業　□軍警　□傳播業　□自由業

　　　□服務業　□公務員　□教職　□學生　□家管　□其它_____

購書地點：□網路書店　□實體書店　□書展　□郵購　□贈閱　□其他

您從何得知本書的消息？

□網路書店　□實體書店　□網路搜尋　□電子報　□書訊　□雜誌

□傳播媒體　□親友推薦　□網站推薦　□部落格　□其他__________

您對本書的評價：(請填代號　1.非常滿意　2.滿意　3.尚可　4.再改進)

封面設計____　版面編排____　內容____　文／譯筆____　價格____

讀完書後您覺得：

□很有收穫　□有收穫　□收穫不多　□沒收穫

對我們的建議：______________________________

____

____

____

請貼
郵票

11466
台北市內湖區瑞光路 76 巷 65 號 1 樓
秀威資訊科技股份有限公司 收
BOD 數位出版事業部

（請沿線對折寄回，謝謝！）

姓　　名：__________ 年齡：______ 性別：□女　□男

郵遞區號：□□□□□

地　　址：__________

聯絡電話：(日) __________ (夜) __________

E-mail：__________